JN088326

夫君殺しの女狐は幸せを祈る

綾束 乙

角川文庫
24143

目次

主な登場人物紹介

23歳の若き当主。
呪われた宿命に
振り回され、ある理由
から香淑に結婚を
申し込む。

過去に三度、
夫を立て続けに
亡くした33歳の
名家の長女。
『夫君殺しの女狐』
と噂されている。

イラスト／篁ふみ

榮晋と旧知の道士。榮晋を心配し見守る。
情に厚く、豪快でおおらかな性格。

丹家に身を寄せる犬の妖（あやかし）。
天真爛漫で榮晋とも仲が良い。優しい香淑にも懐く。

榮晋に仕える老侍女。香淑の身の回りの世話をする。
榮晋とはつきあいが長い。

この一行を見た者は、花嫁行列ではなく葬列だと思うでしょう

　赤地に金糸の刺繍が施された華やかな花嫁衣装を纏い、四方を布の帳で覆われた輿に座す香淑は、向かう先の丹家で待つまだ顔を合わせたこともない花婿・榮晋を想って、不安に満ちた吐息をこぼした。

　髪飾りから顔の前に垂らされた花嫁の顔を隠すための薄い紗が、吐息を受けてかすかに揺れる。

　香淑が纏うあざやかな赤地の衣装は、この国の伝統的な花嫁衣装だ。鴛鴦や桃、牡丹など吉祥を表す文様を金糸で細やかに刺繍された衣装の見事さは、見る者の目を奪わずにはいられない。

　先ほど、初めて花嫁衣装を見せられた時は思わず心が浮き立ったのが、輿に乗って進む今は、遠い過去のようにさえ思える。

『こちらが、榮晋様が香淑様へとご用意された花嫁衣装でございます』

　と、榮晋に仕える老侍女の呂萩に宿で花嫁衣装を見せられた時は柄にもなく心が躍ったというのに。

名家と呼ばれる嘉家で育った香淑ですら、見惚れて感嘆の吐息を洩らしてしまうほどのきらびやかな衣装。これほど立派な花嫁衣装を贈ってくれたという花婿の真心に、自制せねばと思いつつも、香淑は思わず期待してしまったのだ。

今度こそ。今度こそ幸せな結婚ができるのではないかと。

富も地位も、特別なものは何もいらない。ただ、ごくふつうの夫婦として、互いを思いやりながら苦楽を分かち合って共に白髪になるまで添い遂げたい。

それが、心の奥底に仕舞い込んだたったひとつの願いだ。

榮晋からの花嫁衣装を見た時、ずっと心の奥底に閉じ込めてきた願いがようやく叶う日が来たのかと、思わず涙ぐみそうになるほど嬉しかったというのに——。

あの高揚は儚い幻に過ぎなかったのだと、香淑は唇を噛みしめる。

帳の向こうでは、宵闇が潮が満ちるように細い路地を満たそうとしていた。

日も暮れつつある今、寂れた路地を行く者は、香淑の輿以外に誰もいない。大通りから外れた裏路地は、まるで人払いでもされているかのように無人だ。先導する呂萩の軽い足音と、輿を担ぐ人足達の重なる足音以外に、物音ひとつさえない。

ふたたび洩れそうになる溜息を押し殺そうと身じろぎすると、しゅす、と豪奢な絹の衣がかすかな音を奏でた。

この衣装を榮晋の心づくしと思うなど、自分はなんと愚かだったのかと香淑は自嘲する。立派だったのは、花嫁衣装だけ。

（この一行を見た者はきっと、花嫁行列ではなく、葬列だと思うでしょうね……）

まるで葬礼のように人目を避けて進む、花ひとつ飾られていない質素な輿。

行く道に花を撒(ま)いて歩く乙女もいなければ、祝い歌を口ずさみ、囃(はや)し立てる男衆(おとこしゅう)すら、ひとりもいない。

むろん、輿を導く花婿の姿もなく。

婚礼の日、花婿が花で飾られた輿で花嫁の家まで迎えにゆくのは、婚礼のしきたりのひとつだ。花嫁は花で飾られた輿に乗り、親戚(しんせき)や侍女、集落の人々など、婚礼を祝う人々とともに、にぎやかに町中を練り歩いて花婿の家まで向かうのが、一定以上の身分を持つ者の慣例だ。

五日前、他州にある香淑の実家に花嫁の迎えとして呂萩が遣わされてきた時、香淑は自分を慕ってくれる侍女達が『花嫁を出迎えるというのに、花婿様ご自身がいらっしゃらないなんて！』と憤慨(ふんがい)するのを、押しとどめるだけの余裕があった。丹家は豪商として有名だ。その若き当主である榮晋が、いくら花嫁を迎えるためとはいえ、十日以上も家を空けることはできぬでしょう、と。

香淑にはもったいないほどの豪奢な花嫁衣装を目にした時、花婿の迎えを期待していなかったと言えば、嘘になる。丹家とさほど離れていない町中の宿までなら、ひょっとして迎えに来てくれるのではないかと。

だが、実際は。

（まるで、嫁入り自体を隠すかのように……）

隠すのも仕方があるまいと思う。

——香淑は四度目の嫁入りとなる、買われた花嫁なのだから。

そう考えた途端、纏っている花嫁衣装が身を縛る鎖のように重みを増す。家格の高さしか取り柄のない花嫁なのだと、言外に告げられているようで。

もし、榮晋が香淑の心を縛るためにこの豪奢な花嫁衣装を用意したというのなら、すでに目的は十二分に果たされている。没落しつつある香淑の実家では、こんな見事な花嫁衣装は、逆立ちしても用意できなかっただろう。

ひたひたと押し寄せる宵闇の中で見る赤は、どこか毒々しい。血だまりを連想させる色が過去の記憶を呼び覚ましそうになり、香淑は思わず両腕で我が身をかき抱いた。まなうらに浮かびかけた酸鼻（さんび）な光景を、目を固く閉じて心の奥底へ封じ込める。

揺れる輿から伝わったものではない震えが全身を満たし、香淑は奥歯を噛みしめた。

大丈夫、あれは過去のことだ。あんな惨劇は、もう二度と起こるはずがない。

衣にしわが寄るのも厭（いと）わず胸元の生地を強く握りしめ、自分に言い聞かせながら浅い呼吸を繰り返す。

固く目を閉じ、震える唇で紡ぐのは、縋（すが）るような祈り言葉だ。

どうか、どうか、今度こそ幸せな結婚となりますように、と——。

祈る香淑の耳に、不意に重く大きい音が届く。

はっとして目を開けた香淑の視界に飛び込んできたのは、ゆっくりと左右に開かれる丹家の大きな門だ。

重く軋む音を立てながら開いていく門の向こうに見えるのは、花嫁の到来を待っているとは思えぬ、わずかに石灯籠が灯るだけの凝る闇。

まるで、怪物の顎に晒されたかのように、身体の奥底から恐怖が這い上がってくる。

先ほどまでの恐怖が記憶と身体に刻みつけられた傷からだとすれば、これは本能の奥に宿る原初の恐怖だ。

まるで、この闇の向こうに人に非ざるものがとぐろを巻いているかのような――。

逃げ出してしまいたい、という欲望が、一瞬、香淑の意識を遠のかせる。

と、薄い膜に覆われたように、ほんのわずかに恐怖がやわらぐ。同時に、逃げてどこへ行くのか、と理性が冷ややかに囁いた。

そうだ。嫁入りの見返りとして援助を受ける実家はどうなる。両親はともかく、官職を得ようと奔走している年の離れた弟に、これ以上の苦労はさせたくない。富裕と有名な丹家に嫁げるなんてと、四度目の嫁入りを言祝いでくれた侍女達も、実家が傾けば困窮するに違いない。

開いた門をくぐり、輿が奥に進んでいく。帳の向こうは深い闇で、敷地内の様子は欠片もうかがえない。

香淑は凝る闇を遮るかのように目を閉じ、深くふかく、息を吐く。

ここまできて、帰ることなどできない。

たとえ、花婿となる丹榮晋がどのような人物であろうとも。

香淑が覚悟を決めたのと呼応するように、立派な堂の前で輿が止まる。さすがにここだけはいくつかの灯籠が配されていてほのかに明るい。だが、周りの庭木が鬱蒼（うっそう）と茂っているせいで、今にも消えてしまいそうな頼りなさを感じる。

おそらく、ここが丹家の祖先が祀（まつ）られている堂なのだろう。花婿の家の祖先の霊前で婚儀の報告をし、誓いの盃（さかずき）を交わすのが、婚礼の中で最も重要な儀式だ。

その後、家族や親類縁者、招待客とともに、花嫁のお目見えも兼ねて祝宴を催すのが一般的な婚礼の流れだが、きっと宴（うたげ）はないに違いないと香淑は直感的に悟る。

しんと静まり返った丹家の邸内には、にぎやかな宴の気配は欠片たりとも感じられない。まるで、墓場のような静けさと重苦しさだ。

輿が地面に下ろされ、担いでいた男達が無言で闇の向こうへと消えていく。

が、香淑は気にしている余裕などなかった。

帳の向こうに、堂の入口へと続く階（きざはし）が見える。

その上に立ち、輿を見下ろしている青年の姿も。

帳を透かして香淑が様子をうかがうより早く、呂萩がするすると帳を上げる。

同時に、上がった帳の間から吹き込んだ夜風が、髪飾りから顔の前に垂らされた紗をめくり上げた。

突然、明瞭になった香淑の視界に飛び込んできたのは、まるで月から神仙が降り立ったかのような白皙の美青年だ。

香淑は息をするのも忘れ、榮晋の優美な姿に見惚れる。ふわりと元の位置に戻った紗が青年の姿をぼかしても、香淑は魂を抜かれたように青年を見つめていた。

香淑と同じ、赤地に金糸で精緻な刺繡が施された衣装。

髪を結い上げ冠をかぶった姿は、立っているだけで一幅の絵のようだ。

夢を見ているのではないかと、香淑は本気で疑う。

これほど美しい青年は見たことがない。これは、現実から逃避したい願望が生み出した幻ではなかろうか。

切れ長の涼しい目元。すっと通った鼻梁は気品を感じさせ、やや薄い形良い唇は、そこからどんな魅惑的な響きが発されるのかと、期待せずにはいられない。

「どうぞ」

惚ける香淑に、呂萩が淡々とした声とともに手を差し出す。夢見心地のまま香淑は呂萩の手を取り、輿から下りた。

雲の上を歩いているかのように、足元がふわふわする。動くたび、花嫁衣装がかすかな衣擦れの音を立て、金糸の刺繡が灯火を跳ね返して鈍く光る。

両親から一方的に婚礼を命じられたため、香淑は今この時まで、榮晋の姿をまったく知らなかった。

今年で三十三歳になる香淑より十歳も年下だとは、聞いていた。

が、若い貴族の娘ではなく、家格だけは高いものの、困窮している家の出戻り女を金で買うも同然に娶るなど、よほどの醜男か、さもなくば、何か深い事情があるのだろうと推測していたが……。

「よく戻ってきた、呂萩。遠いところ、苦労をかけたな」

耳に心地よい声が呂萩をねぎらう。

思わず見惚れそうな容姿にふさわしい、艶のある声。こんな時でなければ、香淑も聞き惚れていただろう。

だが今は、意識を凝らして榮晋の様子をうかがう。

洗練された所作で階を下りてくる榮晋の様子からは、外見的な瑕疵は感じられない。ならば。

(何か問題があるとすれば中身……)

懸念が脳裏をよぎった瞬間、薄い紗を通して榮晋と視線が重なる。

まるで品定めをするかのような温度のない瞳を見た途端、ひゅっ、と喉から空気が洩れた。

首を絞められているわけでもないのに、息が詰まる。

己の身に刻まれた恐怖の記憶が甦り、無意識に身体が震える。周りの空気が重い水に変わったかのように、うまく呼吸ができない。

その間にも、榮晋はゆったりとした足取りで歩んでくる。

跪かねば、と香淑は己を叱咤する。

動け。初対面から不出来な花嫁と侮られるわけにはいかない。

香淑は意思を総動員し、強張る身体を動かす。子どもが操るからくり人形のようにぎこちなかったものの、なんとか両膝をつき頭を垂れた。

だが、身体が震えるのだけは、どうにも止められない。

榮晋が香淑の前で足を止める。うつむいた視界に榮晋の靴の先端が入った。

「面を上げるがいい」

感情を感じさせぬ淡々とした声に、香淑はゆっくりと顔を上げた。

白皙の美貌が、冷ややかに香淑を見下ろしている。

月の光を縒り合わせたような美貌は、どこか作り物めいていて畏怖を覚えるほどだ。

香淑の奥底を暴こうとするかのように見つめる冷徹なまなざしは、ひと欠片の温度も感じられない。

先ほどから噛み合わぬ歯の根が、かたかたと音を立てる。なのに、どうしてだろう。

魅入られたように、榮晋の面輪から視線が外せない。

榮晋が、そっと香淑へ手を伸ばす。長い指先が顔の前の紗にふれた途端、抑えきれぬ恐怖が、香淑の身体をびくりと震わせた。

ひやり、と周囲の空気すら、重く、冷たく変じた気がする。

「……震えて、おるのか」

わかりきった事実を確認するかのような声。

香淑は榮晋の面輪から視線を引きはがすと、あわてて目を伏せた。

「は、初めてお目にかかった榮晋様のお姿があまりにご立派で……。喜びにうち震えているのでございます」

嘘ではない。少なくとも、香淑はこれほど容姿の優れた青年を見た経験がない。

狐狸(こり)のたぐいに化かされているのではないかと、本気で疑う。

いっそのこと、そうだったらどれほどよいだろう。

うつむいたままの香淑の紗を、榮晋がゆっくりと持ち上げる。髪飾りの向こうへ紗をかけられて露(あら)わになった面輪を、ひやりとした夜気が撫(な)でた。

上げられた紗に導かれるように見上げた香淑の視線がとらえたのは、驚いたように瞠(みは)られた闇色の瞳だ。

だが、思いがけないものを見たかのように揺れたまなざしは瞬時に消え、すぐさま品物を検品するかのような冷徹な視線に取って代わる。

まるで、香淑が今しがた目にした戸惑いは、幻だったかのように。

「遠いところ、よく来てくれた。……歓迎しよう、花嫁殿」

出迎えも宴も、まして一片の情愛もないだろうに。

艶のある美声が空々しい歓迎の言葉を紡ぐのを、香淑はただただ震えながら聞いていた。

◇　◇　◇

「ご主人様のおなりをお待ちください」

呂萩の言葉に、香淑は無言で頷(うなず)いた。

ぱたりと戸を閉めて呂萩が出て行った途端、香淑は糸が切れた人形のように寝台に座り込む。

婚礼の時の誓いの盃で酔ったのだろうか。それとも、頭が現実を認めたくないのだろうか。思考が散って、まとまらない。

我知らずこぼれた吐息が、初夏の夜にしてはやけにひんやりとした空気を揺らす。

婚礼は、あっけないほどあっさりと終わった。

堂に祀られた丹家の祖先の位牌(いはい)の前で、榮晋が婚儀の報告を行い、朱塗りの盃に満たされた酒を順に飲み干して、誓いの盃を取り交わし。

たった、それだけだった。

両親はすでに亡く、榮晋が丹家の当主だとは聞いていたが、他にひとりの身内の姿も見えず、堂にいたのは、香淑と榮晋、呂萩の三人だけだ。

あっという間の婚儀の後、香淑が呂萩に連れられて向かった先は、広い丹家の邸内でも、奥まった棟の一室だった。

これから、ここが香淑の部屋になるのだという。

必要最小限の調度品だけがそろえられた部屋で、香淑は呂萩によって花嫁衣装を脱がされ、代わりに絹でできた薄物の夜着を着せられた。

黙々とするべき仕事をこなした呂萩が去っていった扉に、香淑は視線を向けた。

嫁ぐのは四度目だ。

この後、『何』があるかなど、聞くまでもなくわかっている。

……香淑自身に経験はないが。

香淑は右手で衣の左の肩口を握りしめた。衣の上からではわからないが、そこには肩から胸にかけて走る刀傷がある。

着替えを手伝った呂萩は、年の功か、はたまた修練の賜物(たまもの)か、傷を見ても表情すら変えなかったが、夫となった榮晋はこの傷を見て何と思うだろう。

そもそも、三十三歳にもなる香淑が、いまだに男を知らぬとは、天地がひっくり返っても思うまい。

傷物よと、呆(あき)れられ、蔑(さげす)まれるだけならよい。

香淑は先ほどの榮晋の冷ややかなまなざしを思い出し、身を震わせる。

大金を出して買った花嫁を検品するかのように観察していた榮晋。

花嫁衣装に浮かれ、他愛ない幻想を抱いていた己を罵(ののし)ってやりたい。

もしかしたら、今度こそ、平穏な結婚生活を営めるかもしれないと、そんな甘い期待を抱くなんて、なんと愚かだったのかと。

これから我が身がどうなるのだろうかと、恐怖に身を震わせる。

だが、部屋の隅に凝る闇のように、香淑にはまったく先行きが見通せなかった。

◆　◆　◆

「花嫁様のお支度が整いました」

「そうか」

深々と腰を折り曲げて告げた呂萩の報告に、私室で卓に着き、見るともなしに報告の巻物を繰っていた榮晋は鷹揚に頷いた。

冠だけは取り、ひとつに束ねた長い髪を下ろしているものの、榮晋はまだ婚礼衣装のままだ。

顔を上げた呂萩が、気遣わしげなまなざしで榮晋を見やる。

「……本当に、よろしいのでございますか？」

淡々とした声。だが、つきあいの長い榮晋は、呂萩の声の裏に隠された不安とためらいを感じとる。

「無論だ」

呂萩の迷いを断ち切るかのように、巻物を卓に置いた榮晋は決然と言い切る。

「いったい何のために大金を出してあの花嫁を買ったというのだ？　いまさら、やめることなどできぬ」

呂萩は答えない。沈黙を埋めるかのように榮晋は無意識に呟きを洩らした。

「噂の花嫁が、あのように一見清純そうな女だとは思わなかったが……」

紗をめくり上げて初めて香淑の姿を見た時、榮晋は自分が騙されているのかと思わず疑った。

三人もの夫を虜にして嫁いだのだ。さぞかし妖艶で蠱惑的な妖女に違いないと思っていたのだが、虫ひとつ殺せなそうな清楚でたおやかな香淑の容貌は、榮晋の想像とはあまりに違い過ぎていて――。

いや、そんなはずがない。と、榮晋は心の中によぎったためらいを振り切るように、かぶりを振って言を継ぐ。

「中身と見た目が相反する者など、いくらでもいる。期待が持てるではないか？　呂萩、お前も嘉家でさまざまな噂を耳にしたのだろう？」

「……はい。榮晋様が集められた噂と同じものを……」

呂萩の声を聞きながら、榮晋は香淑について集めた噂を思い返す。

――三人の夫を次々と呪い殺したという『夫君殺しの女狐』についての話を。

香淑と結婚したひとり目の夫は、香淑を娶った途端、それまで社交的な性格だったというのに、人が変わったように他人を寄せ付けなくなり、香淑だけをそばに侍らせるようになったらしい。

挙句の果てには、正気を失い、我が身を貫いて自刃した。

それでも残された婚家の者は夫に先立たれた香淑の面倒を見ようとしたらしいが、今度は兄を追いかけるように弟が亡くなり、結局、一家は離散。

実家に戻った香淑を喪が明けると同時に娶った二人目の夫は、結婚してひと月経つかどうかの頃に、前触れもなく首を吊ったという。

しかも、二人目の夫にも死なれた香淑が実家に戻るや否や、それまで富み栄えていた嘉家は、見る影もなく没落していった。

それだけではない。

三度目の結婚では、婚礼の最中に賊が押し入り、一家を皆殺しにしたという。だというのに、香淑は凄惨極まりない血の海の中、ただひとり無傷で気を失っていたそうだ。

噂が噂を呼び、我が身を美しく保つために子どもの生き肝を喰っているらしい、などという荒唐無稽なものさえある。

役所の書類で確かめられた確実なものから、巷に流れる噂まで、榮晋は香淑に関しての情報をできうる限り集めた。

そして、確信したのだ。香淑こそが、榮晋が長年求めてきた存在に違いないと。

可憐な花のような容貌は榮晋の想像の埒外だったが、一目見て悪女とわかる女ならば、殺めて疑われて、三人もの夫を亡き者にできまい。

おどろおどろしい噂とは真逆の儚げで清楚な容姿は、かえって期待が高まってくる。

きっとあの美貌でこれまでの夫達をたぶらかしてきたに違いない。いや、そうでなくては困る。

心の奥底に湧いた疑念を封じ込めるように、榮晋は拳を握りしめた。

「あの花嫁こそが、求めていた者に違いない。手を尽くして探し求めた甲斐があったというものだ」

「ですが……」

呂萩が深いしわが刻まれた顔をしかめ、気遣わしげな声を上げる。

「嘉家からここまで花嫁様をお連れいたしましたが、旅の途中、それらしい気配はまったく感じられませんでした。ごくふつうの……。いえ、むしろ控えめな気質のようにお見受けしましたが……」

「相手は女狐だ。本性を隠すなど、お手の物なのだろう」

呂萩の懸念をあえて強い声音で退け、榮晋は椅子から立ち上がる。

今頃、ひとりきりの部屋で、香淑は何を考えているのだろう。丹家の富を吸い尽くす算段か、榮晋を籠絡する手練手管か……。

まさか、生娘のように震えているはずはあるまい。

「だが……。いつまでも、借りてきた猫のようでは困るな」

扉へと歩み寄りながら、榮晋は呟く。

「早く、真実の姿を現してもらわねば――」

榮晋が心のうちに秘める願いを、成就するために。

どうやったら香淑の本性が見られるだろう、と榮晋は思案する。

正体を知っているのだと告げて嘲(あざけ)ってやれば、怒りと驚きで本性を現すだろうか？

それとも、最初は素知らぬふりをして、泳がせてやったほうが正体を現すだろうか？

可憐な面輪の裏側にどんな本性が隠れているのか。一刻も早く化けの皮を剥(は)がしてやりたい。

そう思うだけで、心の奥に歪(いびつ)な熱が宿る。幾度もの絶望にとうに麻痺(まひ)していると思っていた心がこれほど逸(はや)るとは、自分でも予想外だ。

「ようやく……」

思わずこぼしかけた吐息を口元を片手で覆って隠し、己を叱咤(しった)する。

気をゆるめるのは早すぎる。榮晋の切望が叶(かな)うかどうかは、すべて、これからの行動にかかっているのだから。

早く、香淑の正体を知りたくてたまらない。だが、焦りは禁物だ。

この計画だけは、何があろうとも決して失敗させるわけにはいかない。

「……まずは、『夫君殺しの女狐』のお手並み拝見といこうか」

抑えつけようとしても速まる鼓動を感じながら、立ち上がった榮晋は扉を押し開け、足早に部屋を出た。

ばたり、と入室を請う声も何もなく、乱暴に扉が開けられる。

寝台の上で正座して榮晋の訪れを待っていた香淑は、弾かれたように額ずいた。

扉を閉めた榮晋が、寝台へと歩んでくる気配を感じる。寝台の前に置かれた衝立を、榮晋が回り込んだところで。

「だんな様。不束者でございますが、どうか幾久しく可愛がってくださいませ――」

震えそうになる声を押さえつけ、新妻としての口上を述べる。が、榮晋からは何の言葉も返ってこない。と。

「つまらんな」

「え？」

予想だにしない言葉に、呆けた声が洩れる。思わず身を起こした香淑の視界に入ったのは、不機嫌極まりない白皙の美貌だった。

「型通りの口上で、わたしを籠絡できるとでも？　見くびられたものだな。それとも、若い男なら、その美貌でたやすくたぶらかせると侮っているのか？」

「ろ、籠絡など……っ！　そんなつもりは決して……っ！」

榮晋が何を言っているのかわからない。香淑が美貌の主である若い榮晋を籠絡するなど、できるはずがないというのに。

香淑の言葉に、榮晋が苛立たしげな声を出す。

「四度目の初夜など、お前にとってはお笑い草だろう？　それとも、わたしを今までの夫達と比べて、悦に入りたいとでも？」

「そのようなこと、決していたしませんっ！」

榮晋の嘲弄に反射的に言い返す。

そもそも、比べようにも香淑には何の経験もないのだから。

「わ、わたくしはただ、花嫁の務めを果たしたいと……っ」

香淑のほうが年上とはいえ、自分からこんなことを言い出すなんて恥ずかしくてたまらない。

視線を伏せ、かすれた声で告げた途端、不意に肩を摑まれた。驚く間もなく、視界が反転する。

ぼすりっ、と背中に布団が当たり、榮晋に押し倒されたのだとようやく気づく。

反射的に身をよじって逃れようとした時には、寝台を軋ませ、榮晋が香淑の上に馬乗りになっていた。

息がかかるほど近くに、白皙の美貌が迫る。

しかし、香淑を見下ろす闇色の瞳には、新妻に対する優しさも、初夜に対する情欲もうかがえない。

まるで買い上げた品物を検分するかのような、冷ややかなまなざし。

形良い薄い唇が、温度のない声を紡ぐ。

「花嫁の務め、か。はっ、殊勝なふりをすればわたしが乗ってくるとでも？……まあいい。そのほうが本性を現しやすいというなら、お前の思惑に乗ってやろう」

左手を香淑の顔の横につき膝立ちで馬乗りになった榮晋の右手が、押し倒された拍子に乱れた夜着の裾を割って忍び込む。

「っ⁉」

膝から太ももへと肌を撫で上げる手のひらに、香淑はびくりと身体を震わせた。自分のものではないあたたかな手のひらが肌にふれる感覚に、無意識に身体が反応する。

「……っ」

羞恥と未知の感覚に、香淑は思わず固く目を閉じた。

心臓が壊れそうなくらい騒ぎ立てている。燃えるように顔が熱い。

榮晋の手にふれられたところから、身体が融けてしまうのではないかと不安になる。

未知の体験に恐怖がないわけではない。

だが、それを押しのけて心に湧き上がるのは、今度こそという、祈りにも似た願いだ。

先ほどの冷ややかな声とまなざしが嘘ではないかと思えるほど、榮晋の手は優しい。

「ん……っ」

思わず声が洩れた恥ずかしさに、顔を背ける。

露わになった首筋に、榮晋が顔を寄せた。熱い吐息が肌をくすぐる。

「まるで、初婚の娘のような初々しさだな」

艶のある声が耳朶を震わせた。かと思うと。

「ひっ⁉」

がぷり、と首筋に歯を立てられ、香淑は悲鳴をほとばしらせた。

驚愕に目を瞠って振り返った視線の先にあったのは、観察するようなまなざしで見下ろす、榮晋の面輪だ。

「初々しい花嫁を演じる必要など、どこにもない。そんな演技に誘われて、わたしがお前を抱くとでも？」

薄氷を纏う声音に、冷水を浴びせかけられたように急速に身体の熱が冷めていく。

太ももにふれていた榮晋の手が離れ、首筋にふれる。

「ひっ」

薄くついた歯型を辿る指先に否応なしにかつての夫達の記憶が甦り、香淑は思わず悲鳴をこぼして身体を強張らせた。

「いや……っ」

唇だけで、声にならないかすれた悲鳴を紡ぐ。途端、榮晋の眉がきつく寄った。

「嫌？　誘っておきながらずいぶんだな。それはこちらの台詞だ」

嫌悪を隠しもせず、榮晋が吐き捨てる。

「そもそも、わたしはお前と睦む気などない」

ずくり、と不可視の刃が、無造作に香淑の胸に突き立てられる。

結婚話が持ち上がった時から、覚悟していた。

きっと自分は、お飾りの妻として迎えられるのだろうと。

けれども。

せめて、形ばかりの妻であったとしても——。

誰にも明かさず、胸の最奥に隠していた願いを嫌悪と侮蔑で踏みにじられた痛みが、形となってこぼれ出る。

じわりとあふれた涙に、榮晋の端麗な面輪がぼやける。にじむ視界の中、見開いた榮晋の目の奥に、しまったと言いたげな罪悪感がよぎる。

だがそれはほんの一瞬で、まるで仮面で本心を隠すように榮晋が腹立たしげに美貌をしかめた。

「泣けば男が意のままになるとでも？　涙を見せてしおらしいふりをすれば、わたしが同情するとでも思ったか？」

きつく眉根を寄せたまま、榮晋が吐き捨てる。

「器用に涙を出せるものだな、女狐は」

「っ⁉」

最後のひと言に、息を呑む。

まさか、と心のどこかが叫ぶ。

まさか、榮晋が知っているはずはあるまいと。

目を瞠り、血の気の失せた唇をわななかせる香淑を、榮晋が目を細めて見つめる。闇色の瞳に宿るのは、何かを期待するようなまなざしだ。薄い唇を挑むように吊り上げ。

「わたしが知らぬとでも思っていたか？　そんなはずがないだろう。知っていて、娶ったのだ」

艶のある声が、冷ややかに香淑を斬り伏せる。

「いい加減、本性を現したらどうだ？──『夫君殺しの女狐』め」

告げられた瞬間、呼吸が、思考が、すべてが止まる。

ただただ、涙だけが、降りやまぬ雨のようにまなじりからこぼれ落ちる。

一瞬、痛ましげに眉をひそめた榮晋が、そんな自分を叱咤するように苛立たしげに鼻を鳴らした。

「涙を流しても無駄だと言っただろう？」

闇色の瞳に、剣呑な光が宿る。

「もはや取り繕う必要はない。いい加減、本性を見せてみろ」

挑むような声。だが、香淑には榮晋が何を言いたいのかわからない。

ただ、榮晋が言葉を発するたび、心に刃を突き立てられたかのような痛みを感じる。

哀しいのか、恐ろしいのか、怯えているのか……。自分ですら、己の心の形がわからない。

ただただ、心に納まりきらぬ感情が、涙となってあふれ出す。

無言ではらはらと涙をこぼす香淑に、榮晋が小さく舌打ちする。

「いい加減に──」

「なぜ、ですか……？」

ぽつり、と香淑が洩らした声に、榮晋が口をつぐむ。

「なぜ、『夫君殺しの女狐』と知っていて、わたくしを娶られたのです……？」

なぜだろう。

苛々と怒気を放つ榮晋は、身が震えそうな恐ろしさだというのに。

闇の色を宿した瞳の奥深くに、まるで迷い子が縋るものを探しているかのような頼りなさが見えた気がして。

香淑は泡沫のように浮かんだ疑問を、吟味せぬまま口にする。途端。

「この期に及んで本性を隠す気か……っ⁉」

榮晋の面輪を彩った苛烈な怒気に、香淑は思わず息を呑んだ。

猛々しい激情を宿したまなざしが、香淑の心を奥底まで刺し貫く。

憎悪と苦悩と絶望と──。

あらゆる負の感情が吹き出したかのような、凄絶な表情。

だというのに。

榮晋の右手が、香淑の髪にふれる。愛（いと）しい宝物を愛（め）でるかのような。そんな錯覚を起こしそうなほど、優しい指先がこめかみから頬へとすべり。

不意に、白皙（はくせき）の美貌が近づく。

唇がふれるのではないかと思うほど、間近に。

「お前に惑わされて身を重ねる気などない。むろん、子を生（な）す気もな」

艶やかな声が、激情を孕（はら）んで不可視の刃を紡ぐ。

「お前を娶ったのは——わたしを殺してもらうためだ」

◆　◆　◆

身をひるがえして寝台から下りた榮晋は、振り返りもせず香淑の部屋を出ると音高く扉を閉めた。

間違っても追い縋られぬよう、足早に薄暗い廊下を進み。

棟と棟をつなぐ渡り廊下まで来たところで、ここまでは追ってこぬだろうと、榮晋はようやく歩をゆるめた。心の揺れが伝わったかのように、足取りが乱れている。

「くそっ」

誰もいないのをいいことに舌打ちする。鋭い音が夜の闇の中に音高く響いた。

告げる気など、まったくなかった。

子を生さぬという決意も、香淑を娶った本当の理由も——。

けれど、榮晋を前に緊張した様子の香淑は、『夫君殺しの女狐』という恐ろしい噂が嘘ではないかと思うほど、清楚で初々しい新妻そのもので。

もしかして、香淑は本当に『夫君殺しの女狐』などではなく、初夜を前に恥じらう花嫁なのではないかと、榮晋は一瞬、本気で疑った。

そんなことが、あっていいはずがないのに。

だからこそ、何としても本性を見抜いてやろうと、香淑の思惑に乗ってやる気で押し倒したというのに。

逆に、己のほうが手玉にとられて言うはずのなかった言葉をこぼしてしまうなんて、お笑い草だ。

榮晋は己の不甲斐なさに口元が苦く歪むのを感じる。

きっと、あの涙のせいだ。

女人の涙はどうにも苦手だ。榮晋が誰よりも幸せになってほしいと願う姉を連想させて。

ずきり、と胸の奥でうずく罪悪感を、かぶりを振って胸の奥底へ追いやる。

涙くらいでほだされそうになるなど、自分の甘さに反吐が出る。

きっと、あれも女狐の手管のひとつに違いない。

噂とは真逆の純情そうな仕草で、夫の心を揺らす――。

今までの夫もそうやって籠絡してきたのだろうと考えた瞬間、自分でも理解できぬ不快感と怒りが心を占め、榮晋は奥歯を嚙みしめた。

ぎり、と口内で不快な音が鳴る。と。

「榮晋！　榮晋っ！」

自分を呼ぶ子ども特有の高い声に、榮晋は足を止めた。

渡り廊下の両側は、少しの空間をあけて木立ちが並んでいる。昼間ならともかく、夜も更けてきた今は、滴るような木々の緑も闇の中に沈み、形さえろくにわからない。がさがさと鳴る葉の音が声をかけてきた者の存在を知らせるだけだ。

沈むような闇の中から、ぱたぱたと軽い足音を立てて駆け寄ってきたのは。

「どうした？　晴喜？」

よく見知った童子の姿に、榮晋は首をかしげた。

晴喜と呼ばれた七歳ほどの少年は、渡り廊下の欄干に手をかけると、

「よいしょっ」

と、身軽に乗り越える。少年が纏う薄青の衣の裾が、闇の中に軽やかに舞った。

同時に、少年の背中側から覗くくるんと丸まった尻尾が、ぴょこんと揺れる。

榮晋のすぐ隣まで来た晴喜は、くりくりとした大きな目を感嘆に見開いた。

「うわぁ～っ、今日の格好はいつも以上に立派だね～っ！」

短い髪の間から、ぴんっと立った犬の耳が、ぴこっと揺れる。夜ではわかりにくいが、耳も髪も尻尾も、こんがりと焼いた餅のような明るい茶色だ。

童子の姿をしているが、晴喜は人間ではない。丹家に身を寄せている犬の妖だ。

年経た動植物や器物が何らかの拍子に変じるのが妖だが、むろん、誰にでも妖が見えるわけではない。

妖のほうでも、人間を襲うために身を潜めているものもいれば、気に入った人間を守護する変わり者もいる。

晴喜はかつて、丹家の隣に住んでいた一家で可愛がられて長生きした犬が、死後も大切に祀られて妖となったものだ。その来歴のせいか、妖と言えば、人を襲い、血肉や精気を奪うモノが多い中で、晴喜は驚くほど人懐っこい。

晴喜の言葉に、榮晋は小さく苦笑を洩らす。

もし、余人が榮晋の今宵の衣装について口にしていれば、怒りが湧いただろう。婚礼は香淑を嘉家から連れ出し、榮晋の手元に置いておくための便宜的な手段にすぎない。

だが、純粋に感じ入っているのだと聞いただけでわかる晴喜の言葉は、ささくれだった心をほぐすかのようだ。

「褒めても何も出んぞ」

言いながら晴喜の頭を撫でると、くすぐったそうな笑顔が返ってきた。

「それより、どうした？」

晴喜が夜に現れることは滅多にない。見た目は童子だが、本人の言によると百年は生きているという話だから、夜は早々に寝ているわけでもないだろうが。

晴喜曰く、夜より朝や昼のほうが好きらしい。

「もしかして、婚礼の宴の料理でも期待して来たのか？　あいにく——」

「作ってないことくらいわかってるよ！　ぼくを何の妖だと思ってるのさ！」

晴喜が自慢げに鼻をつんと上に向ける。犬の妖だけあって、晴喜は匂いにはすこぶる敏感だ。

「それより、その」

珍しく、晴喜が言い淀む。榮晋を見上げた茶色の瞳は、怯えと憂いに揺れていた。

「来てるよ。部屋に」

「……そうか」

洩れ出たのは、苦い声だ。

婚儀の時から、気配は感じていたが——。

「教えてくれて、助かる」

謝意をこめて晴喜の頭を撫でると、晴喜の目に気遣いが浮かんだ。

「その……。いいの？　今日は、婚礼の当日なのに……」

「かまわん」

榮晋の鋭い声に、晴喜の小さな肩がびくりと揺れる。しまったとひとつ吐息すると、榮晋はきつく聞こえぬよう、声音を意識して口を開いた。

「……婚礼の夜だからといって遠慮するような奴ではないだろう？」

「そうだろうけど……」

ぐっと顎を上げ、榮晋を見上げる晴喜の目には、榮晋を心配する気持ちと、己の無力さへの嘆きが入り混じっていた。

「ごめん。ぼくが……」

晴喜が泣き出すのではないかと思えて、榮晋は慰めるように晴喜の短い髪を勢いよくかき混ぜる。

「何するんだよっ！　ぐしゃぐしゃになっちゃうだろ！」

両手で頭を押さえる仕草が可愛らしくて、思わず口の端に笑みが浮かぶ。

「すまんすまん。詫びに菓子でもやろう。呂萩のところへ行くといい。きっと何かしらくれるぞ」

呂萩が晴喜を孫のように可愛がっているのを知っている。

「お菓子なんかでごまかされないよっ！」

言いつつも、晴喜の目がそわそわと左右に揺れる。同時に、くるんと巻かれた尻尾が、喜びを素直にあらわしてぱたぱたと揺れ、榮晋は思わず笑みを深めた。

「呂萩も大役を果たして、十日ぶりに帰ってきたのだ。お前の姿を見れば喜ぶだろう。行けぬわたしの代わりに、お前が行って、ねぎらってやってくれぬか？」

晴喜の目を見つめて穏やかに頼むと、

「しょうがないなぁ」

と、さも表面上は仕方がなさそうな口ぶりで、晴喜が吐息した。

「友達の頼みなら断れないもんね。わかった、呂萩のところに行ってくるよ。でも、その……」

「お前が気にすることはない。来ているに違いないと、最初から予想していた」

気遣わしげに見上げる晴喜に、榮晋はできるだけ何気ない風を装って告げる。晴喜の人懐っこさや純真さは、重苦しい生活の中での清涼剤だ。話しているだけで癒される。

「ほら。呂萩も待っているやもしれん。行ってやってくれ」

促すと、晴喜がためらいがちに頷いて欄干を乗り越える。

夜の中に溶け込んでゆく揺れる尻尾を見送った榮晋は、自室に待ち受けるものに思いを馳せ、思わず苦く吐息した。

戻りたくないが、戻らぬわけにはいかない。逃げるのが不可能なことは、榮晋自身が誰より承知している。

暗い廊下を歩み自室へ戻った榮晋は、無意識に洩れそうになる溜息をこらえ、ためらいを振り切るように扉に手をかけた。勢いよく開けるなり、室内からあふれるように流れ出てきたのは、妙に甘く、重く湿った匂いだ。

榮晋は空気を入れ替えるように、あえて一度大きく扉を開けてから室内に入る。が、扉を閉めた途端、ふたたび重苦しいほどの甘い匂いが押し寄せる。

室内は、夜とは思えないほど明るい灯火で満たされていた。

「ふふ。やけに早いお戻りね」

扉の正面。部屋の奥に置かれた長椅子に、しどけない仕草で身を横たえているのは、花嫁衣装を纏い、艶然と微笑む美貌の女――媚茗だった。

磁器を思わせる白い肌。大輪の花の如き華やかな顔立ちは、しかし、一片の可憐さもなく、妖艶さしか感じない。

複雑に結い上げた白銀の長い髪と、鮮血で染め上げたかのような紅玉の瞳という組み合わせが、彼女がこの世ならぬモノであることを雄弁に示していた。

濃く紅を引いた唇が、弧を描いて吊り上がる。

「よかったの？　婚礼の夜だというのに、花嫁を放ってきて」

今宵、嫁いできた香淑のことを、媚茗が優越感にまみれた声で楽しげに口にする。

鉛でできた男でも融かしてしまいそうな甘い響きの声は、己の言葉が否定されるとは、夢にも思っていない自負がうかがえる。

赤地に金の刺繍の花嫁衣装は、香淑が着ていたものと寸分たがわず同じものだ。

だが、榮晋は媚茗に香淑の花嫁衣装を見せた記憶はない。先ほどの婚礼を盗み見していたに違いない。

さすがの媚茗でも、榮晋が初めて正式に妻として迎え入れた香淑のことは気になるらしい。婚礼のその晩に、わざわざ香淑とそっくり同じ花嫁衣装を纏って現れたのが、いい証左だ。

が、あまり香淑に興味を持たれたくはない。

榮晋は肩をすくめると媚茗の機嫌をとる。

「あれは、子を生すための形ばかりの花嫁だ。本物の花嫁は、いま目の前にいるだろう？」

榮晋の返事に、媚茗が満足そうに笑みを深くする。

「来て」

長椅子から立ち上がった媚茗が、たおやかな手つきで榮晋を奥へと招く。奥にあるのは榮晋の寝室だ。

無造作に扉を開けた媚茗は綺麗に整えられた寝台へ歩み寄ると、榮晋を振り返った。

寝室は明かりが少ない。先ほどの部屋との落差にさらに薄暗く感じる部屋の中で、媚茗の白磁の肌だけが、浮き上がるように白い。

花嫁衣装に包まれた熟れた身体を誇示するように、媚茗が寝台に腰かける。くびれた腰から続くまろやかな肢体の重みに、布団が柔らかに沈んだ。

「花嫁というのなら、ねぇ？」

理性を融かすような甘い声を紡いだ媚茗が、立ったままの榮晋にしなやかな腕を伸ばす。紅玉の瞳が蠱惑的にきらめき、甘い匂いが榮晋を包み込んだ。

何も知らぬ男なら、頷く間も惜しく柔らかな肢体を寝台に押し倒しているだろう。

「新参者を愛でただけで終わり、だなんて言わないでしょう？」

言外に、そんなことは許さないという気配を込めて、媚茗が笑む。

「丹家の血を絶やさぬように子を作れ、と言ったのはあなただろう？」

媚茗と一歩分の距離を保ったまま、榮晋はすげなく返す。

香淑とのやりとりを媚茗に知られていなかった安堵を、胸の奥に隠しつつ。

媚茗が拗ねたように紅の唇を尖らせた。

「家が絶えて困るのは、あなただって同じことでしょう？　私だって、永く見守ってきた血筋が途絶えるのは忍びないわ。それに」

不意に、媚茗がたおやかな容姿からは信じられぬほど強い力で、榮晋の右手を掴んで引き寄せる。

氷を押し当てられたような媚茗の手の冷たさに、榮晋は反射的に振り払いたくなるのをかろうじて自制した。先ほど、香淑のあたたかな肌にふれたせいだろうか。氷を削って作ったかのような媚茗の手に、いつも以上の嫌悪を感じる。

前かがみになった榮晋の面輪に、媚茗が右手を愛おしげに這わせ、白く細い指先が宝玉を愛でるかのようにゆっくりと撫でる。

「あなたの子どもなら、どんな綺麗な子が生まれるかしら。考えるだけで、ぞくぞくするわ」

背中がぞくりと粟立つのは、媚茗の肌の冷たさゆえか、それとも、他の理由からか。

榮晋はもう、とうの昔に考えるのをやめている。

「長年、丹家に取り憑いてきたけれど、あなたほど綺麗な人間は初めて。ふふっ、これが、人間が言う恋というものなのかしら……？」

楽しげに囁きながら、媚茗が榮晋の右手を、己の衣の合わせへと導く。

しゅす、と衣擦れの音とともに露わになるのは、雪よりも白いたわわに実ったまろやかな果実だ。

ひやりとなめらかな媚茗の肌に、榮晋はいつも、己の手が沈み込んでいくのではないかという感覚に襲われる。

このまま、甘く重い闇の中に囚われてしまうのではないかと。

くすりと笑みをこぼした媚茗が、榮晋の襟元をぐいと引く。不意に、榮晋の頰を冷たく湿ったものが舐め上げた。

媚茗の紅の唇を割って出た、長い舌が。

「本当は、一夜たりとも、あなたを他の女なんかに貸し与えたくないわ……」

情念のこもった声とともに、ちろりちろりと、長い舌が榮晋の頰を、耳朶を、首筋を、唇を舐めてゆく。

先が二つに割れた——紅い紅い、蛇の舌が。

紅を塗った媚茗の唇が、乱れた衣から露わになった榮晋の首元に吸いつく。精気が吸われる感覚に、榮晋は己の中の大切なものが奪い取られてゆくのを感じる。

榮晋の肌に紅い己の証を刻みつけた媚茗が満足そうな笑みを浮かべ、次は胸元へくちづけを落とした。

己の肌に紅い花が咲くたびに精気が吸い取られ、榮晋は身体がくずおれそうになるのを必死にこらえる。

「指も声も視線も――。あなたのすべては、私だけのものよ――」

うっとりと甘い声が、榮晋を搦めとる。

衣擦れの音とともに、華やかな婚礼衣装がほどけてゆき――。

深く凝る闇の中に、白くなまめかしく、妖花が咲いた。

第二章　お前の本性を見せてみろ

窓から差し込む初夏の朝日の明るさに、香淑はゆっくりとまぶたを開けた。

見慣れぬ寝台に薄物の夜着を纏って横たわる己に気づいた瞬間、思わず隣を振り返る。

ひとりで寝るには大きい寝台に横たわっているのは、香淑だけだ。寝台の残り半分は、夜具が乱れた形跡すらない。

やはり、榮晋は昨夜出て行ったまま、戻ってこなかったらしい。

榮晋が荒々しく扉を閉めて出て行った後、香淑は呆然としたまま榮晋の戻りを待っていたのだが、眠気にたえられず、いつの間にか寝入ってしまったらしい。昨日はあれこれと緊張しすぎたせいで、気力体力ともに使い果たしていたためだろう。

香淑は、昨夜、榮晋が出ていく寸前に吐き捨てた言葉を思い返す。

榮晋は香淑が『夫君殺しの女狐』と呼ばれていると知った上で娶ったのだと、明言していた。そして。

（わたくしに己を殺させるために娶った、なんて——）

脳裏にこびりついた凄惨な光景が甦りそうになり、香淑はぎゅっ、と固く目をつむる。

身体が震え出しそうになった瞬間、ふと、芳しい花の香りに気づく。

あわてて寝台から下り立ち、衝立を回り込んだ香淑が見つけたのは、卓の上にぽつんと一輪だけ置かれた、梔子の花だった。

信じられない思いで卓に駆け寄る。足にぶつかった椅子が大きな音を立てたが、耳に入らない。

卓の前で立ち止まり、香淑は胸の前で両手を握りしめて梔子の花を見つめる。

小枝ごと折られ、卓の上に無造作に置かれた梔子の花は、何か特に際立っているわけではない。けれど。

おずおずと、香淑は緊張に震える指先を花に伸ばす。

ふれれば幻のように消えてしまう。そんな気がして。

指先が絹のようになめらかな花びらにふれた途端、香淑は思わず唇を噛みしめた。でなければ、喜びのあまり声を上げてしまいそうで。

離せば消えてしまう気がして、両手でぎゅっと枝を握る。厚い葉が肌をこすったが、かすかな痛みさえ、幻ではない証拠に感じられて嬉しくなる。

宝物のように両手で梔子の花を大切に押し包む。

香淑の自室の卓に花が置かれるようになったのは、ひとり目の夫が亡くなり、実家に戻ってきた頃からだ。

文も何もない。ただ手折られた花が、一輪だけ。

けれども、花が置かれる朝は、決まって前の日につらい思いや苦い感情を味わった日ばかりで。

二度目の結婚の間も、実家に戻ってからも、ことあるごとにそっと無言で贈られる花に、どれほど慰められたことだろう。弟以外にも、香淑のことを気にかけてくれている者がいるのだと、確かに感じられて。

けれど。

「どう、して……？」

花を抱きしめたまま、香淑は答える者のいない問いを紡ぐ。

贈り主は、おそらく香淑付きの侍女のひとりなのだろうと、今までずっと思い込んできた。だが、今回の嫁入りに、香淑は実家からひとりの侍女も連れてきていない。必要なものはすべて丹家で用意するからと、嘉家からはひとりの侍女の同行も認められなかったのだ。だというのに。

（いったい、誰がこの花を……？）

包むように両手で持った花を見つめ、思案する。

昨夜到着したばかりの丹家で、香淑に花を贈ってくれる者など、いるはずがないというのに。

真っ先に思い浮かんだのは呂萩のしかつめらしい顔だ。だが、仕事はそつなくこなすものの、必要最低限のこと以外、決して香淑と言葉を交わそうとしない呂萩が香淑に花を贈ってくれるとは、とても考えられない。

となると、香淑に思い当たる人物は、たったひとりだけだが……。

そんなはずはない、と、香淑は舞い上がりそうになった己の心を叱咤する。

もしかして、榮晋が昨夜の詫びに贈ってくれたのかもしれない、などと。

手元の花が揺れた拍子に、芳しい香りがふわりと揺蕩う。

確証もないのに舞い上がってはいけないと理性が戒める一方で、榮晋だったらいいのにと、願う気持ちが止められない。

脳裏に思い浮かぶのは、嘲弄も露わに刃のような言葉を吐き捨てていた榮晋ではなく、どこか縋るようなまなざしで問いかけていた姿だ。

家路を探す迷い子のような、どこか泣き出しそうな表情が、胸の奥底に棲みついて離れない。

なぜだろうかと、香淑が己の心に問うより早く。

「起きていらっしゃいますか？」

廊下からかけられた呂萩の声に、はっと我に返る。

「え、ええ……」

答えながら、手に持っていた花をとっさに寝台の枕の陰に隠す。

自分でもわからないが、なぜだか呂萩に花を見咎められたくなかった。

「失礼いたします」

呂萩が盆を片手に一礼して入ってくる。

「朝食をお持ちしました。先にお着替えをなさいますか？」

盆を卓に置いた呂萩が淡々と問う。

「そうね、お願い……」

頷きながら、香淑は盆の上に視線を走らせる。盆の上に載っているのは、湯気を立てる卵粥といくつかの小鉢だった。

慣例ならば、婚礼の翌朝の食事は、夫婦で祝い餅を食べるものだが……。

婚儀は執り行ったものの、逆立ちしても『夫婦』と呼べない榮晋と香淑で祝い餅を食すなど、茶番この上ない。

呂萩が祝い餅を持ってこなかったということは、呂萩も昨夜の顚末を知っているということだろうか。

部屋の片隅に置かれていた長持から丹家で用意された淡い緑の綿の衣を取り出し、無表情で着替えを手伝う呂萩からは、何を考えているのか、まったく読みとれない。

『妻』と呼べぬ香淑を内心で嘲っているのか、同情しているのか。

榮晋が香淑と床を共にする気がないと知っていて、夕べ、あえて床入りの準備をしたのか。榮晋の真意を知っているのか、それさえも。

表情を変えることなく淡々と職務を遂行する呂萩は、まるで老女の姿をした人形のようだ。香淑が丹家の女主人として何の役に立たなくても、家政のことは呂萩がすべて取り仕切って、滞りなく行われるのだろう。

だが、香淑も最初から何もせずに諦める気はない。

「……榮晋様は、どちらにいらっしゃるのかしら？」

帯を結ぶ呂萩に問うと、すぐさま答えが返ってきた。

「榮晋様はお出かけになっておられます」

いつからなのか、どこへなのかも、わからぬ答え。

香淑の寝台を出た後、夕べからお気に入りの妾のもとへ行っているということか。

つきりと疼く胸の痛みを押し隠し、香淑は声音が揺れぬよう努めながら問いを重ねる。

「どちらに出かけられているか、知っているの？」

「もちろんでございます」

香淑と視線を合わせぬまま、呂萩が即答する。

「お取引相手のところでございます」

丹家は遠方との商取引に手広く出資していると聞いた記憶がある。取引相手ということは、商人だろうか。

香淑はじっと呂萩の顔をうかがうが、深いしわが刻まれた顔からは何ひとつ読み取れない。その無表情を崩したい衝動に駆られて。

「——呂萩は、榮晋様がわたくしを娶った理由を知っていたの？」

問うた瞬間、呂萩の顔が凍りつく。

驚愕と猜疑と怒りと哀しみと――。

香淑には読み取れぬさまざまな感情が老女の顔を通り過ぎる。香淑が次の言葉を紡ぐより早く。

「食べられたら食器はそのままで結構です。後で取りにまいりますから」

投げ捨てるように告げた呂萩が顔を背け、足早に部屋を出ていく。

痩せた背中から立ち上るのは、強い拒絶だ。

「呂……」

香淑の声を遮るように、ぱたりと扉が閉められる。

反応から察するに、呂萩も香淑が『夫君殺しの女狐』と呼ばれていることを知っているのは明らかだ。

いったい、この婚礼には何が隠されているのか。

わからぬまま、香淑は卓につき匙を手にとる。何はともあれ、まずは食事をとらねば。

うっすらと湯気が立つ卵粥をひと口食べた香淑は、心と身体、両方の強張りをほぐすかのような優しい温度に、ほう、と息を吐き出した。

たっぷりの卵と刻んだ葱が入った粥は、じんわりと身体に染み入るようなおいしさだ。

朝食をちゃんと味わえている自分に、香淑は安堵する。

ご飯をおいしいと感じられるうちはまだ、大丈夫だ。

材料も調理方法も贅沢なものなのに、砂を嚙むように何の味もしなかった食事を、身体が食べ物を受けつけなかったつらさを、香淑は知っている。それに比べたら。

（だんな様と呼ぶべき方や、侍女達に疎まれるくらい、なんのことはないわ……）

もともと、ある程度の覚悟はしていたのだ。

三人もの夫を次々と亡くした香淑を娶るなど、何か事情があるに違いないと。

一人目は三年。

二人目は一か月。

三人目は、たった一晩――。

嫁ぐたび夫が変死し、薄気味悪いと叩き出されるように実家に戻された香淑は、いつの間にか巷で『夫君殺しの女狐』と呼ばれ、不気味な噂が流れる存在になっていた。

侍女達は香淑に気を遣って決して噂を口にしなかったが、両親が娘を『夫君殺しの女狐』、『嘉家の厄介者め』と蔑むのだ。どうして無知でいられるだろう。

まだ十代の若さで二人目の夫に死に別れ、香淑が実家に戻った頃から、あれほど栄えていた嘉家が急速に没落し始めたのも、娘を疎む両親の心に拍車をかけた。

実家にいた頃の香淑は、このまま自分は両親に蔑まれながら、屋敷の奥深くに軟禁同然に押し込められて年を経ていくのだろうと、諦めの境地に立っていた。

――四度目の縁談が降ってわくまでは。

高額な結納金に、金策に困っていた両親は、一も二もなく結婚を了承した。

嘉家の家格の高さは遠方からも求婚者を呼び寄せるのだと、浮かれに浮かれて。

だが、香淑は両親のように楽観的に喜べなかった。嘉家よりも家格の高い家など、他にもある。ましてや、三十三歳にもなる香淑を金で求めるなど……。

表沙汰にできぬ事情があると言っているも同然だ。

結婚相手の榮晋が十歳も年下の青年だと知った時、香淑はきっと榮晋には好きな娘がいるのだろうと推測した。

もしかしたら、幼子もいるのかもしれない。正妻に子どもが生まれなければ、愛妾の子を跡継ぎにするのもたやすいと考えたのかもしれないと。

香淑の両親の性格を考えると、丹家の援助さえ受けられれば、香淑が嫁ぎ先でどんな目に遭ったとしても気にすまい。

そうした推測を重ねた上で自分なりに覚悟を固めて、丹家へ嫁いできたのだ。

榮晋の愛妾に好かれることは無理だろうが、せめて憎まれぬように控えめでいよう。

理由はどうであれ、あの息苦しい実家から連れ出してくれた榮晋に、誠心誠意仕えよう。

そして……今度こそ、添い遂げられますように、と。

さすがに、榮晋に殺してほしいと願われるなんて、想像の埒外すぎたが。

だが、榮晋の目は、真剣この上なかった。本気で殺してほしいと願っていた。

けれど……。

粥を食べ終えた香淑は、匙を置いて吐息する。

榮晋が何を望んでいるのか本当のところはわからないが、香淑に榮晋の願いを叶えることは不可能だ。巷で『夫君殺しの女狐』と噂されていても、本当の香淑は、何の力もないのだから。

榮晋は噂が真実だと信じているのだろうか。昨夜見た榮晋は、妄想に浸るような夢想家には見えなかったのだが。

縋りつく子どものような榮晋のまなざしを思い出すと、胸がつきんと痛み出す。

榮晋は香淑の大切な弟とさほど年が変わらぬ若さだ。本来ならば、快活で生気にあふれている年頃であるはずなのに、榮晋が纏うのはどこか老成した諦めだ。

榮晋には、丹家には、何が隠されているのだろう。

窓からは初夏の明るい陽射しが降りそそいでいるというのに、まるで、深い森の中に迷い込んでしまったかのような心地がする。

深く吐息した拍子に、嗅覚が揺蕩う香りをとらえる。枕の陰に隠した梔子の花だ。

（勝手に部屋を出たら、呂萩に叱られるかしら……？）

ためらいは、だが、丹家の庭にも梔子の花が咲いているのか探したいという欲求の前に、あえなく崩れ去る。

丹家の庭に梔子が咲いていたからといって、贈り主が榮晋とは限らない。

けれど、このまま部屋の中にひとり閉じこもっている気にもなれなくて。

（もし見咎められたら、丹家の祖先の霊前に、朝の挨拶をしにきたのだと言おう……）

意を決すると、香淑はそっと部屋の扉を押し開いた。

不安に思いながら部屋から出た香淑だが、幸いにも使用人の誰とも出くわさなかった。丹家ほど規模の広い屋敷なら、数十人、場合によっては百人を超えるほどの使用人達を抱えているはずだが、屋敷の中は驚くほど人気がなかった。

まるで、手入れだけは欠かされていない廃墟のようだ。

うろ覚えの廊下を進み、なんとか昨夜の堂の前まで辿り着いたが、堂の扉はぴったりと閉められ、鍵までかけられていた。

仕方なく、香淑は堂の前の階で丹家の先祖に丁寧に手を合わせる。

婚家の祖霊を敬うのは、嫁の義務のひとつだ。己が丹家の嫁として扱われていない自覚はあるが、だからといって嫁としての義務を蔑ろにしていいとは思わない。

むしろ、謂れなき責めを受けぬためにも、非を指摘されぬようにふるまうべきだろう。

いくら貞節を尽くしても、それが無駄になることがあると、知っていても。

しばらくの間、手を合わせて頭を下げていた香淑は、祈り終えると顔を上げ、堂の周りを見回した。

昨夜、闇の中で見た時は、恐ろしさを感じたほどだったが、朝の明るい陽射しの中で見る堂は、丹家の長い歴史を感じさせる古式ゆかしき佇まいだ。昨夜、身体の奥底から震え出すほどの恐怖を感じた場所と同じだとは、とても思えない。

（さあ、梔子の木を探そう）

　そう思うだけで心が浮き立ちそうになる己に、香淑は苦笑する。

　これでは、縋るものを探しているのは榮晋ではなく、自分だ。

　今日はよく晴れてよい天気だ。初夏の心地よい風が、衣の袖や庭木の葉を揺らして過ぎてゆく。生気のない建物とは裏腹に、よく繁った庭の木々は陽光を照り返し、まもなく来る夏を待ちわびるように輝いている。

　人目につかぬうちに自室のそばまで戻ろうと、香淑は来た道を辿る。

　ある程度の規模を持つ貴族の邸宅なら、妻や娘が暮らす棟は奥まったところにあるのがふつうだが、それにしても、香淑の部屋がある棟はかなり奥に位置しているようだ。榮晋のそば近くに侍っているであろう愛妾と、顔を合わせないようにという配慮だろうか。

　棟と棟をつなぐ渡り廊下まで来たところで。

がさりと庭木の一か所が大きく揺れた音に、香淑は足を止めた。

「誰か、いるの？」

　音の出所を探して首を巡らせた先で見つけたのは。

　茂った葉の間から覗く薄青色の衣と、こちらを見上げ、驚いた顔をしている七歳ほどの少年だった。

◆　◆　◆

「おいおい。昨日、待望の花嫁を娶った若者とは思えねぇ仏頂面だな」

からかい交じりの道玄の声に、榮晋は不機嫌さを隠さず、卓の向かいに座る道士服を着た三十過ぎの男を睨みつけた。

慶川の町でも一、二を争う高級酒楼の一室。

すっぽんの出汁で煮た粥、鴨の汁物、胡桃と鶏肉の炒め物、鰻の卵とじ、青菜を添えた豚の焼肉……と、朝食とは思えぬほど、卓の上には精がつく料理が数多く並べられている。それらに遠慮なく箸を伸ばし、舌鼓を打つ道玄に、榮晋は眉を寄せて口を開いた。

「道玄。頼むから、今さら『あの話は嘘だった』などと言ってくれるなよ？」

もしそんなことを言い出したら、ただではおかないと決意している榮晋の心中を読んだかのように、道玄は「はんっ！」と逆に挑むように鼻を鳴らした。精悍な顔の下半分を覆う無精ひげが盛大な息に揺れる。

「もし騙す気なら、昨日の時点でとんずらしてるさ。のこのこと、朝っぱらからここまで来るかよ」

「……それはその通りだな」

もっともな言い分に、榮晋は吐息し、右手の箸を卓に置く。

食べるべきだと頭ではわかっているのだが、どうにも食欲が湧かない。

「しっかし……」

道玄が困り顔でがしがしと頭を掻く。無精ひげを剃れば意外と整っているだろう精悍な顔に浮かんでいるのは、苦り切った表情だ。

「ちょっとした気晴らし程度になればと話しただけなんだが、まさか、本当に探し出して娶っちまうとはなぁ……。さすがに、そこまでするとは予想してなかったぜ」

道玄のひげ面には後悔が色濃くにじんでいる。

もともと、香淑の存在を榮晋に伝えたのは道玄だ。

『知ってるか、旦那。三人の夫を次々と変死させた『夫君殺しの女狐』って噂されている未亡人がいるんだってよ。妖に取り憑かれてるのか、はたまた妖が本人に成り代わって化けてるのかはわかんねぇが……。しかも、噂が流れると同時に、それまで栄えていた家が一気に没落してるときてる。こりゃあ、興味深いと思わねぇか？』

と。渋い顔で手酌で酒をついでいる道玄に、榮晋はとりなすように言う。

「万が一、花嫁が期待外れであったとしても、お前を責める気などないから安心――」

「違ぇよ！」

だんっ！　と道玄が打ちつけるように酒杯を卓に置く。

「オレの心配をして言ってんじゃねぇ！　噂が本当だったらどうする気だよ！　取り殺され――」

「それこそ、わたしの願いだ」

榮晋は、冷ややかに道玄の声を遮る。息を呑んだ道玄に、榮晋は艶やかに微笑んだ。

「わたしを自由にしてくれるのなら、探し出し、娶った甲斐があるというものだ。望みを叶えるためならば、丹家の財産をすべてなげうってもかまわんぞ？　どうせ、あの世まで金は持っていけんしな」

淡々と告げる榮晋を見つめていた道玄が、無言で酒をつぎ、杯を呷る。

「そこまで追い詰められてたとはな……。くそっ、オレとしたことが見誤ったぜ……っ」

がしがしと髪を掻き乱しながら後悔の言葉を吐く道玄に、榮晋は苦笑する。

「そう言ってくれるな。お前には深く感謝しているのだぞ？　お前に教えてもらったおかげで、わたしにも張り合いができたのだ。こんな晴れやかな気持ちをふたたび味わえるとは、少し前までは想像もしなかった」

「その顔だよ、その顔っ！」

突然、道玄が卓の向こうから勢いよく指を突きつける。

「腹の底が読めねぇ涼しい顔をしてるかと思えば、突拍子もないことを前触れもなくしやがって……っ！　オレはお前をむざむざ死なせていいなんざ思ってねえぞっ！」

ぱちくり、と榮晋は目を瞬かせる。

次いで唇に浮かんだのは、明らかに先ほどのとは違う柔らかな笑みだった。

「お前は、いい男だな」

「はっ！　わかりきったことを言っても、何も出ねぇよ！」

道玄が鼻を鳴らす。が、耳の先はうっすらと赤い。

心に押し寄せた感嘆を、榮晋は素直に口にした。

「お前のその心意気は嬉しい。まぶしいほどにな。だが……」

榮晋はひとつ吐息して、真っ直ぐに道玄を見つめる。

「わたしは、丹家がかつて交わした盟約――いや、今や『呪い』だな。これを終わらせることができるのは、この方法しかないと思っている」

静かに、だが決然と言い切ると、道玄が呑まれたように口をつぐんだ。

「……犬っころや、ばーさんは納得してるのかよ？」

ささやかな抵抗に、榮晋は苦笑を洩らす。

「晴喜には伝えておらん。泣いて反対するに違いないからな。呂萩は……納得はしていないかもしれんな。だが、『説得』は受け入れてくれた。何にせよ、丹家の現当主はわたしだ。そのわたしが決めたのだから、何も問題はあるまい。ただ……」

「何だ？」

顔をしかめた榮晋に、道玄が続きを促す。榮晋は吐息とともに懸念を吐露した。

「そもそも、花嫁が『当たり』かどうかが、わからぬ。女狐と呼ばれるだけあって、本性を隠すのがなかなか巧みなようでな。化けの皮を剝がしてやろうと思ったが、うまくいかなかった……」

昨夜の香淑とのやりとりを思い返すと、己の失態に胸に苦い思いが湧き上がる。

一刻も早く香淑の本性を知りたいと焦ったばかりに、失言をしてしまうとは。香淑の涙を思い出すだけで、罪悪感に胸がつきりと痛む。『夫君殺しの女狐』などにそんな感情を抱く必要はないというのに。

顔をしかめてこぼすと、道玄が狼狽えた声を上げた。

「おいっ⁉　初夜早々、花嫁にナニをしたんだよっ⁉」

「何もしておらん。ただ、問い詰めたが、涙ではぐらかされただけだ」

「泣かせた⁉　ほんと何してんだよ、ったく……！」

道玄の責める響きに、思わずぎゅっと眉根が寄る。

「女狐の手練手管に決まっている。が、お前の意見も聞いてみたくてな。それで、朝から訪ねたのだ」

「……いったい何をしでかしたのか、とりあえず話してみろよ」

呆れ交じりに吐息した道玄に、榮晋は昨夜の出来事をかいつまんで説明する。

『夫君殺しの女狐』という御大層な噂とは裏腹に、現れた花嫁は妖艶さをまったく感じさせない清楚でしとやかな女人だったこと。婚礼の場で、花嫁がひどく怯えていたこと。

侮蔑し、怒らせて化けの皮を剝いでやるつもりが、逆に、言うつもりなどまったくなかった本心を告げてしまったこと――。

「……あれは、幻術か何かに惑わされたのか……？」

榮晋はいぶかしげに呟く。

今、思い返しても、昨夜の自分がどうしても理解できない。

香淑を娶った本当の理由を馬鹿正直に明かす気など、欠片もなかった。

『夫君殺しの女狐』であることを知っていると明かしてやれば、ふてぶてしく開き直るに違いないと思っていたのに、まさか、本当に傷ついているように涙を流されるとは。

涙を流す香淑を見た途端、失望と罪悪感が押し寄せて——気がつけば、激情をぶつけていた。

あれを幻術に惑わされたと言わず、なんと言うのだろう。

「思いがけず美人だった花嫁に舞い上がって、うっかり口にしたんじゃねぇのか?」

からかい交じりの声に、道玄のにやついた顔を睨みつける。

「わたしが女の容貌などに惑わされるものか」

「わりぃわりぃ」

まったく悪いとは思ってなさそうな口調で道玄が詫びる。

「まあ、あの妖女を毎日のように見てりゃなぁ……。多少の美人にゃ、心動かされまい」

「代わってほしければ、今すぐにでも代わってやるぞ?」

睨みつけた榮晋に、道玄がおどけた仕草で肩をすくめる。

「そいつぁ魅力的なお誘いだが、遠慮しとくよ。オレの男ぶりに惚れられちゃあかなわねぇからな」

「生臭道士め」

人を食った返事に、榮晋はようやく頬をゆるめる。

ふだんから軽口を叩いてばかりだが、道玄にはどうにも憎めないところがある。いつの間にか相手の心にするりと入り込むような、不思議なおおらかさが。

何より、榮晋は道玄の道士としての力量を信頼している。もし、香淑の話をしたのが道玄の以外の者だったら、一顧だにしていなかっただろう。

「……お前の力をもってしても、なんともならんという答えは、変わらぬままか？」

答えを知りつつ、かつて断られた問いをふたたび口にすると、道玄の太い眉がきつく寄った。健啖ぶりを発揮していた箸を止め、酒杯を呷った道玄が苦い息を吐く。

「オレは自分の道士の腕前に、自信を持っている」

「逃がした妖は、十六年前に一匹だけ、だったか」

以前、道玄から聞いた武勇伝を持ち出し、榮晋はからかうように口の端を上げる。

「ああ。あの時はまだ、お師匠について回る見習いだったからな。まあ、仕方がねえ」

道玄がひげの下でにやりと笑った。

「そこいらの道士に、腕前じゃ負けやしねえ。人に害をなす妖を退治するのに否はないが……」

道玄が重々しく首を横に振る。

「アレは駄目だ。封じるためには根本を叩かなきゃいけねぇが、領域内での力が強すぎる。オレひとりの手に負える相手じゃねぇ。残念ながら、オレは自分の命と引き換えに妖を封じてやるほど、お人好しじゃないんでな」

道玄の言葉に、榮晋はゆったりと頷く。

自分の命が第一だと明言する道玄は、綺麗事を言う者より、よほど信頼できる。

「さすがに、何百年と丹家に取り憑いて、その血を啜り続けてきた大妖だけはある。ま、丹家の直系も、旦那で最後のひとりだが」

「この呪いを次代に遺す気はない」

決然と言い切り、榮晋は薄く笑う。

両親はもういない。誰よりも大切な姉は、遠い他州へ嫁いで幸せに暮らしている。

媚茗は、丹家の血と土地に取り憑いている白蛇の妖だ。

丹家の外ではさほど力を振るえぬが、その領域内では甚大な力を持つ。

――後は、榮晋だけだ。

榮晋さえ、命を絶つことができれば、何百年も昔に媚茗と交わした盟約から逃れられる。血族の中から清らかな乙女を贄として媚茗に差し出す代わりに、多大な富を丹家にもたらすという古の盟約から。

道玄ほどの実力があっても媚茗を封じることが無理なのなら、搦め手でいくしかない。

そのために、一縷の望みを託して、榮晋は香淑を娶ったのだ。

『夫君殺しの女狐』と噂される花嫁を。

榮晋は向かいに座る道玄を、期待を込めて見やる。

「道玄。わたしでは香淑の本性を見抜くことはかなわなかった。お前ならば、本性を見抜けるか？」

榮晋の問いに、道玄が眉を寄せて頷く。

「確かに、さっきの話だけじゃあ何とも言えんな。会ってみて……。必要とあれば、多少手荒なことをしてもいいってんなら……」

「女に手を上げるのは趣味じゃねぇんだがなぁ」とぼやく道玄に、榮晋は、「かまわん」と即答する。

「お前さえよければ、今すぐにでも――」

腰を浮かせかけた榮晋に、道玄が困り顔で頭を掻く。

「わりぃ。実はこの後、急ぎで出かけなけりゃいけねぇ用事があるんだ」

「今度は、どこで妖退治だ？」

豪放磊落で人を食ったようなこの男が、実は情に厚く、困っている者を見過ごせない性格だと、榮晋は知っている。

だからこそ、媚茗を滅ぼすことはできないと言いつつも、こうして慶川の町に留まり続け、榮晋の相談相手を務めてくれているのだろう。

もし、道玄と出会っていなかったら、とうの昔に自暴自棄になり、生ける屍と化していただろうと思うと、道玄には感謝の気持ちしか湧かない。

榮晋の問いかけに、道玄は言葉を濁した。

「あー。おいおい、そうなればいいっていうか……」

大きな手でがしがしと頭を掻く。

「伝手を頼って探してた蛇の妖に効くってゆー妖刀が手に入りそうなんだよ。見返りに、ひとつ仕事を手伝うことになっててな。二、三日ほど出かけなけりゃならねーんだ」

「それ、は……」

とっさに言葉が出てこず、榮晋は言葉を途切れさせた。

道玄が榮晋のために蛇の妖に効くという妖刀を求めてくれているのは、明らかだ。

「わたしは、お前にどう礼をしたらよいのだろうな？　花嫁のことといい、今回のことといい……。どれほどの礼を尽くせばよいのか、わからん」

正直に告げると、豪快な笑いが返ってきた。

「馬鹿言え！　やっぱり、まだ寝惚けてやがるだろう⁉」

大声にうつむいていた顔を上げると、道玄が明るい笑顔を榮晋に向けていた。

「オレはまだ何にもしてねぇだろうが！　心配すんな、見事、媚茗の奴を退治した暁には、丹家が潰れちまいそうなほど飲み食いして、たんまり報奨金をせしめてやるからよ！」

手酌で杯を呷った道玄が、無精ひげの下でにやりと笑う。

「覚悟しとけよ。その時には、この卓に収まりきらねぇほどの高級料理を並べて祝宴だからな。酒瓶の林を立ててやるから、たっぷりの銭を用意しておけよ！」

「……ああ」

ぞんざいな口調の裏にひそむあたたかさに、榮晋は口元をほころばせて頷く。

「お前と祝杯を交わせる日を、楽しみにしている。どうか、気をつけて行ってきてくれ」

「もちろんさ。旦那(だんな)も、オレが帰ってくるまで変なことを考えるんじゃねぇぞ？」

釘(くぎ)を刺すように睨まれ、榮晋は笑ってうそぶく。

「わかっている。せっかく手に入れた花嫁なのだ。逃げられるわけにはいかんからな。お前が帰ってくるまでは大人しくしていよう」

逃がす気など、欠片もないが。

「……おいおい、仮にも花嫁に対する言い草じゃねぇだろ、それ……」

ふたたび料理に箸を伸ばしながら、道玄が呆(あき)れた様子で嘆息する。

榮晋は微笑んだまま、あえて答えない。

道玄を、もちろん信頼している。

だが同時に、道玄が『アレは無理だ』と告げる媚茗から逃れられるただひとつの方法が、教えられて以来、胸の奥でずっとずっと、渦巻いている。

もう、丹家の直系で残っているのは榮晋ひとりなのだ。遠い他州で暮らす限り、媚茗は姉には手を出せない。

ならば。

後は、榮晋が死ねばいい。

むろん、媚茗はどんな手段を使ってでも、榮晋を死なせぬだろう。

実際、媚茗の呪われた加護がある限り、刃物だろうが、毒だろうが、榮晋を傷つけることは叶わない。もうすでに、何度も試して失敗済だ。

榮晋の嫁取りを不承不承だが媚茗が了承したのも、丹家の血を絶やさぬためだ。

それを、榮晋は逆手に取った。

「道玄。好きなだけ食べてくれ。勘定はこちらで済ませておく」

椅子から立ちながら告げると、骨付きの豚の足にかじりついていた道玄が「んぁ？」と視線を上げた。

「全然、食べてねぇじゃないか。そんなんで身体がもつのかよ？」

「この後、屋敷で取引相手と会って、食事をする予定があるのでな。お前は好きなだけ食べていろ」

榮晋はあっさりと嘘をつく。屋敷で取引相手と会うのは確かだが、食事の予定はない。

媚茗に絶えず精気を吸われている自分が、男としては痩せすぎだという自覚はある。

食べねば身体がもたないという判断も。

だが、どうにも食欲が湧かぬのだから、仕方がない。

ああ、早く。と榮晋は冀う。

早くこの忌々しい呪いから解放されたい、と。

道玄に背を向けて歩む榮晋の胸の中で、蝶のようにひらひらと舞うのは、かつて、道玄と出会って間もない頃に教えてもらった言葉だ。

あの時の道玄のしかめたひげ面も、苦々しい声も、昨日のことのように思い出せる。

『妖から呪われた加護を受けた人間が、そこから抜け出す方法？　そりゃあ、その妖自体を封じるか、滅するか。でなけりゃあ……』

──聞いた時、己の心に宿った昏く、ひそやかな熱も。

『同等かそれ以上の力を持った妖に殺されるか、だ』

「待って！」

がさり、と茂みの向こうに隠れようとした少年を、香淑はとっさに呼び止めた。

「待って、その……」

うまく言葉が出てこない自分に歯噛みしながら、渡り廊下の端に取り付けられた階段から、小走りに庭に下りる。少年は茂みの向こうに姿を隠したままだ。が、茂みが揺れていないところから察するに、じっと息をひそめているのだろう。

庭に下りた香淑は、茂みから少し離れたところで足を止めて屈む。急に近づきすぎて少年を驚かせては気の毒だ。

「こんにちは。わたくしは香淑というの。昨日、丹家に来たばかりで、何もわからなくて……」

できるだけ、柔らかな声を意識する。

「ひとりで心細い思いをしていたの。よかったら、茂みから出てきて、おしゃべりをしてくれない？　わたくし――」

先ほど見えた幼い顔立ちを思い描くだけで、口元に自然と笑みが浮かぶのを感じる。子どもは好きだ。無邪気な笑顔を見ていると、香淑の心まで癒やされる。

本心を乗せた言葉は、するりと唇からこぼれ出た。

「わたくし、あなたとお友達になりたいの」

「とも、だち？」

がさり、と声とともに、少年の迷いを表すように茂みが揺れる。

姿が見えぬままの少年に、香淑は大きく頷いた。

「そう。この家には、親しい人はまだいないから……。あなたが、わたくしのひとり目のお友達になってくれない？」

「友達に⁉　うんっ、もちろんいいよ！」

はずんだ声とともに、鞠のように少年が茂みから飛び出してくる。無邪気そのものの笑顔は、初夏の陽射しよりもなお明るい。

香淑の前まで駆けてくると、少年はにっこりと微笑んだ。

「ぼく、晴喜っていうんだ！　お姉さんは、香淑っていうの？」

「ええ、そうよ」

間近でふりまかれる笑みがまぶしい。お姉さんと呼んでもらえる年ではないのだが、晴喜の言葉を否定するのもどうかと思い、笑顔で頷く。

人懐っこい晴喜の笑顔を前にすると、こちらまで自然と笑顔になってしまう。

「ふうん」と頷いた晴喜が、くりくりとした目を真っ直ぐ香淑に向ける。

「じゃあ、香淑が榮晋のお嫁さんなんだよねっ⁉　ぼく、榮晋のお嫁さんが来たら、お気に入りの場所を教えてあげようと思ってたんだ！　こっちこっち！」

「えっ？　あの……っ⁉」

香淑の戸惑いを意に介さず、きゅっと手を握った晴喜がはずむような足取りで庭木の間を歩いていく。その勢いに香淑もついて行くほかない。

晴喜に手を引かれるまま、香淑の部屋がある棟の角を曲がったところで。

「あ……っ」

ふわりと鼻をくすぐった香りに、香淑は思わず声を上げた。

「どうしたの？」

立ち止まった晴喜が小首をかしげる。

「ごめんなさい。ちょっといいかしら？」

晴喜が頷くのを待つのももどかしく、芳(かぐわ)しい匂いを放つ梔子(くちなし)の花に近づく。

つやつやと厚みのある濃い緑の葉の間に、一重の白い花びらが、初夏の陽光の中で自ら光を放つようにきらめいている。

「香淑？」

梔子の木の前で凍りついたように動かなくなった香淑に、晴喜が不思議そうな声をかける。

「その……」

答えかけて、ためらう。香淑が見つめているのは梔子の木の一点だ。そこだけ、ぱきりと枝先が折られていた。

梔子の枝を折ったのは誰かと晴喜に尋ねたところで、知るはずがないだろう。

「なんでもないの。いい香りだと思って……。待たせてごめんなさい」

「ううん」

あっさりとかぶりを振った晴喜が、ふたたび香淑の手を引く。

晴喜が案内してくれたのは、庭木の間に隠れるように建てられた、こじんまりとした四阿だった。やはり、ここにも人気はない。

四阿に設えられた長椅子に、晴喜がぴょんと飛び乗るように座り、手をつないだままの香淑も隣に腰を下ろす。

座りながら、香淑はそっと晴喜の様子をうかがった。

年の頃は六、七歳くらいだろうか。陽光をはねかえしてきらめく茶色の髪と、同じ色の目をしている。黒髪に黒い目の者が大半を占めるこの国では比較的珍しい色彩だ。もしかしたら、異国の血が流れているのかもしれない。

明るくあたたかな色合いは、晴れやかな晴喜の笑顔によく似合う。

が、この少年は何者だろうか。

丹家の庭にくわしそうなので、別の屋敷の子ではあるまい。ということは……。

香淑は、榮晋の白皙(はくせき)の美貌(びぼう)を思い返す。

榮晋は二十三歳だ。あの美貌なら、周りの女達が放っておかぬだろうし、若気の至りで、子どもが生まれてしまったという事態は、十分に考えられる。

それにしては、先ほど晴喜が榮晋を呼び捨てにしたのが解(げ)せないが。

それに、月の光を縒(よ)り合わせたような榮晋の怜悧(れいり)な美貌と、太陽の光を集めたような晴喜の笑顔は、正直ほとんど似ていない。

母親似なのだろうか。こんなに愛らしい笑みを振りまく晴喜の母親ならば、きっと当人も、榮晋の心を捕まえて離さぬ、笑顔の素敵な美女に違いない。

まだ見ぬ榮晋の愛妾(あいしょう)を思い描いた心が、ずきりと痛む。

『人形みたいにすました顔が気に食わん』

不意にひとり目の夫の言葉が記憶の底から甦(よみがえ)り、香淑は固く目を閉じてかぶりを振った。

「どうしたの？」

つないだままの手に力が入ったからだろう。晴喜が心配そうな声を出す。

香淑は目を開け、あわてて口元に笑みを浮かべた。

「なんでもないの。その……。この四阿は素敵な場所ね」

こじんまりとしているが、それがかえって落ち着く。四阿の周りには色々な種類の庭木や花が植えられており、初夏の光を受けて咲く花々が目だけではなく香りでも楽しませてくれる。

深く息を吸えば、花々の優しい香りが心の痛みをまぎらわせてくれる気がした。

香淑の言葉に、晴喜の顔がぱぁっ、と輝く。

「そうでしょ！　いい場所でしょう!?　ぼく、ここ好きなんだ～。ここでそよ風に吹かれながらお菓子を食べたら、いつもよりもっとおいしく感じられるんだよね！」

「晴喜はお菓子が好きなの？」

「うんっ、大好き！」

無邪気な即答に、香淑も自然と笑みがこぼれ出る。

「じゃあ、次に会う時までにお菓子を用意しておくわね。焼き菓子は好き？」

「うん！　どんなお菓子も大好きだよっ！」

大きく頷いた晴喜が、甘えるように香淑に身を寄せてくる。

「よかったぁ～。香淑が優しそうな人で。ちょっと不思議な感じがするけど、すっごくいい匂いだし」

「……その」

「なぁに？」

笑顔で見上げる晴喜に、ためらいを振り切るように問いかける。

「晴喜はその、榮晋様のお子様なの？」

「へ？」

くりっとした目が、さらに丸くなる。かと思うと。

「ぷっ！　そんなわけないじゃないか！　ぼくは榮晋の友達だよ！」

けらけらと晴喜が明るい笑い声を立てる。

「友達……」

「そうだよ！　いくらぼくがちっちゃく見えるからって……」

胸を張って何やら言いかけた晴喜が、途中で口ごもる。と、ごまかすように小首をかしげた。

「それにしても、なんで息子だと思ったの？　榮晋、まだあんなに若いし、顔だってぼくと似てないのに」

「それは……」

まだ幼い少年に言っていいものかどうか、ためらう。が、知りたいという欲求が、唇を動かしていた。

「だって、榮晋様には、わたくしの他におそばに侍る方がいらっしゃるのでしょう？」

さすがに『愛妾』とは言えず、ぼかした言い方をする。

明確な答えを期待したわけではなかった。が。

「……っ！」

晴喜の顔が、凍りつく。小さな身に激しい震えが走ったのが、寄りかかった身体から伝わってくる。

強い衝撃と恐怖に強張った晴喜の顔を見た途端、香淑は己の失言を激しく悔やんだ。

「ごめんなさいっ！　晴──」

「香淑」

謝るより早く、晴喜がぎゅっと強く、香淑の手を握る。

香淑を見上げた茶色の瞳に宿るのは、祈るような真摯なまなざしだ。

「香淑は、榮晋を幸せにしてくれる？」

「え……？」

とっさに脳裏をよぎったのは、昨夜、榮晋に告げられた言葉だ。

『お前を娶ったのは──わたしを殺してもらうためだ』と。

そんなことを望まれている香淑が、榮晋を幸せにするなど──。

だが、香淑の内心など知らぬ晴喜が、ぐっと身を寄せてくる。

「香淑は、榮晋が選んだお嫁さんでしょう？　榮晋、今までは頑なにお嫁さんを娶ろうなんてしなかったのに……。香淑のことは、必死に探して、今か今かって嫁いでくるのを待っていたんだよ？　すっごく楽しそうな顔をして……」

晴喜が必死に言い募る。

が、香淑には晴喜が話す内容と、自分が昨夜見た榮晋が、どうしても結びつかない。

同じ名前の別人ではないかとさえ思う。けれど。

「お願い……。ぼくじゃ、力不足だから……っ」

今にも泣き出しそうな晴喜の声と表情に、香淑は反射的に小さな手を握り返す。

「わたくしに、どこまでできるかわからないけれど……。できる限りのことをやってみるわ」

晴喜の憂い顔を何とかしたい一心で、力強く言葉を紡ぐ。

ついさっき会ったばかりだが、時間など関係ない。晴喜は、誰ひとり親しい者のいない丹家で、初めてできた友達なのだから。

素直で愛らしい晴喜が、香淑に嘘をついているとは思えない。

夕べ、一瞬だけ見えた榮晋の縋るような表情。

あれが、本当の榮晋の姿なのだとしたら――。

「ありがとう」

そ、と晴喜の柔らかな短い髪を撫でると、驚いた様子で晴喜が顔を上げる。大きな目を見開き、きょとんと見上げる晴喜に、香淑は優しく微笑んだ。

「あなたのおかげで、大切な気持ちを思い出せたから。だから、ありがとう」

「……？」

なぜ急にお礼を言われたのかわからず、不思議そうに小首をかしげる晴喜に、香淑はふわりと笑う。

「昨日は、驚愕することが多すぎたせいで、すっかり頭から抜け落ちていたけれど……」

榮晋との結婚が決まった時の気持ちを、思い起こす。

『夫君殺しの女狐』と疎まれていた香淑に突然舞い込んだ縁談に、大きな不安と同時に、かすかな希望を抱いたことを。

今度こそ──。今度こそ、結婚相手と添い遂げられるのではないか、と。

「榮晋様のことを教えてくれて、最初の気持ちを思い出させてくれて、ありがとう」

香淑はそっと晴喜の顔を覗き込む。

「あの……。ひとつ、お願いがあるのだけれど……。あなたのことを、抱きしめてもいいかしら？」

「もちろんだよっ！」

言うなり、晴喜のほうから香淑に抱きついてくる。

勢いよく飛びついてきた小さな身体を、香淑はぎゅっと抱きしめた。

少年らしい華奢な体軀。明るい茶色の髪からは、胸をあたたかくするような陽だまりの匂いがする。

榮晋の心を解きほぐせば……。もしかしたら、いつか、我が子をこうして抱きしめるという夢が、叶うかもしれない。

「やっぱり、香淑はあたたかくて優しい匂いがする。不思議な匂いも混じっているけれど……。でも、いい匂いだ」

晴喜が甘えるように、香淑の胸元に顔をすり寄せてくる。

子どもは好きだが、接する機会自体少ないので、こんな風に甘えられた経験などない。昔、年の離れた妹や弟とじゃれあった時くらいだろうか。

体温の高い小さな身体は、抱きしめているだけで自分の胸にもあたたかなものがあふれてくる気がする。

同時に、丹家での生活に対する希望も。

香淑の努力次第で晴喜の笑顔を守れるのなら、励まぬ理由がどこにあるだろう。

名誉も矜持も、清らかさも。両親からの愛情も。もう、全部、とうの昔に失っている。

香淑に残っているのは、もう、この身ひとつだけだ。

ならば――。

わずかなりとも望みがあるのなら、それに賭けぬ理由が、どこにあるだろう？

そう思い、香淑はふと、己の心が軽くなったのを感じる。

身ひとつで丹家に連れてこられ、夫である榮晋には、子を生す気はないと明言された。

それどころか、殺してほしいなどと、とんでもないことを願われ。

ふつうの神経の花嫁ならば、泣き伏し、我が身の境遇を嘆いていることだろう。

だが、逆に香淑は不思議なほどの清々(すがすが)しさを感じていた。

きっと、これが香淑の人生で最後の機会だ。

この婚姻が潰(つい)えたら、今度こそ、香淑はただ日々を消費していくだけの生ける屍(しかばね)になるだろう。

恐怖はまだ、胸の奥底で渦巻いている。

けれど、目の前にあるかもしれない希望を見て見ぬふりをすることのほうが、ずっと怖い。

求めても、見つからないかもしれない。手を伸ばしても、振り払われるかもしれない。

けれど――。

今朝、胸に抱いた梔子(くちなし)の花のように、香淑は心を込めて晴喜の小さな体を抱きしめる。

「晴喜。あなたは力不足などではないわ」

香淑は、声に力を込めて、先ほど晴喜がこぼした嘆きを訂正する。

「あなたのおかげで、挑んでみる気になったのだもの。あなたは、すごい力を持っているわ」

「……ほんとに？」

不思議そうに問いかける晴喜に視線を合わせ、香淑は大きく頷(うなず)く。ようやく少年の面輪から憂いが晴れていった。

「そうだといいなあ……っ！　榮晋は、大事な友達なんだ。もう、今は榮晋しか残ってない……。あっ、違った！　今、香淑も友達になったもんね！」

てへへ、と舌を覗かせて笑う晴喜につられ、香淑も笑みをこぼす。

「ねえ、晴喜。教えてほしいのだけれど、あなたと榮晋様がお友達だというのは――」

問いかけた瞬間、ぴくり、と香淑の腕の中で晴喜が身じろぎし、首を巡らせる。

「聞こえる……」

「……これは、子どもの泣き声……？　でも、どこからかしら……？」

晴喜に続いて耳をそばだてた香淑は、庭の向こうから、かすかに響いてくる子どもの泣き声を耳にして首をかしげる。

「ぼくが案内してあげる！　こっちだよ！」

するりと長椅子から下りた晴喜が、止める間もなく駆け出す。長い裾を両手で持ち、香淑はあわてて数歩先を行く晴喜の後を追いかけた。

胸を締めつけるような哀しげな子どもの泣き声は、向かう間も止むことなく聞こえてくる。高い声の様子からして、晴喜よりもさらに幼いようだ。

いくつかの棟を通り過ぎたところで。

「いた……っ！」

天を仰ぎ、涙をぬぐうことも忘れたように両手をだらりと脇に垂らして大声で泣く三歳ほどの男の子の姿を見つけた途端、香淑は脇目もふらず幼子に駆け寄った。

「どうしたの？」

幼子の前に両膝をついて屈み、できるだけ優しい声で問うと、驚いたように香淑を見た幼子の泣き声が、一瞬だけ止まる。かと思うと。

「きゃっ」

どすっ、とものすごい勢いで抱きつかれ、香淑は尻もちをつきそうになった。

「ぢぢうえ～っ!!」

泣きすぎて不明瞭な声とともにぎゅっとしがみつかれ、目を白黒させる。まさか、香淑を父親と見間違えたわけではないだろう。

よしよし、と香淑は晴喜よりももっと小さい背中を優しく撫でる。

「どうしたの？　お父様は、どちらにいらっしゃるの？」

「わがんない～っ」

幼子の目から、新たに大粒の涙がぼろぼろとこぼれ落ちる。言いながら、ぐりぐりと香淑の胸元に顔をこすりつけてくるので、衣に涙がしみこんでいく。

「ええと……。まず、お名前を教えてもらってもいいかしら？　わたくしは香淑。あなたのお名前は？」

手元に手巾がなかったので、長い袖で涙をぬぐいながら尋ねると、

「阿良……」

と舌ったらずな答えが返ってきた。阿良というのは、父親が息子を呼ぶ時の愛称なのだろうが、それを素直に口にするさまが愛らしくて、香淑は口元をゆるませる。

「阿良は丹家のお坊ちゃまなの？　それとも、丹家に来られたお客様かしら？」

香淑はまだ全容を知らないが、丹家の敷地は広い。阿良は見たところ三歳くらいだろう。このくらいの年なら、自分の屋敷で迷子になる可能性もある。

阿良を怖がらせないよう、できるだけ優しく尋ねると、

「ぢぢうえときたの……っ」

と、大きな目にぶわっとふたたび涙の玉が盛り上がった。父親がそばにいない不安を思い出したのだろう。

「そう。じゃあ、おばさんと一緒に、お父様を捜しにいきましょう？　大丈夫。きっとお父様のほうでも阿良を捜していらっしゃるわ。きっとすぐに会えるから」

今度こそ榮晋の子どもかと覚悟していた香淑は、内心、嬉しいような哀しいような複雑な気持ちを味わう。

こんなに可愛い子どもがいたら、自分の子でなくても大切にするのに。

「うん……」

香淑に涙を拭かれるままになりながら、阿良が頷く。

柔らかな髪をひと撫でし、香淑は立ち上がって阿良に右手を差し出した。が。

「だっこ……」

阿良が「ん」と両手を上げる。

香淑は笑って頷くと、腰を屈めて阿良を抱き上げた。

三歳くらいとはいえ、仕立ての良い衣に包まれた肉づきのよい身体はずしりと重い。ふだん重いものを抱く機会のない香淑には尚更だ。が、甘えるように首に腕を回してくる阿良の愛らしさに、香淑は重さも忘れて歩き出す。

きっと阿良の父親は榮晋の客だろう。本邸へ行けば、阿良の父親や従者か、丹家の召使いか、ともかく誰かに会えるはずだ。

歩き出してすぐ、香淑は晴喜の姿が消えていることに気づく。

いつの間にいなくなったのだろう。が、この状況では捜しにいけない。晴喜は丹家にくわしそうだったので、ひとりでも大丈夫だろうと香淑は自分を納得させる。

庭木の向こうに見える大きな建物が本邸だろうと、当たりをつけて進んでいく。

歩きながら、阿良がたどたどしく教えてくれたところによると、阿良は父親の呉良や従者達と一緒に、丹家に来たらしい。

父親が阿良いわく、『すごくきれいなおにーちゃま』と仕事の話をしている間に、暇をもてあました阿良は、従者のひとりを供に、庭に出たそうだが。

阿良が庭木の陰に隠れるたび、従者が大仰にあわてふためくのが面白くて、あちこちの庭木の陰に隠れて移動しているうちに、従者とはぐれ、気がつけばひとり見知らぬ場所にいたのだという。

「こちらのお庭は、今を盛りと色とりどりのお花が咲いているものね。ついつい奥に行きたくなる気持ちもわかるわ」

きっと、迷子になったと気づくまでは、心躍る冒険だったのだろうと、微笑ましく思いながら頷くと。

「うん……。でも、ひとりはこわかった……。このおうち、なんだかこわいんだもん」

香淑の首に腕を回した阿良が、ぎゅうっ、と力をこめてくる。

確かに、まったくと言っていいほど人気を感じない丹家は、ひどく空っぽな印象を受ける。幼い阿良が不気味に思っても仕方があるまい。

重さに少し疲れてきた腕で阿良を抱え直し、背中を優しく撫でる。

「大丈夫よ。すぐにお父様のところへ行きましょうね」

庭木の向こうに、かなり本邸が近づいてきている。

もう少し行けば、阿良を捜す従者の声が聞こえるのではないかと、庭木の陰を出たところで。

「香淑っ⁉」

突然、艶のある声に名を呼ばれて驚く。本邸の方向から足取りも荒くこちらへ向かってくるのは、予想通り榮晋だ。と、香淑が抱きかかえる阿良に気づいた途端、榮晋が目を剝いた。

土を蹴立てるように、香淑に向かって駆け寄ったかと思うと。

「何をする気だっ⁉」

顔を蒼白にした榮晋に、手荒く阿良を奪い取られる。

「あっ」

急に引きはがされた阿良の爪が、香淑の首元を引っかく。が、痛みを感じる間もなく。

「う……、うわぁ――んっ！」

乱暴に扱われた阿良が、大声で泣き出した。

「な……っ!?」

「榮晋様！　そんな抱き方では可哀想ですわ！」

まるで物でも扱うような持ち方に、香淑は思わず阿良に両手を差し伸べる。

「こうじゅくぅ～っ」

阿良も両手両足をばたつかせ、榮晋の手から逃れようとしたが。

「駄目だっ！」

榮晋が己の身体で隠すように、阿良を腕の中に引き寄せる。香淑を睨みつける目は、刃のように鋭い。

「こんな幼子に何をする気だ!?」

「な、何もいたしませんっ！　ただ、迷子になっていた阿良を、お父様のところへ連れて行こうと……っ！」

泣き続けている阿良を放っておけなくて、香淑は榮晋に抱えられた阿良を、榮晋の腕ごと抱きしめる。榮晋が慄くように身じろぎしたが、逆に阿良は小さな手をめいっぱい伸ばして香淑にしがみついてくる。

「大丈夫よ、阿良。榮晋様はお優しいから」

阿良の背中を撫でてなだめながら、険しい顔で香淑を睨みつけている榮晋を見上げて頼み込む。

「……あの、榮晋様。もう少し、優しく阿良を抱っこしてくださいませんか……？」

「……」

榮晋は眉を寄せるが、香淑のもとへ行こうと腕の中で暴れ続ける阿良に、思うところがあったらしい。

「……こうか？」

腕全体で阿良を支え、胸元に引き寄せると、ようやく阿良も暴れるのをやめた。が、阿良の小さな手は、離れようとした香淑の衣の袖をしっかと握ったままだ。

「ずいぶんと懐かせたものだな。……もしかして、お前が庭の奥へ子どもを招き寄せたのか？」

榮晋の瞳は、刺すような光をたたえたままだ。が、香淑には、榮晋が何を言いたいのか摑めない。

「いえ、その……。あまりにいいお天気なので庭に出ておりましたら、泣き声が聞こえたのです……。阿良と会ったのは、まったくの偶然ですわ」

袖をぎゅっと摑んだままの阿良の手をあやすように撫でてやりながら答えると、榮晋の形良い眉がいぶかしげにひそめられた。

「口では何とでも――」

「阿良っ！」

言いかけた榮晋の言葉が大声に遮られる。

四十歳ほどの商人風の男が、従者を従え、あわてた様子で駆け寄ってくる。よく似た顔立ちからして、阿良の父である呉良に違いない。

「ちちうえ！」

男を見とめた阿良の顔がぱあっと輝く。

榮晋が阿良を地面に下ろしてやると、阿良は暴れて乱れた衣もそのままに、短い手足を懸命に動かして父親へと走り寄る。力強い腕で息子を抱き上げた呉良が、ふくふくした顔に頰ずりしたかと思うと、「こら！」と目を怒らせた。

「ひとりで勝手に奥まで行って……っ！　心配したんだぞ！」

「ご、ごめんなさいぃ……」

阿良のつぶらな目にじわりと涙が浮かぶ。

息子の頭をひと撫でした呉良が、榮晋と香淑に向き直り、深々と頭を下げた。

「ご迷惑をおかけしまして、誠に申し訳ございませんでした。息子には、重々言って聞かせますので……」

「いや、気にしてくれるな。それよりも、ご子息が何事もなく見つかってよかった」

榮晋が、香淑が聞いたことのない穏やかな声音で応える。ほっと息をつくさまは、心の底から安堵(あんど)しているようだ。

「いえ、御当主である榮晋様自らにお捜しいただくなど……。申し訳ございませんでした。ですが、その……。そちらの方は？」

いぶかしげに香淑に視線を向けた呉良が、ぎょっと目を剝く。

「そ、その衣は……っ⁉　申し訳ありません！　阿良が汚してしまいましたか⁉」

呉良の声に、香淑を振り返った榮晋も目を見開く。

阿良が大泣きしてさんざん縋(すが)りついていたせいだろう。香淑の衣の胸元がぐっしょりと濡(ぬ)れ、色が変わっている。涙をぬぐった袖(そで)などは、べったりと肌にはりつくほどだ。

が、香淑はおっとりと微笑んで榮晋と呉良を見やる。

「大丈夫ですわ、このくらい。ただ、濡れただけですもの。何でもありませんわ」

「ですが……」

申し訳なさそうに顔をしかめる呉良に、ゆるりとかぶりを振る。

「本当に、乾けば何でもございませんから、どうぞお気になさらないでくださいませ。阿良を叱ったりなさいませんよう……。わたくしも、可愛い阿良とおしゃべりができて楽しゅうございましたから」

父親の腕に抱かれている阿良に、「ね？」と小首をかしげてみせると、阿良がこくんと頷(うなず)いた。

「こーしゅくとおしゃべりしながら、ここまできたんだよ！」

「こら！　呼び捨てにするなんて無作法な……っ」

言いつつ、呉良が問うような目を榮晋に向ける。その顔には、香淑は何者だという問いが、ありありと浮かんでいた。

榮晋がひとつ吐息して答える。

「香淑は……。先日娶った、わたしの妻だ」

「……それは、おめでとうございます」

一瞬、息を呑んだ呉良が、如才なく言祝ぐ。

が、驚きに満ちた呉良の表情を見れば、香淑を榮晋の妻だと予想していなかったのは明らかだ。綿の地味な衣を纏った香淑は、いいところ、内働きの侍女くらいにしか見えないだろう。何より、榮晋と年が離れすぎている。

「知っておりましたら、祝いの品をお持ちしましたものを……。申し訳ございません」

詫びる呉良に、榮晋が首を横に振る。

「祝いなど不要だ。そもそも、公にしていないのでな。わたしが嫁を娶ったと知れば、あれこれと不要な憶測をする者も多い。そのような輩に、煩わされたくないのだ。呉良、おぬしも口外せずにいてくれたら助かる」

呉良が得心したように頷く。

「なるほど。秘して大切に慈しんでらっしゃる花というわけでございますか」

呉良はいったいどんな誤解をしているのかと、香淑はいたたまれない気持ちになる。

榮晋が香淑の存在を隠したいのは、『夫君殺しの女狐』が丹家に嫁いでいると、口さがない噂を立てられたくないためだろう。

と、榮晋があでやかに微笑む。

「ああ……。手に入れたいと、夢にまで見た花だ」

見る者を魅了せずにはいない恍惚とした笑みに、香淑も呉良も、呑まれたように押し黙る。

客人の前での嘘。頭ではそうわかっているのに、心臓が騒ぎ立てて仕方がない。

榮晋の艶やかな声の響きが、あまりにも愛しげで。

「ちちうえ……？」

あてられたように押し黙る呉良に、阿良が不思議そうに問いかける。ごほん、と呉良が取り繕うように咳をした。

「商談の最中だというのに、お騒がせして申し訳ございませんでした。阿良も無事見つかりましたし、よろしければ商談の続きをいたしませんか？」

「ああ、そうだな」

頷いた榮晋が、ふいと香淑から顔を背け、歩き出そうとする。が。

「こうしゅく……」

呉良に抱かれた阿良が、身をよじって香淑に小さな手を伸ばす。

「こうしゅくも、いっしょがいい……」

べそ、と阿良の声が、湿り気を帯びる。

「こら、阿良！　わがままを言っては……」

「だってぇ……」

「あのっ」

父親に諌められて今にも泣き出しそうな阿良を見た途端、香淑は思わず声を上げていた。

「差し支えなければ、お二人が商談をなさっている間、わたくしが阿良の相手を務めてもよろしいですか……？　そうすれば商談に集中できますでしょう？」

驚いて香淑を見る榮晋と呉良に控えめに提案する。

「それは……。阿良が懐いているようですし、わたしは助かりますが……」

呉良が顔色をうかがうように榮晋の美貌を見やる。香淑の真意を見抜こうとするように猜疑に満ちた視線を向けていた榮晋が、ややあって諦めたように吐息した。

「そうしたいのならば、すればよい。だが、余計な口は挟むなよ」

「ありがとうございます！　もちろん、注意いたします」

あっさりと許可が下りると思っていなかった香淑は、声をはずませて頭を下げた。

「こーしゅく、こーしゅくっ！」

可愛らしく甘えてくる阿良と、数え歌を歌ったり、手遊びをしたりしていた香淑だが、同じ部屋にいるせいで、嫌でも榮晋と呉良の話も耳に入ってくる。

洩れ聞こえる話から察するに、榮晋は今まで丹家で行っていた取引のひとつを、破格の値段で呉良に譲り渡すらしい。榮晋の申し出に、呉良はひたすら恐縮している。

「本当によろしいのですか？　このような好条件で……」

うまい話には裏がある、と言わんばかりに問う呉良に、榮晋は鷹揚に頷いた。

「ああ。わたしひとりで管理するには、大きくなり過ぎていたのでな。前々から、整理しようとは思っていたのだ。かつて、自身でも隊商を率いていた呉良殿なら、安心してゆだねられる」

穏やかに告げる榮晋の瞳に、憧憬と嘆きがよぎった気がして、香淑は思わず榮晋の顔を見直す。が、表情が揺れたのはわずかな間のことで、次の瞬間には冷静に商談を進める当主の顔に戻っていた。

「それで、先ほど提示した条件だが」

「もちろん、すべて呑ませていただきます。事業だけではなく、それに通じた優秀な使用人達もお譲りいただけるとは……。誠にありがたいことでございます」

呉良が大きく頷く。榮晋が安堵したように表情をゆるめた。

「そうか。よろしく頼む」

「しかし……。どうなされたのです？　このところ、これまで広げられていた事業や取引を、わたし以外の商人にも売り渡されているようですが……？」

おそるおそるといった様子で問うた呉良に、榮晋は何でもないことのように頷く。

「突然の事故で両親を喪い、当主になってから三年。ふがいない様を見せて、冥府の両親を嘆かせては、と、ひたすらに事業に打ち込んできたが……。さすがに、手が回らなくなってきたのでな。少し、骨休めがしたくなったのだ……。若輩者が世迷言を、と笑われてしまうかもしれんが」

「とんでもないことでございます」

年齢だけならば榮晋の二倍近い四十がらみの呉良が、笑ってかぶりを振る。

「わたしも、なかなか恵まれなかった子どもをようやく得て、若い頃とは考えが変わりました。豊かであるに越したことはありませんが、家族とともに過ごす時間も大切でございましょう。ましてや、榮晋様はお美しい奥方様を娶られたばかり。丹家の末永い繁栄のためにも、他の宝が必要でございましょうから」

にこりと呉良に微笑まれ、香淑はぎこちない笑顔を返す。

榮晋は香淑と子を生す気はないのだと、新婚夫婦を言祝ぐ呉良に、告げられるわけがない。

ぎくしゃくとした会釈はしかし、呉良には照れているのだと好意的にとられたようだ。

「いや、これは申し訳ございません。初々しい花嫁様の前で口にすることではございませんでしたな」

「いえ……」

香淑は、阿良との手遊びの手を止め、つないだままの手を見つめた。香淑の手のひらでもすっぽりくるんでしまえるほど、小さく柔らかな阿良の手。

「阿良のような可愛らしい子を見ていると、わたくしも……、と願わずにはいられませんわ」

ごく自然に、言葉と笑みがこぼれ出る。視界の端で、一瞬、榮晋が苦々しい顔をしたのが見えたが、呉良の手前、何も言わない。

「お二人のお子様でしたら、さぞかし可愛らしい子が生まれるでしょうな」

何も知らぬ呉良が笑顔でしみじみと告げ――榮晋と香淑は、お互いに作り笑いを浮かべた。

「うまく手懐けたものだな」

商談を終えた呉良達を見送った屋敷の玄関で、阿良達の姿が見えなくなった途端、香淑は榮晋に冷ややかな声で吐き捨てられた。

つい先ほどまで呉良となごやかに商談をしていた人物とは、別人のようだ。

「阿良が素直ないい子だったからですわ。それに、子どもは好きですもの」

「喰うのがか？」

「え？」

榮晋の低い声を聞き逃し、小首をかしげたが、榮晋は別の言葉を口にする。

「それにしても見事な化けっぷりだ。先ほどの様子を見れば、正体を知らぬ者は、お前を女狐とは思うまい」

侮蔑を隠さぬ冷ややかな声に、香淑は淡々と問い返す。

「呉良様に、正体をお伝えしたほうがよろしかったですか？」

肯定されるまいと、あえて発した問いに返ってきたのは、不快げに眉をひそめた顔だ。

不意に、榮晋の手が香淑の腕を摑んで引き寄せる。

「あっ」

乱暴に引き寄せられ、よろめいた身体が、榮晋の胸板にぶつかる。

「正体を見せてくれるというなら、望むところだ」

榮晋の闇色の瞳が、奥底まで見通すように香淑を射貫く。

「お前の本当の姿を、見せてみろ」

鋭い声。香淑の腕を摑んだ手は、力がこもって痛いほどだ。

視線を外したいのに、闇を宿した瞳から目が離せない。

「いいえ」

ふる、と香淑はかぶりを振る。

腕を摑む手の強さに、無意識に身体が震え始める。

『夫君殺しの女狐』と呼ばれるこの身の奥に、どんな穢れたものが隠れているかなど、明かせるわけがない。

「榮晋様にお見せできるようなものなど、ございませんわ」

震えをおして告げた瞬間、どんっ、と乱暴に突き飛ばされた。

背中が玄関の壁にぶつかり、息が詰まる。思わず閉じたまぶたを開けた時には、眼前に榮晋の白皙の美貌が迫っていた。

「っ」

反射的に逃れようとした肩を、乱暴に摑まれる。

「見る価値があるかどうか、決めるのはお前ではない」

指先で香淑の肩口を喰い破ろうとするかのように、力がこもる。

艶のある声は怒りにひびわれ、睨みつけるまなざしは刃のよう。

遠慮容赦のない力に、身体の奥底から震えが湧き上がってくる。

心と身体に刻みつけられた恐怖に、止めようとしても、震えが止められない。

空気まで重く、沈んでゆくようだ。全身が粟立ち、くずおれそうになる。と。

榮晋が、きつく眉根を寄せる。

しかめられた美貌によぎったのは、怯える香淑に罪悪感を刺激されたような表情だ。

同時に、ひそめられた瞳の奥に、祈りにも見た感情を見た気がして。

『香淑は、榮晋を幸せにしてくれる？』

晴喜の言葉を思い出した瞬間、薄布をめくるように恐怖が薄らぐ。

できる限りのことをやってみると、晴喜に誓ったのだ。純真な晴喜と交わした約束を破るなど、もってのほかだ。

今の榮晋と、晴喜が語る榮晋のどちらが真実の姿なのかは、わからない。ならば。

「それほどお知りになりたければ、わたくしをおそばに置いてはいかがですか……？」

榮晋と出逢ってから、まだ一日すら経っていない。

そばで見ていれば、どの榮晋が本当の姿なのか、見極められるかもしれない。

「わたくしも榮晋様のことを知りとうございます。なぜ――、っ!?」

継いだ言葉は、不意に断ち切られる。

――唇を、榮晋のそれにふさがれて。

「っ！」

目を固く閉じ、思わず押し返そうとした右手を、榮晋の左手に搦めとられる。

香淑の手を捕らえた榮晋の指先が、右手を壁に縫いとめる。

左腕一本で押し返すが、香淑を壁との間に挟んだ榮晋の身体はびくとも動かない。

いったい、何が起こっているのかわからない。思考が白く染め上げられ、停止する。

ただただ、自分の心臓がうるさいくらい騒ぎ立てているのがわかる。

首を振って逃げようとしたが、顎を摑む手が許してくれない。

「……っ、は」

窒息してしまう、と引き結んでいた唇をほどいた瞬間、唇を割って榮晋の舌が侵入してくる。

驚きのあまり、身体が凍りつく。

奥へと引っ込んだ舌を榮晋の舌が捕らえ、何かに驚いたように動きが止まる。かと思うと。

「んぅ……っ」

急に動いた舌が、香淑のそれに絡みつく。まるで形を確かめるように舌全体をなぞる熱く湿った感触に、そわりと背中が粟立つ。

背中だけではない。全身に漣（さざなみ）が走り、くずおれそうだ。

榮晋の熱い舌が、絡み、巻きつき、なぞり、香淑を翻弄（ほんろう）する。

くちゅり、と口内で湿った音が鳴る。混ざり合う吐息は、果たしてどちらのものか。

思考が融（と）けて、何も考えられない。

「……は」

ひとつ吐息し、ようやく榮晋が唇を離す。つぅ、と唾液（だえき）の糸が細い橋を架け、途中でふつりと切れた。

ゆっくりとまぶたを開けた香淑の視界に最初に飛び込んできたのは、唾液に濡（ぬ）れた薄い唇だ。目の下から頬に朱を散らし、切なげに目をすがめた美貌（びぼう）は、女の香淑でさえ、息を呑（の）むほどなまめかしい。

「先ほどの」

濡れた唇が、艶やかな声を紡ぐ。

「先ほどの挑発は、わたしのそばにいたいと願う心の表れか……？」

榮晋の面輪が近づく。

反射的に身を強張らせた香淑の頬をかすめ、榮晋の唇が耳朶を食んだ。

「思いがけず、可愛いことを言う」

びくり、と震えた香淑の反応を楽しむように、耳朶に甘く歯を立てた榮晋が、くつりと喉を震わせる。

「愛い奴だ。……夕べのように、可愛がってほしいのか？」

香淑の顎を摑んでいた手が離れる。

下りた手が、するりと衣の合わせ目にすべりこみ。

「っ⁉」

次の瞬間、香淑は自分でも信じられないほどの力で、榮晋を突き飛ばしていた。

たたらを踏んだ榮晋が、驚きに目を見開く。

「こ、このようなところで……っ！ お戯れはおやめくださいませ！」

ここがどこかを思い出した瞬間、羞恥が全身を満たす。

暴れ回る心臓を押さえつけるように乱れた胸元を両手で摑み、香淑は身を翻した。

目の前で冷めていく料理を、香淑は哀しい思いで眺めていた。

榮晋の前から自室へ逃げ帰り、轟く心臓をおさめるべく、ぐるぐると意味もなく自室の中を歩き回り。

　嘉家にいた頃と同じことをすれば少しは落ち着くかと、昼食を持ってきてくれた呂萩に刺繡道具を持ってきてもらい、一心不乱に布地に針と糸を刺し……。

　そんな香淑に、

『榮晋様が、香淑様とともに夕食を、と申されております』

　と、呂萩が告げに来たのが日暮れ前。

　いったい、どんな顔で榮晋に会えばよいのかと、香淑は思わず言葉に詰まったが、呂萩の言葉は、意思確認ではなく決定事項の伝達だったようだ。

　香淑が湯浴みを終え、とっぷりと日が暮れた頃には、呂萩の手によって卓の上には見事な料理の数々が並べられていた。

「榮晋様はまもなくいらっしゃるかと」

　淡々と一礼した呂萩が部屋を出て行って、すでに四半刻ほど経つが、榮晋はいまだ現れない。

　呂萩が料理を運んできた時には、榮晋が来た時に冷静に応対できるのかと不安に慄いていたのだが、四半刻も経った今では、榮晋が来ないことのほうが不安になってくる。

「呂萩？　そこにいる？」

　いないだろうと思いつつ尋ねてみるが、やはり、返ってくる声はない。

　香淑は意を決して立ち上がると、自室の扉をそっと押し開けた。夜気が音もなく部屋に忍び込んでくる。

廊下は宵闇に染まっていた。廊下の向こうに見える庭は、闇の中に沈んで木々の形さえあやふやだ。

このまま、冷めていく料理を前に榮晋の訪れを待つべきか、本邸へ行って榮晋を捜すべきか。

ぽつりぽつりと最低限の蠟燭しか灯っていない暗い廊下を見ながら、香淑は逡巡する。

正直なところ、どんな顔で榮晋に会えばよいかわからないし、昼間の行動の真意も、まったくわからない。

昨夜、榮晋に『可愛がって』もらった事実など、あるわけがないのに。

香淑はそろりと扉の間から薄暗い廊下へ出た。

このまま、もやもやしながら榮晋を待つより、本邸で榮晋を捜したほうが気が楽だ。

榮晋が今日、夕食を共にと言ってくれたのは、そばにいさせてほしいという、昼間の香淑の言葉を聞き入れてくれたということだろうか。

だが、香淑に待ちぼうけをさせる意図がわからない。

午前中の呉良との話からすると、榮晋は毎日、かなり忙しいようだ。

また来客があって、話が長引いているのならよい。だが――。

榮晋ほどの若さならありえるはずがないとわかっていても、染みついた過去の記憶が嫌でも不安を呼び起こし、香淑は不安に背中を押されるように暗い廊下を足早に進む。

渡り廊下を過ぎたところで感じたのは、重苦しいほどの静寂だ。

初夏の宵だというのに、まるで真冬のように夜気が肌に突き刺さる。自然と動悸が速まり、じわりと背中に冷や汗が浮かんだ。

やはり、この家は人気がなさすぎる。暗闇に対する恐怖よりも、別の恐怖に突き動かされ、香淑は本邸への道を急ぐ。

本邸のすぐそばまで来て、香淑は初めて足を止めた。闇の中にうずくまるような本邸には、数は少ないものの、さすがに明かりの洩れている部屋がある。

二階で明かりの灯る部屋はひとつだけだ。召使いの部屋は一階に、家人の部屋は二階にあるのが常なので、榮晋はおそらくあそこにいるのだろう。

本邸に入っても、邸内はしんとしていた。最初に見つけた階段を上がり、外から見た窓の位置を思い出しながら、暗い廊下を進む。

角を曲がったところで、扉の間から薄く光の筋が洩れている部屋を見つけた。

足音を立てぬよう扉の前まで歩を進めた香淑は、息をひそめて様子をうかがう。

勢いでここまで来たものの、もし、部屋の中から話す声が聞こえたのなら、即座に帰るつもりだった。榮晋と愛妾の睦み言を盗み聞きする気などない。

部屋の中からは、話し声も物音も聞こえない。榮晋はひとりでいるのだろうか。

扉を叩いていいものかどうか、ためらう。が、ここまで来て戻ることはできない。

意を決して香淑が扉を叩くと、すぐに榮晋の声が返ってきた。

「呂萩か？　どうした？」

「あの……。香淑でございます」

　答えると、扉の向こうであわただしく動く気配がした。

「香淑!?　なぜここにっ!?」

　彫刻を施された扉が、ぎっ、と開く。部屋の中の明かりのまばゆさに、香淑は思わず目を細めた。逆光になって榮晋の表情は見えないが、驚いているのは声だけでわかる。

「あの、榮晋様がお食事にいらっしゃらないので、何かあったのではないかと思いまして……。勝手に参り、申し訳ございません」

　部屋に招き入れてくれた榮晋に詫びると、榮晋は虚をつかれた顔をした。

　そんな表情をすると、作り物めいた美貌が青年らしい若々しさを取り戻す。

「もう、そんな時間だったか」

「呂萩が料理を持ってきてくれたのは、四半刻以上前ですが……」

　窓の外を見やった榮晋が、顔をしかめる。

「それほど時間が経っていたとは……」

「何か、問題でもあったのでございますか？」

　問いつつ、香淑は部屋の中を見回す。

　高価で品のよい調度品でまとめられた広い部屋だ。が、一番目につくのは、部屋の中央に置かれた大きな卓だ。そこには、いくつもの書簡や巻物が、小山のように積まれている。

「もしかして、これを全部、榮晋様がおひとりで処理なさってらっしゃるのですか？」

室内には榮晋しかいない。召使いの姿は皆無だ。

驚いて問うと、榮晋があっさりと答える。

「数は多いが、大した手間ではない。報告の確認がほとんどだからな」

「中を拝見してもよろしいですか？」

尋ねると、榮晋が美貌を皮肉げに歪めた。

「取引の成果や、丹家が所有する荘園の収支報告ばかりだぞ。見て面白いものではない。ああ」

冷ややかに、榮晋が唇を吊り上げる。

「丹家の財産がどれほどのものか知りたいのか？　回りくどいことをせずとも、教えてやるぞ？　それが目的なのだろう？」

「そうではございませんわ」

かぶりを振ってとげとげしい言葉を受け流し、香淑は手近な巻物をいくつか開いてみる。榮晋の言葉通り、巻物の内容は遠方で行われた取引の報告や、丹家で持つ荘園の地租の徴収報告などだ。

が、中には指示や確認を求めるものもあり、返事が必要な巻物も多い。

「榮晋様。もし、よろしければですけれども……」

香淑が口を開くと、榮晋がいぶかしげに目を細める。かまわず香淑は申し出た。

「読み書きや簡単な計算でしたらできます。手伝わせていただけませんか？」

「……何を考えている？」

榮晋がきつく眉を寄せて睨む。

「単にひとりでするよりも二人で作業した方が速いのではないかと思っただけですわ。時間を忘れるほどお忙しいのでしたら、人手があったほうがよいのではないかと……」

告げた瞬間、はんっ、と榮晋が忌々しそうな声を上げる。

「さすがによく口が回るな。親切ごかしに嘘を言わずともよい。丹家の財産がどれほどか知りたいのなら、教えてやると言っただろう？　それとも、自分の目で確かめねば信じられぬか？」

「丹家の財産に興味はございません」

きっぱりと言い切ると、榮晋が不意打ちを食らったような顔をした。

「ですが、人の噂は嘘の衣を幾重にも纏うもの。己の目で真実を確かめたいのは、当然ではございませんか？」

香淑が知りたいのは、丹家の財産などではない。そんなものは、どうでもよい。

明らかにしたいのは、榮晋の本当の姿だ。

真っ直ぐに榮晋を見つめ返した香淑は、ふと気づく。

夜で明かりの陰影が濃いせいかと思っていたが、違う。明らかに榮晋の顔色が悪い。

「大丈夫ですか？」

思わず榮晋に歩み寄り、血の気のない頬に右手を伸ばすと、荒々しく手首を摑まれた。

「何をするっ⁉」

「いえ、お顔の色が優れないようですので……。根を詰めすぎてお疲れなのではございませんか？　呂萩に言ってお食事をこちらにお持ちしますから、少し休憩なさってはいかがです？」

「余計な気遣いなどいらぬ。この程度の仕事は、いつものことだ」

迷惑極まりないと言わんばかりの榮晋に、午前中の記憶がよみがえる。

榮晋は丹家の事業を次々に人手に譲り渡しているらしい。しかも、召使いまでつけて。

今、このように巻物の処理が滞っているのは、担当していた召使いを人に譲ったせいではなかろうか。

これほど大きな屋敷だというのに、極端に人が少ないのも。

なぜ、事業や人の整理を。という疑問に真っ先に浮かんだのは、悪い冗談としか思えない昨夜の榮晋の宣言だ。

「榮晋様。まさか、本当に――、っ！」

突然、握り潰さんばかりに手首に力をこめられ、痛みに思わず呻く。

「余計な口を叩くな！」

「ですが……っ！」

抗弁しようとした途端、乱暴に腕を引かれる。

よろめいた時には、白皙の美貌が眼前に迫っていた。

「また口をふさがれたいようだな」

低い囁きが耳朶をかすめるなり、顎を摑まれ、上を向かされる。

かと思うと、覆いかぶさるように榮晋の唇が下りてきた。

「んぅっ⁉」

驚きにくぐもった悲鳴が飛び出した唇の間から、榮晋の舌が押し入ってくる。

抵抗する間もなく、榮晋の舌が香淑のそれを搦めとる。冷ややかな言葉とは真逆の燃えるように熱い舌。

逃げようと引いた腰が卓にぶつかる。巻物の小山が崩れたらしく、落ちた巻物の何本かが床に当たって、硬い音を立てた。

その音に、我に返ったように榮晋が唇を離す。かと思うと。

「口を開くな」

香淑の手を摑んだまま、急に榮晋が歩き出す。

「え、榮晋様っ⁉」

香淑の声を無視し、榮晋が扉を開けて廊下へ出る。手首を摑まれたままの香淑もついていくほかない。

「あの……っ⁉」

「黙っていろ」

ぴしゃりと命じられ、香淑はびくりと肩を震わせて口をつぐむ。

前を歩く榮晋の背中からは、苛立ちが立ち上っている。

香淑を振り返りもせず歩く姿に、過ぎ去った昔の記憶が甦る。

何度、こうして乱暴に手を引かれて連れていかれただろう。

人目につかぬ部屋に押し込められ、そして――。

まるで、泥の中を進んでいるかのように、足元がおぼつかない。足にまとわりつく長い裾が、鉛でできているかのようだ。

うまく足が動かない。圧を増した冷ややかな夜気に、身体を凍らされたのではないかと思う。けれど、榮晋に手を引かれるまま、自分の身体ではないかのように勝手に足が動き続ける。

ほとんど明かりのない廊下は、地下にあるという黄泉を連想させた。重く冷たい空気が淀んでいる。

ただ歩いているだけなのに、恐怖のあまり、呼吸が浅く、荒くなる。

いくつもの棟を通り過ぎ、見覚えのある渡り廊下まで来て、自室のある棟に連れてこられたのだとようやく知る。が、榮晋の足取りはゆるまない。

廊下を過ぎ、香淑の部屋の扉を乱暴に開け放ち。

「榮晋様！　お食事は……っ」

すっかり冷めてしまっているものの、手つかずで放置されたままの料理を無視し、奥へ歩を進める榮晋に、香淑は黙っていろと言われたことも忘れ、思わず声を上げる。

「食う気になれん」

ひと言のもとに切り捨てた榮晋が、寝台に続く衝立を通り過ぎる。

榮晋の向こうに綺麗に整えられた寝台が見えたと思った途端、乱暴に腕を引かれた。

同時に、どんっ、と背中を押される。

小さな悲鳴とともに、香淑は腹ばいに寝台に倒れ込んだ。

すぐさま手をつき振り返ろうとしたところに、榮晋が覆いかぶさってくる。

上半身をひねった香淑の眼前に、榮晋の面輪が迫る。

「夕べ、お前に告げた言葉は、告げるはずのなかったものだ。余計な口を叩くな！」

怒りに満ちたまなざしに、身体が震える。

「それはどういう――」

「余計な口をきくなと言っただろう？」

闇色の瞳に剣呑な光が宿る。

肩を摑んで無理やり仰向けに押し倒された香淑の上に、榮晋の長身がのしかかってくる。ぎ、と寝台がわずかに軋み、榮晋の体重に布団が沈む。

「黙っていられぬというのなら――」

榮晋の低い囁きが、ぞわりと肌を撫でる。

「余計なおしゃべりができぬよう、もう一度口をふさいでやろう」

「っ⁉」

逃げようと身をよじったが、間に合わない。肩を掴む榮晋の手に、痛いほどの力がこもる。

唇がふれたかと思うと、舌が無理やり口腔に侵入する。

押し返そうとした手は、掴まれ、寝台に縫いとめられた。榮晋は痩せ型だが、それでも若い青年にのしかかられたら、香淑に抜け出すすべはない。

「んん……っ」

恐怖のあまり奥へひっこんでいた舌を、榮晋の舌が捕らえ、嬲る。

湿った音が鼓膜を叩き、どちらのものともしれない吐息が混ざり合う。

「んぅ……っ」

くちづけられているだけなのに、思考が融ける。

恐怖に震えていたはずの身体が、別の感覚に震え出す。

洩れ出る呼気よりさらに温度の高い熱が、身体の奥底でじわりと広がっていく。

深くくちづける榮晋の唇は離れる気配がない。なぞり、搦めとる榮晋の舌に、無意識のうちに応えてしまう。

甘く高揚する熱で、このままひとつに融け合ってしまいそうだ。

「は……っ」

榮晋が熱い吐息をこぼす。闇色の瞳に浮かぶのは、怒りではなく、熱に浮かされたように何かを探し求めるかのような、切なげなまなざしだ。

肩を摑んでいた手がいつの間にか下り、不意に香淑の衣の裾を割り乱す。

「はん……っ」

肌をすべる大きな手のひらに、背筋を甘い感覚が駆け抜ける。

が、夜着と違ってふつうの衣だ。幅広の帯やしっかり合わさった布地が、榮晋の手を阻む。

するりと乱れた裾から抜かれた手に、思わず鼻にかかった甘えるような声が洩れる。

切なげに眉を寄せた榮晋が身を起こす。

口腔から引き抜かれた熱い舌に、思わず寂しさを感じてしまう。

榮晋がもどかしげに香淑の帯に手をかけようとし。

「……っ!?」

そこで初めて我に返ったように、愕然と目を見開く。

まるで、不意に悪い夢から醒めたように。

「……どけ」

「え……？」

熱に浮かされたまま、香淑は身を起こした榮晋をぼうっと見上げる。

見惚れるほどなまめかしい上気した面輪の中で、闇色の瞳が、深い絶望に打ちひしがれている。

と、突然、榮晋が握りしめた右手を、寝台の横の壁に打ちつけた。

がんっ、と響いた大きな音に、香淑は反射的に身を強張らせる。

「わたしの前から消え失せろっ！　わたしをこれ以上……っ」

何事かを低く呟いた榮晋の身体が、不意に、ぐらりとかしいだ。

「榮晋様⁉」

ふらついた身体が、重心を失って前のめりに倒れてくる。とっさに受け止めようとしたが女の細腕ではかなわず、押し潰されるような形になった香淑は重さに呻く。

「あ、あの⁉　榮晋様……？」

声をかけ、かろうじて動く左手で榮晋の腕を叩いてみるが、反応はない。

首をねじって、己の頭の横にうつぶせになった横顔を確かめる。固く目をつむった榮晋からは、何の答えも返ってこない。

静かな呼気が聞こえてくるので、気を失っただけだろうが……。痩せているとはいえ、香淑よりも背の高い榮晋の身体は重い。

なかば押しのけるようにして、ほうほうの体で榮晋の下から抜け出し、寝台から下りる。結っていた髪も衣も、人目には晒せぬほどの乱れようだ。

「榮晋様……？」

両手で榮晋の背中を揺すってみるが、やはり反応はない。呼吸に合わせ、ゆるやかに背中が上下するだけだ。

夕食もとっていないし、根を詰めすぎて張りつめていたものが、不意に切れてしまったのだろうか。

寝台を榮晋に譲ることはかまわないが、うつぶせのままではゆっくり休めぬだろう。

何とか榮晋を仰向けにできないかと、両手で肩を持ち上げようとする。掛け布団を榮晋の身体の下から引き抜くのは絶望的なので、後で香淑の衣を掛けよう。

ともあれ、仰向けになってもらわなければと悪戦苦闘していると、香淑の願いが通じたのか、小さく呻いた榮晋がごろりと寝返りを打つ。

ほっとして、榮晋に視線を落として。

「……っ⁉」

香淑は飛び出しそうになった声をかろうじてこらえた。

衣がはだけた胸元から覗(のぞ)くのは、男とは思えない白くきめ細やかな肌にいくつも咲く、紅色の花だ。

激しい逢瀬(おうせ)を連想させずにはいられない、くちづけの跡。

香淑は唇がわななきそうになるのを、嚙(か)みしめてこらえる。

考えたくもない情景が脳裏によぎりそうになり、香淑はぎゅっと固く目をつむり、想像を振り払うようにかぶりを振った。

そっと指先で嚙みしめた唇にふれる。まだ、しびれるような甘い余韻が残るそれに。

榮晋の真意が読めない。

香淑と子を生す気はないと明言したというのに、くちづけは激しく、貪るようで――どこか、甘くて。

榮晋の手が帯にかかった時、期待しなかったと言えば嘘になる。

もしかして、このまま――と。

考えるだけで思考が沸騰し、身体に熱が広がる。けれど。

香淑は、榮晋の冷ややかな声を思い出す。『どけ』と告げた低い声に宿っていたのは、明らかな拒絶だ。

激しいくちづけが嘘だったのかと思うような、刺々しい声。

香淑はそっと眠る榮晋に視線を落とす。

なめらかな胸板に咲く、紅い花。

これをつけた愛妾は、榮晋が香淑に裸身を晒すかもしれぬと知ってつけたのだろうか。

だとしたら、無駄なことだ。榮晋は香淑を抱く気などないのだから。牽制など、する必要もない。

深く吐息した香淑の心に、ふと悪神の囁きが湧き上がる。

もし、香淑もくちづけの跡をつけたなら――。まだ名も知らぬ愛妾は、どんな反応をするだろうか。嫉妬に怒るだろうか。愚かな真似をと、香淑を嘲笑うだろうか。榮晋をなじるだろうか。

吐息とともにかぶりを振って、香淑は埒もない妄想を打ち払う。

香淑が望んでいることは、榮晋と愛妾を不仲にすることでも、愛妾の敵意をかきたてることでもない。彼女に敵うはずがないことは、最初からわかっている。

香淑の願いは、妻として、娶ってくれた榮晋を支えることだ。——たとえ、形ばかりの妻であったとしても。

得られるとは思っていなかった最後の機会を失いたくない。今度こそ、平穏無事に添い遂げたい。

香淑は榮晋を起こさぬように乱れた衣の合わせを直すと、長持から衣を一枚取り出した。掛け布団の代わりに、榮晋の上にふわりと掛ける。香淑のものでは丈が足りないが、仕方あるまい。

寝息こそ穏やかだが、榮晋は体調が思わしくなさそうだ。よく見れば、目の下にうっすらとくまがある。

愛妾には申し訳ないが、せめて今夜はゆっくり眠ってもらおう。

「おやすみなさいませ、榮晋様……」

どうか愛妾が不要な誤解をしないようにと祈りながら、香淑は蠟燭の明かりを吹き消した。

第三章　叶うならば、どうか聞かせてほしい

　窓から差し込む光のまぶしさに、榮晋はごろりと寝返りを打った。ぽふりと頬が布団についた拍子に鼻腔をくすぐったのは、陽だまりを連想させる優しい香りだ。

「っ⁉」

　わけがわからぬままあわてて飛び起き、ここが自分の寝室でないことに気づいて、さらに驚く。

　必死で眠りにつく前の記憶を思い起こし、夕べ、香淑の手を力任せに引いてこの部屋まで来たのだと思い出した瞬間、ぞっ、と血の気が引いた。

　あわてて寝台の隣を見たが、そこに香淑の姿はない。己の格好を確かめたが、寝乱れているものの、帯をほどいた様子はなかった。

　が、下を向いた拍子に、乱れた合わせの間から胸につけられたくちづけの紅い跡が目に入り、思わず舌打ちしたい気分に駆られる。

　昨日の昼間、媚茗につけられた跡だ。

　媚茗に精気を渡すのは三、四日に一度の約束だというのに、昨日、香淑に逃げられた

後、部屋に戻ると媚茗が待ち構えていた。

『本邸は私の領域なのに、新参者を可愛がるなんて、ひどい人』

紅い瞳を不機嫌そうに細め、

『嫉妬の炎で燃え上がってしまいそうだわ』

冷たく、白い腕で榮晋を搦めとり、

『ねぇ。あの女以上に、可愛がってくれるんでしょう……？』

二つに割れた舌で紅い唇を舐めながら、甘く蠱惑的な声で囁いて。

榮晋の身体中に紅いくちづけの跡をつけ、気絶する寸前まで精気を吸い取っても、媚茗は解放してくれなかった。

榮晋にのしかかるひやりと冷たいまろやかな肢体は、まるで、ゆっくりと榮晋を窒息させようとしているかのようで。

このまま、甘く冷ややかな肉の棺に閉じ込められるのかと、なかば本気で慄いた。

『あなたは、私だけのもの……。あの女は、子どもを産むためだけの道具でしょう？使い捨ての道具なんて、可愛がる必要もないじゃない』

榮晋に白く冷たい裸身を絡ませながら囁いた媚茗の声が甦る。

そうだ。榮晋にとって香淑は目的を果たすための道具だ。女狐の本性を現し、榮晋を殺してくれさえすれば、後はどうなろうとかまわない。

だというのに――。

夕べの行動を思い出し、榮晋は己を罵倒したくなる。

香淑にくちづけ、そのまま部屋へ連れ帰るなど……。榮晋が香淑と一夜を共にしたと思っているに違いない媚茗は、今頃どれほど嫉妬で怒っているだろう。

またなだめねばならないかと思うとうんざりする。が、媚茗に真実を告げるなど、できるはずがない。

媚茗には、せいぜい都合のよい夢を見てもらわなければ。でなければ、香淑の部屋を離れにした意味がなくなる。

この離れは、かつて、晴喜がまだふつうの犬だった頃、晴喜を飼っていた隣家が所有していた敷地だ。隣家が離散してしまった後、数代前の丹家の当主が敷地を買い取り、間の塀を取り壊して、渡り廊下でつないだ。

そのため、現在は丹家の敷地でありながら、己の領域内のことであれば、何でも手に取るように知れる媚茗の力が及ばぬ場所でもある。

香淑の部屋をここに置いた理由はもちろん、子を生すために娶ったという触れ込みの香淑と、実は床を共にしていないと媚茗に知られぬためだ。

「くそっ、忌々しい……っ」

舌打ちをして、愚か極まりない己を罵倒する。

香淑が来てからというもの、行動の選択肢をことごとく誤っている気がする。

婚礼の夜、言うはずのなかったことを香淑に告げてしまったことも。

よりによって、くちづけで香淑の口をふさいだことも。

媚茗の存在を知らぬ香淑が不用意な発言をしかけたとはいえ、黙らせるだけならば、他にいくらでも方法があったはずだ。

あんな風に、くちづけなくとも。

香淑とのくちづけを思い出すだけで、酔うような感覚に囚われる。

初めて媚茗以外と交わしたくちづけはあまりに熱くて——あのまま、舌が融けてしまうのではないかと思えた。

腕の中で震える身体も、乱れてあえぐ吐息も、榮晋に翻弄されるがままの舌も——。

榮晋の熱をすべて奪い尽くすかのような、冷たい媚茗とはあまりに対照的で——榮晋の理性を融かし、惑わせる。

このまま、情動に突き動かされるままに、香淑の熱を味わいたいと。

くそ、と榮晋はふたたび毒づく。

香淑を娶ったのは、榮晋を殺してもらうためだ。惑わされるためではない。

だというのに——。

もう一度、あのあたたかく柔らかな身体を抱きしめたいと、理性を融かす熱を味わいたいと欲している己がいる。

まるで、女狐の術中に囚われてしまったかのようだ。香淑の言動に他愛なく惑わされてしまう自分がいる。

それもこれも、最初の夜に香淑の涙を見てしまったからに違いない。

いや、最初の日に限らない。本性を暴こうと榮晋がきつい言葉を浴びせるたび、哀しげに視線を伏せる香淑は、本当に傷ついているかのようで……。

否応なしに、罪悪感が刺激される。

本当は、自分は何の罪もない心優しい女人をただただ傷つけているのではないのかと。

だが、そんなことがあるはずがない。

榮晋は媚茗の呪いから逃れるために、『夫君殺しの女狐』である香淑を娶ったのだから。

一刻も早く正体を暴かねばならないのだ。ほだされて追及の手をゆるめることなど、できるわけがない。

「人心を惑わす女狐め……っ」

心の柔らかな部分に棘のように突き刺さる罪悪感を押し潰すように吐き捨て、気づく。

香淑はどこにいるのだろう？

無防備に眠ってしまった昨夜は、殺すには絶好の機会だったはずだ。

眠るつもりなど欠片もなかったというのに、媚茗に精気を吸い尽くされ、疲労困憊していたせいで、突然の眠気に気を失うように眠ってしまった。

婚礼の次の夜に殺しては、さすがに疑われると自重したのだろうか。

そう考え、そんなわけはあるまいと苦笑する。

三人目の夫は、婚礼のその晩に殺されているのだから。

だが、榮晋に寝台を譲った香淑が行ける場所など、この屋敷にはどこにもないはずだ。

寝台から下りた榮晋は、夕べ脱ぎ捨てた靴を履き、寝台の横に置かれた衝立を回り込んだ。

そこに右腕を枕に卓に突っ伏して眠る香淑を見つけ、我知らず、ほっと安堵の息をつく。卓の上に並べられた料理は昨夜見たままで、香淑が手をつけた様子もない。

足音を忍ばせた榮晋が隣へ行っても、香淑はすこやかな寝息を洩らすばかりで、起きる気配がなかった。

無防備であどけない寝顔は、とてもではないが、榮晋より十歳も年上とは思えない。

『夫君殺しの女狐』と噂される妖女とも。

女狐と噂されるくらいなのだから、本性を巧みに隠すなどお手の物だと頭ではわかっているのに——。

阿良に向けていた優しい笑みといい、心の底から榮晋を心配していた様子といい、香淑の印象があまりに『女狐』とかけ離れすぎていて、誤って別人を娶ったのではないかとさえ、思ってしまう。

間違いなど、あってはならぬというのに。

巷間に流れる噂を集め、吟味し、彼女ならば間違いあるまいと、一縷の望みを懸けて決断したのだ。

無防備に眠る今ならば、擬態に綻びが出ているのではないかと、榮晋はまじまじと香淑を観察する。

淡い影を落とす扇形の長いまつげ。ふだんは結っている長い髪はほどかれ、ゆるやかに背に流れている。

優しい曲線を描く頬は柔らかそうで、控えめに微笑む笑顔がたやすく想像できる。

そして、あえかな吐息をこぼす柔らかそうな唇――。

榮晋を陶然と酔わせるそれに無意識に指を伸ばしかけ、はっと我に返り、あわてて手を握り込んだ拍子に。

「……？」

香淑の白く細い首に走る一筋の赤い線に気づく。

傷とも呼べないほどの細い傷だ。もしかして、夕べ乱暴に唇を奪った際に、引っかいてしまったのだろうか。

そっと拳をゆるめ、香淑の首筋に指先でふれた途端。

「ん……」

香淑がかすかな声を上げて身じろぎする。あわてて手を引っ込めたが、遅い。

ゆっくりと身を起こした香淑が目を瞬き、隣に立つ榮晋に気づいた途端、驚愕に目を見開いた。

「榮晋様っ!?　すみません、わたくし……っ」

がたたっ、と椅子を大きく揺らして立ち上がろうとした香淑がよろめく。

榮晋はとっさに腕を伸ばし、香淑を抱きとめていた。

腕の中におさまるあたたかく、まろやかな身体。とかれたままの髪が、さらりと榮晋の腕をすべる。

なよやかな女の姿をしているのは同じだというのに、蛇の妖である媚茗と、女狐と呼ばれる香淑ではこれほど違うのかと驚いてしまう。

それとも、人間に取り憑いているために、こんなにあたたかいのか。

このあたたかさをもっと味わいたいと、思わず腕に力をこめかけて。

「……首の傷はどうしたのだ？」

何とか自制し、口を開いた榮晋に、香淑が小首をかしげる。

「え？……ああ、これでございますか」

きょと、と目を瞬いた香淑が、ふわりと花のように微笑み、首筋に手をやる。

「昨日、阿良を抱いている時に、爪が当たってしまったのですわ。痛くも何ともありませんけれども……。それほど目立ちますか？」

香淑の手が髪を背中へ流し、首を傾けた拍子に白く細い首が露わになる。

「いや……」

答えながら指先で首筋をなぞると、ぴくりとかすかな反応が返ってきた。細い喉が震え、恥ずかしげに目が伏せられる。

指先が、ほのかに上がった熱と脈拍を感じ取る。

榮晋を惑わせるあたたかな熱。ふれる指先から熱が伝わったかのように、榮晋まで浮わついた気持ちになり──。

「失礼いたします！　榮晋様はこちらにおいでいらっしゃいますか⁉」

突然、廊下からかけられた呂萩の切羽詰まった声に、榮晋と香淑はぱっと離れて距離を取った。

「ここにいるが……。どうした？」

扉の向こうへ声をかけると、「失礼いたします！」と扉を開け放った呂萩が、主人の姿を見とめて、大きく安堵の息をついた。

「まさか、こちらにいらっしゃるとは……。榮晋様も媚茗様も、寝室を使われた様子がなかったので、いったいどちらにいらっしゃるのかと……」

呂萩が胸を撫でおろす。

媚茗の名に香淑がわずかに反応したが、口に出しては何も言わない。

毎朝、榮晋の寝室に朝一番に訪れるのは呂萩だ。無人の寝室を見て、呂萩は肝を潰したことだろう。榮晋を捜してここまで走ってきたのは、乱れた息遣いからして明らかだ。

榮晋がどんなに説得しても丹家を離れようとしない忠実な老侍女にいらぬ心配をかけたかと思うと、申し訳ない気持ちになる。

「呂萩。心配をかけてすまなかった……。夕べは、たまたまここで寝入ってしまったが、お前が心配するような事態は何も起こっておらん」

榮晋の声に、呂萩が無言で榮晋と香淑を見つめる。昨日の服のままの二人の姿や、手がつけられた様子のない卓の上の料理に、何が起こったのか推測しかねているのだろう。が、不承不承といった態で頷く。

「榮晋様がそうおっしゃられるのでしたら……。ところで、お着替えや朝食はどうなさいますか？」

「そうだな……」

言いかけたところで、すぐそばで、くぅ、と可愛らしい音が鳴った。

見れば、香淑が顔を真っ赤にして両手で腹を押さえている。

「も、申し訳ございません……」

首元まで赤く染めた香淑が、身の置きどころがないと言わんばかりに縮こまっている。

年上と思えぬ姿に、榮晋は思わず小さく吹き出した。

「せっかく用意してくれた料理が手つかずだからな。このまま、ここで食べよう」

「冷めてしまっておりますが……。お時間はかかりますが、作り直してまいりましょうか？」

呂萩が眉をひそめて問う。主の好みをよく知る呂萩は、榮晋が冷たい食べ物は好きでないと知っているため、気を遣っているのだろう。

榮晋は鷹揚にかぶりを振る。

「いや、このままでかまわん。お前に手間をかけさせては悪い」

「では、せめて粥はあたたかいものをお持ちいたしましょう。粥でしたらすでにご用意しておりますから。お着替えも朝食の後でよろしゅうございますか？」

「ああ」

呂萩が恭しく一礼して下がる。

いまだに恥ずかしそうに俯いている香淑に、榮晋は声をかけた。

「というわけだ。腹が減っているのだろう？　さっそく食べよう」

「は、はい……」

ぎくしゃくと頷いた香淑が、榮晋の向かいの席に腰かける。

育ちの良さを感じさせる品のある所作で箸を持った香淑に、

「夕べ、わたしにかまわず食べればよかったものを」

と水を向けると、香淑が「とんでもありません！」と首を横に振った。

「わたくしは榮晋様のご相伴にすぎないというのに、先に食べるなど……。そんな不躾なことはできませんわ」

『食べなかったのは、毒を盛ったからではないのか？』

そう尋ねたい衝動を、榮晋はかろうじて抑え込む。

毒を盛られているのなら、それでもよい。むしろ、榮晋を殺す気があるのだと、喜ばしいほどだ。

だが、ふつうの毒程度では榮晋は死ねない。媚茗の呪われた加護が、死ぬことを許してくれぬ。

榮晋は香淑がまだ箸をつけていない手近な皿の料理を口に運ぶ。

冷めてはいるが、味におかしいところはない。それとも、一口だけではわからぬ毒が仕込まれているのだろうか。毒の中には、徐々に体を蝕(むしば)んでゆくものもあると聞く。いや、妖ならば人間に気取られぬよう毒を仕込むことなどたやすいだろう。警戒するだけ無駄に違いない。

榮晋はあえて香淑が手をつけていない皿に箸を伸ばしていく。

香淑を観察すると、やはり腹が空(す)いていたのだろう。慎(つつ)ましやかな仕草だが、あちらの皿こちらの皿と、しっかり食べているようだ。

食べているということは、毒を盛ってはいないということだろうか。嬉(うれ)しそうな顔で舌鼓を打っている香淑からは、怪しい気配は何も感じ取れない。と。

「あの……。榮晋様」

香淑がおずおずと口を開く。視線で続きを促すと、箸を置いた香淑が眉を寄せて榮晋を見つめた。

「今日も、昨日の書類仕事の続きをなさるのですか？」

「そのつもりだが、どうした？」

香淑には関わりのないことだと、すげなく答えると、一瞬、ひるんだように表情が硬くなる。が、すぐさま唇を引き結ぶと、決然とした様子で榮晋を見つめ返してきた。

「おひとりであの量は多すぎます！　わたくしでできることがありましたら、ぜひとも手伝わせてくださいませ」

「なぜだ？」

わけがわからず問い返すと、香淑が不思議そうに小首をかしげた。

「なぜ、とは……？」

「わたしの仕事を手伝う必要などないだろう？　別にお前の行動を制限する気はない。暇ならば外へ出て芝居を見に行くなり、買い物へ行くなりすればよい。外出が面倒ならば、芸人なり仕立て屋なり宝石商なり、好きに呼んでかまわんのだぞ？　そうやって身を飾り立て、娯楽に興じるものなのだろう？　女狐というのは。わたしに遠慮する必要はない。金ならばいくらでも出してやる」

思わずこちらが罪悪感を覚えてしまうような、哀しげな表情。

『女狐』という言葉に、香淑が傷ついたような顔をする。

この程度で動揺してどうすると、榮晋は揺れそうになる己の心を叱咤する。

誘惑に堕ちる女狐の本性を早く見せろと鋭い視線を注ぐと、一度こらえるように唇を引き結んだ香淑が、榮晋を見上げ、困ったように眉を下げる。花の色の唇が苦笑の形を刻んだ。

「榮晋様のお心遣いはありがたいことですが……。これでも、己の年はわかっております。若い娘のように身を飾り立てても、滑稽なばかりでございましょう。丹家に悪い噂を立てるわけにはまいりません。それに、不粋者ゆえ、芸事など華やかなものにも疎うございますから……」

困り顔の香淑が、「ですが」と榮晋を真っ直ぐに見つめる。

「だんな様の仕事を支えるのは、妻の務めでございましょう？」

「はっ！『妻』か。お前のどこを指して言うのやら」

思わず冷笑を浮かべて吐き捨てると、香淑が傷ついた顔でびくりと肩を震わせた。

途端、榮晋の胸が針で刺されたように痛む。今にも泣き出しそうな表情に、言いようもなく自責の念がかき立てられる。見えない爪で、心の柔らかな部分を引っかかれたようだ。

顔立ちは似ても似つかないのに――可憐で清楚な様子が、誰よりも大切な姉・迦蓉を連想させるからか。

「殊勝なことだ。――まあ、口ではなんとでも言えよう」

動揺をごまかすように視線を逸らし、思案する。

良妻を演じたところで、すでに香淑の正体を知っている榮晋には無駄だというのに、香淑はいつまで、頑なにけなげな妻のふりをする気だろう。

だが、それが香淑の策略なのかもしれない。

貞淑な妻という印象を周囲に植えつけてからならば、夫を殺しても疑われにくいだろう。この清楚な容貌で悲嘆にくれてみせれば、官憲も同情して嫌疑をかけぬに違いない。

慎ましやかな笑顔の下で、榮晋を殺(あや)めるための策略を巡らせているというのなら、望むところだ。それこそが、榮晋の望みなのだから。

ならば、香淑の提案に乗ってやらぬ理由が、どこにあろう？

ただ――。

「お前がわたしの仕事を手伝いたいというのなら、好きにするがいい。だがひとつ、条件がある――」

呂萩が榮晋に来客を告げに来たのは、夕刻のことだった。

思わず扉に視線を向けた香淑だが、出しゃばりな真似はするまいと己を戒め、巻物に意識を集中する。

香淑が今、目を通しているのは、丹家が所有する荘園のひとつからの報告書だ。

荘園の管理人からの簡素な文章は、経営が順調にいっていると告げている。

香淑は榮晋に命じられた通り、手元の紙に、筆で荘園の名前と管理人が報告している作付け面積や植えた作物の種類、生育状況などを書きつけた。

朝は卓の上に小山をなしていた巻物だが、榮晋と二人、昼食以外ろくに休みも取らずに処理したおかげで、夕刻の今はかなり量が減っている。

「叔父上が……？　いったいどこから聞きつけてきたのやら……」

榮晋が不機嫌な声で吐き捨てるように呟く。

「大當様は、ひとまず応接室にお通ししておりますが……」

主の意向を問おうとした呂萩の声が、不意に途切れる。扉の前にいた呂萩を押しのけるようにして男の手が扉を摑み、乱暴に開け放った。男の扱いに抗議するように扉が軋む。

入ってきたのは金のかかった服装をした五十がらみの男だ。その姿を見た途端、榮晋の瞳に険が宿る。

「叔父上。呂萩は下でお待ちくださいと申したはずですが？」

「お前がなかなか来ぬから、わざわざ来てやったというのに、なんという言い草だ！　どうせ、言い訳を考える時間稼ぎでもしていたのだろう？」

大當が侮蔑を隠さず鼻を鳴らす。

「それとも、内緒で娶った花嫁とまぐわうのに忙しかったか？」

あけすけに放たれた下品な言葉に、香淑は一瞬で顔に熱が上るのを感じる。

さすがの榮晋も、返す言葉を失ったようだった。畳みかけるように大當が年下の当主を睨みつける。

「親類達にも黙って婚礼を挙げるなど、丹家の当主ともあろう者が何を考えている!?　どうせろくな女じゃないんだろう!?　芸妓か？　それとも娼婦か!?　身ごもったと言われて、たやすく信じたんじゃなかろうな⁉　子種の出処は確かなのか⁉」

あまりに下品で粗野な言葉に、香淑は気が遠くなりかける。婚礼の時に誰もいないとは思ったが、まさか、親類に結婚のことすら告げていなかったとは。

これでは誤解されても仕方がない。しかも、娼婦を妻にしたと思われているとは。

「早く妻を娶って跡継ぎを、と常々おっしゃっていたのは叔父上でしょう？」

冷静な榮晋の声に、香淑は我に返る。

視線を向けた香淑が見たのは、冷ややかなまなざしをたたえた白皙の美貌だった。

うんざりしているのを隠そうともしない甥の声に、大富が言い返す。

「確かに言っていたが、どこの馬の骨とも知れん娼婦を娶れとは言っておらん！　お前には以前から娘の太玉をと……」

「太玉を娶る気はありません」

叩き斬るようにきっぱりと榮晋が断言する。

大富の顔が怒りで赤く染まった。ぎりっ、と歯を嚙みしめた異音が響く。

「何を言う⁉　嫁に出た迦蓉を除けば、本家筋で残っているのはお前ひとり！　今こそ、身内同士の絆を深め――」

「何か誤解があるようですが」

艶やかな榮晋の声が、大富の熱弁を遮る。

「わたしが娶ったのは妓女や娼婦などではありません。れっきとした名家の女人です」

榮晋が香淑に視線を向ける。

「あぁ？」

そこで初めて、大當は部屋の中にもうひとりいることに気づいたらしかった。

香淑はさっと卓から立ち上がると、両膝を床について丁寧に頭を下げる。

「お初にお目にかかります、大當様。わたくしは、このたび榮晋様に嫁いでまいりました嘉香淑と申します。どうぞお見知りおきくださいませ」

まさか、恭しく挨拶されるとは思っていなかったのだろう。ぽかん、と呆けたように口を開けた大當が、ややあって、「嘉家だと!?」と大声を上げる。

「何の間違いだっ!?　そんな名家の娘が、隠れるように嫁いでくるなど……っ!?」

「そもそも、叔父上はどこでわたしの婚礼の話を聞きつけてこられたのです？　お知らせした覚えはありませんが」

榮晋が闇色の目をすがめて、冷ややかに問う。

「ひ、人づてに噂を聞いたのだ！」

榮晋のまなざしに気圧されたように大當が答える。

「ここのところ、わたしに隠れて何やらあれこれ動いているだろう!?　当主について三年が経つとはいえ、お前はまだ若い。何でも相談に乗ると言っているのに、お前は一顧だにせず……っ！　そんなお前を心配して、わたしに注進してくれた者がいるのだ！」

「密告の間違いでしょう？」

榮晋の低い囁きは、幸い大當の耳には届かなかったようだ。榮晋と大當のやりとりを少し聞けば、叔父と甥でありながら、二人の仲がよくないことは二日前に嫁いできた香淑でもわかる。大當に対する榮晋の口調はにべもない。

「わたしが若いのは叔父上がおっしゃる通りですが、当主として丹家を栄えさせ続けてきた功績を知らぬとは言わせません。その本家当主であるわたしが、己で選んだ花嫁を娶って何が悪いと言うのです？……ああ」

榮晋が白皙の美貌に皮肉げな笑みを閃かせる。

「このままわたしが子を生さぬまま死ねば本家の財産が転がり込む叔父上にとっては、子どもが生まれるやも知れぬのは、不都合極まりないからですか？」

「なっ⁉　なっ、なっなっ……⁉」

怒りのあまり、大當の顔が茹でた蛸のように真っ赤になる。

「わたしはお前のためを思って、可愛い娘の太玉との結婚を……っ！」

「ですから、太玉と結婚する気はありません。叔父上を『義父上』と呼ぶほど悪趣味ではありませんので」

さらりと暴言を吐いた榮晋が、小馬鹿にするように薄い唇を吊り上げる。

「もちろん、『妻』としても、香淑のほうが太玉より優れておりますから」

突然の飛び火に、跪いていた香淑は息を呑んで隣に立つ榮晋の美貌を見上げる。

香淑を見下ろす闇色の瞳に、こちらを試すような光を見た瞬間。

香淑は大當に乱暴に腕を引っ張られた。

「立てっ！」

「きゃ……っ」

力任せに無理やり引っ張られるが、萎えたように足に力が入らず、立ち上がれない。

「お前ごときが太玉に敵うものか！　いったいどうやって榮晋をたらし込んだ!?」

憎しみに濁る目。腕をつかむ大當の手は握り潰さんばかりだ。恐怖に喉が詰まって、痛みに呻くことさえできない。

「腕枕の中で妻にしてくれと媚びたのか!?　まさか、孕んだと謀って――!?」

大當のもう片方の手が、無遠慮に香淑の下腹部に伸びてくる。が。

「無作法はそれくらいにしていただきましょうか」

すんでのところで榮晋の手が大當の腕を摑み、香淑の腕を摑んでいたもう片方の手も振り払う。

同時に大當と香淑の間に割って入った榮晋の背中に、香淑は思わず縋りついた。

榮晋が一瞬、驚いた表情で香淑を振り返る。が、大當を睨みつけた目には、刃のような鋭さが宿っていた。

「婚礼をなかったことにはできませんし、香淑に離縁を言い渡す気もありません。さあ、もう話すことはありませんので、お帰りいただきましょうか。呂萩」

「大當様。こちらでございます」

呑まれたように押し黙った大當に、すかさず呂萩が声をかける。榮晋が摑んでいた腕を突き飛ばすように放すと、たたらを踏んだ大當が忌々しげに甥を睨みつけた。

「わしは認めんぞ！　こんな婚姻など……っ！」

「叔父上に認めていただく必要はありません。当主のわたしが決めたのですから」

昂然と言い切った榮晋が、廊下に押し出した大當の眼前で扉を閉める。

扉の向こうから大當のがなり声が聞こえたが、諦めたのか呂萩がうまくなだめたのか、しばらくすると聞こえなくなる。

だが、大當の声が聞こえなくなっても、香淑は顔を伏せ、かたかたと震え続けていた。

「香淑？」

榮晋のいぶかしげな声に、ようやく我に返る。両手はまだ、榮晋の衣の背を固く摑んだままだ。あまりに力が入りすぎていて、関節が白くなっている。

「も、申し訳ございません……っ」

うまく動かぬ手を苦労してゆるめると、逃げるように絹の感触が指先をすり抜けていく。

それに思わず哀しさを覚えた瞬間。

くるりと振り返った榮晋の左手が、香淑の両手を握った。

「ひどく顔色が悪いな。どうした？」

驚いたように呟いた榮晋が、膝立ちになったままの香淑に合わせるように、片膝を床につく。同時に、榮晋の右手が頬に伸びてきた。

遠慮がちに、けれども優しく頬を包む手のあたたかさに、じわりと涙腺がゆるんでしまう。

香淑の顔を覗き込んでいた榮晋が、香淑の涙に思わずといった様子で目を瞠る。香淑はあわてて口を開いた。

「なんでも、ないのです……。その、大當様の剣幕にびっくりしてしまいまして……」

本当は、このあたたかな手に縋りついてしまいたい。榮晋の胸に飛び込んで、胸に巣くう恐怖を打ち払ってもらいたい。

思わずそう願い、香淑は願った自分自身に驚く。

香淑を侮蔑し、ひどい言葉を吐き捨てるのは榮晋も同じだというのに、榮晋と大當の、いったい何が違うのだろう。

考えるまでもなく、心が答えを導き出す。

大當は、人を傷つけることに何の良心の呵責も覚えない人間だ。怒りと憎しみに濁った目は、向けられているだけで恐怖に身がすくんでしまう。

けれど、榮晋は違う。

婚礼の夜、初めて榮晋を見た時は、同じではないかと疑った。かつて、香淑の夫だった男達と。

けれど榮晋は香淑が傷つくたび、鏡写しのように苦しそうな顔をする。

まるで、振るった刃が己にもはね返ってきたかのように。

人の痛みを知る、繊細で優しい心根。それが、榮晋の本来の性格なのだろうと思う。

きっと、榮晋も――。香淑と同じように、誰かに傷つけられたことがあるのだろう。

しかし、若く美しく、富み栄える丹家の当主である榮晋のどこに、誰かに傷つけられる落ち度があるというのだろう。

叶うことならば、聞いてみたいと願う。

とげとげしく堅固な鎧の下に隠された柔らかな心にふれ、寄り添えたらと。

だが――。

「香淑？」

白皙の美貌を見上げたまま動きを止めた香淑に、榮晋がいぶかしげに眉を寄せる。

香淑はゆっくりとかぶりを振った。

「申し訳ございません。その、驚きのあまり、腰が抜けてしまいまして……」

本邸にいる間は、決して榮晋の心に立ち入るようなことを口にしない。余計な言葉を言わない。というのが本邸に立ち入ることと引き換えに、榮晋と交わした約束だ。

『いつどこで呂萩が聞いているかわからん。呂萩に余計な心配をかけたくないのだ』

と言われたら、香淑も頷かざるを得ない。

そもそも、香淑は榮晋を殺める気などまったくないのだから、少しずつ榮晋と過ごす時間を増やしていけば、榮晋の真意を教えてもらえる日も来るだろう。

そのためにも、不用意に踏み入るわけにはいかない。

香淑自身、決して榮晋には明かせぬ過去を隠しているのだから。

「お気になさらないでくださいませ。すぐに、立てるようになりますから」

榮晋がそばにいてくれるという安心感で、少しずつ震えがおさまってきた気がする。

香淑は足に力を入れて立ち上がろうとした。が。

「きゃ……っ」

不意に、榮晋が身を寄せたかと思うと、ぐいっと香淑を横抱きに抱き上げる。

突然の浮遊感に、香淑は思わず榮晋にしがみついた。

「も、申し訳ございません……っ」

先ほどまでの恐怖とは別の理由で心臓が騒ぎだす。そっ、と榮晋が足を下ろし、香淑を立たせてくれた後も、恥ずかしくて顔を上げられない。

「もう少し」

「は、はいっ」

す、と香淑から離れた榮晋の声に、過剰に反応してしまう。

「巻物の処理も、あと少しで終わりそうだ。もし、まだ叔父上が居座っていたら、今、離れに戻るのは得策ではない。お前さえかまわぬのなら、もうしばらくここにいるか？」

淡々とした声音。

だが、その裏には香淑への気遣いが秘められていると感じ取って。

「はいっ。ぜひとも最後まで手伝わせてくださいませ！」

胸があたたかくなるのを感じながら、香淑は大きく頷いた。

◆　◇　◆

「くそっ、あの生意気な小僧め……っ」

丹家の廊下を足音荒くひとりで歩みながら、大當はいらいらと歯ぎしりする。

陰気な顔の老侍女が見送りを申し出たが、「いらん」と邪険に振り払った。

見目麗しい若い侍女ならともかく、枯れ枝みたいな不愛想な老女に見送られても、苛立ちが募るだけだ。

が、榮晋は大當のそばには、侍女と言えど、若い娘は決して近づけさせない。

(年はそれなりのようだが、容貌は優れていたな……)

先ほど、香淑と名乗った新妻を思い出す。

嘉家の娘というだけあって、服装こそ地味だったものの、洗練された所作も優しげな美貌も、並みの妓女では敵わぬ清楚さを醸し出していた。

もしあの女が妓楼にいれば、大金を払ってでも呼んで床に侍らせていただろう。清楚でありながら、どうにも男心をそそる女だ。

香淑を手に入れた榮晋への腹立ちに、ふたたび「くそっ」と吐き捨てる。

「いつもいつも、わたしを苛立たせおって……っ」

三年前、大當にとっては兄夫婦にあたる榮晋の両親が馬車の事故で急死した時も、そうだった。当時、榮晋はまだ二十歳になったばかりで、不安に打ち震える若き当主をいいように操り、本家の富を奪ってやろうと思っていたのに。

『丹家の当主となったのはわたしです。余人の手を借りる気はありません』

親戚(しんせき)一同の前で、澄ました顔で堂々と宣言した榮晋は、言葉の通り、親戚連中の誰の手を借りることもなく、召使い達を指揮して、先代と変わりなく丹家を富ませ続けた。

いや、まるで取り憑(つ)かれたように事業に打ち込み続け、先代以上に丹家を富ませている。

それ自体は、よい。富が蓄えられるのは素晴らしいことだ。

大當も、目上への礼儀も知らぬ生意気な小僧だと思っていたが、あえて榮晋の邪魔はしなかった。やがて、娘の太玉が榮晋の正妻となって、その富を享受するのだからと。

だというのに。

「わしの可愛い太玉ではなく、あんな女を娶(めと)るなど……っ！」

嚙(か)みしめた奥歯がぎりりと鳴る。怒りのあまり、目がくらみそうだ。

事業に打ち込むばかりで、女など興味がないと言わんばかりだったというのに。

むしろ、女嫌いではないかと心配していたほどの堅物が、何という変わりようか。取引相手に妓女遊びにでも誘われ、はまったのだろうか。

何にせよ、大當の目論見(もくろみ)を水泡に帰させるなど、許せることではない。

「くそっ、嘉家はここ十年ほど落ち目だと聞く……。丹家の富を狙って、娘に榮晋を誘惑させたか……っ！」

あの清楚な美貌で、どんな媚態を榮晋に見せたのかと思うと、はらわたが煮えくり返る。きっと、女に慣れぬ榮晋を口説き落としたに違いない。

娶ったことにか、まるで見せつけるように香淑を庇ったことにか……。

何に対しての怒りか、己でもわからぬまま、大當は激情に歯を噛みしめる。

このままにはしておけない。榮晋の妻となるのは、太玉でなければならないのだ。

そのためには。

「邪魔だな……」

大當は、ぼそりと呟く。

可愛い娘を妾などという地位にする気はない。榮晋の妻の座が、すでに埋まっているというのなら――。

邪魔者は、排除しなければ。

「愚かな女め……。榮晋に色目を使うのが悪いのだ……」

大當はひとり、濁った笑い声を立てる。

なぜだろう、まるで心が浮き立つように、ひどく楽しい。さざめく心をよぎるのは、清楚な美貌を恐怖と苦痛に歪ませ、朱の中に沈む香淑の姿だ。

「そうだ……。あの女が悪いのだ……。榮晋の妻におさまり、我が物顔で榮晋の隣を占めているのが……」

心の中に湧き上がる恨み言に、なんの疑問も抱かぬまま、大當は呟き続ける。

そうだ、不遜極まりないあの女は、殺さなければならぬ。身も凍るほどの恐怖を与え、辱めて。

大當は愉悦に口元をゆるませる。

己の血に染まった香淑の姿を見れば、さぞ胸がすくだろう、と。

◆　◆　◆

また失敗したか、と榮晋は苦々しい気持ちで、卓の向かいで一心に巻物に目を通している香淑を見やる。

朝から何度もそれとなく香淑の様子をうかがっているが、榮晋の指示通りに巻物を処理していく姿は、生真面目としか評しようがない。

こんな地味で単調な作業など、すぐに飽きて投げ出すかと思っていたのだが、香淑は不平ひとつ口に出さず、黙々と取り組んでいる。時折、気になったことや疑問を尋ねるくらいだ。

しかも、榮晋が答えるだけで、「ありがとうございます」と嬉しそうに返してくるので、そこの荘園は何が特産だとか、つい必要のないことまで話してしまう。

まんまと香淑の思惑にのせられている気がして、どうにも鬱屈した気持ちになる。

いや、この不快感は、先ほど突然来訪した大當のせいか。

榮晋の亡き父の弟にあたる大當は、本家の財産を虎視眈々と狙っている。

榮晋が子を生さずに死ねば、本家の富の行き先は叔父一家だ。娘の太玉と榮晋の婚姻により、合法的に丹家を手に入れるつもりの叔父は、今のところ実力行使で榮晋を殺す気はないらしい。もっとも、殺そうとしたところで、媚茗の呪われた加護が榮晋を死なせてはくれないが。

もし、香淑によって榮晋が死ねたとして、媚茗との盟約がどうなるかまでは、榮晋の知ったことではない。盟約の相手が叔父一家に変わったとしても、自分が死んだ後のことにまで責任は取れない。取る気もない。

榮晋は向かいの香淑にふたたび視線を向ける。

先ほど香淑が大當に暴言を投げつけられた際、すぐに助けに入らなかったのは、香淑の反応をうかがっていたためだ。榮晋で駄目なら、さらに粗野な大當に責め立てられれば、ひょっとして、ぼろを出すのではないかと。

だが――。

大當の汚らわしい手が香淑に伸びるのを見た瞬間、考えるより早く、とっさに割って入ってしまった。

驚くほど必死に縋りついてきた香淑を思い出す。血の気の引いた顔で震える香淑を見た途端、榮晋の心に湧き上がったのは、守ってやらねばという使命感だった。

大當なぞが彼女を傷つけるなんて許せないと……。反射的にそう考えた自分自身に驚いた。

香淑の本性を暴きたくて大當をけしかけたのは榮晋自身だというのに。矛盾した行動をとってしまう己のことが、自分でもわからない。

「こちらの巻物で終わりですわ、榮晋様」

柔らかな声に、榮晋は思考の海から引っ張り上げられる。

香淑が達成感に顔を輝かせて、榮晋に巻物と書きつけを差し出していた。

「榮晋様にお教えいただいた通りに書きましたが、こちらでよろしいでしょうか？」

「見てみよう」

香淑が差し出す紙を受け取り、手早く確認する。

女性らしい柔らかな文字は読みやすく、榮晋が教えた以上にきちんとまとめられている。香淑が真摯に取り組んだことが一目でわかる。正直、予想以上の出来だ。

「どうでしょうか……？」

心配そうに見つめる香淑に、「よくできている。助かった」と答えると、

「よかった……」

と安堵に満ちた、花のような笑顔が返ってきた。

香淑の笑みに思わず榮晋まで口元がゆるみそうになり、あわてて唇を引き結ぶ。たお

やかな笑み程度でほだされるわけにはいかぬというのに。

ごまかすように小さく咳払いした拍子に、ふとある案を思いつき、榮晋は優しげに見える微笑みを口元にはりつけて、香淑に問いかけた。

「手伝ってもらえて、本当に助かった。ついては、礼をしたいのだが……。何か欲しいものはあるか？」

水を向けると、香淑が驚いたように首を横に振る。

「とんでもないことでございます！　手伝わせていただいたのは、わたくしのほうですのに……」

遠慮する香淑に、榮晋は逃すものかと言を継ぐ。

「いや、本当に助かったのだ。せめて礼くらいさせてくれ。何を望んでくれてもかまわんぞ？」

榮晋は、にこやかな笑顔で釣り糸を垂らす。

きつい言葉で問いただしても警戒して本性を見せぬというのなら、甘い言葉で誘いをかけてみればよい。

榮晋のほうから申し出ているのだ。香淑もまたとない機会と思うに違いない。

衣か宝石か。それとも、もっと高価なものか。女狐と呼ばれるだけの強欲さを見せてみろと、榮晋は真意を押し隠し、表面上はこの上なく優しげに微笑んで香淑の言葉を待つ。

これ以上、わたしを惑わせるなと、なかば祈りにも似た気持ちで。

『夫君殺しの女狐』ならば、女狐らしく振る舞ってみろ。でなければ――。

香淑が女狐などではないと、信じてしまいそうになる。媚茗の呪いから逃れるためだけに、香淑を娶ったというのに。

榮晋の心を知ってか知らずか、香淑は戸惑った様子で視線を揺らしていたが、ほどなく、おずおずと申し出た。

「その……。本当によろしいのでしたら、ひとついただきたいものがあるのですが……」

「何だ？　何でもよいぞ？」

「では……」

香淑が意を決したように、一度、唇を引き結ぶ。かと思うと、小さく微笑み。

「お菓子を、いくらかいただけますか？」

「……は？」

榮晋が呆気にとられた顔をしたせいだろう。香淑が目に見えて焦りだす。

「だ、だめでしたらよいのですっ。その……っ、もしよろしければ、日持ちのするお菓子をいくらかいただけたら嬉しいと思っただけなのです……っ」

「菓子、だと……？　一日中働いて、その見返りが菓子などでよいと？」

思わず低い声で問うと、香淑がびくりと肩を震わせる。

「も、申し訳ありません……っ。欲張りでしたか……？」

逆だろう⁉　と思わず怒鳴りたい衝動を、何とかこらえる。

「菓子など、わざわざここで頼まずとも、呂萩に言えば、いくらでも用意するだろう?」

「その、わたくしのわがままで、呂萩の手をわずらわせるのも申し訳ないので……」

香淑が困ったように眉を下げる。

呂萩は優秀だが、淡々と仕事をこなすために、あまり人好きする性格ではない。

何より、榮晋が香淑を娶った本当の理由を知っている呂萩にしてみれば、香淑は大切な主人をいつ殺めるともしれぬ存在だ。香淑を気遣って笑顔で接してくれというのは、無理な相談だろう。

「……わかった。では、用意するようにわたしから呂萩に言っておこう。だが、菓子だけでは、礼としてあまりにわずかだ。他に欲しいものは?」

まだ隠し玉があるだろう、と期待を込めて問う。

菓子が欲しいだなどと……。子どものお使いでもあるまいし、いったい何を考えているのか。

女狐ならば女狐らしく、強欲に富でも贄でも求めればよいものを、いつまで見せかけの良妻を演じるつもりか。香淑の正体を知る榮晋を謀っても、無駄だというのに。

いったい香淑が何を考えているのか、榮晋にはまったくわからない。

「他に、ですか……?」

香淑が小首をかしげ、考え込む。

「では……」

ふわり、と花のように可憐に香淑が微笑んだ。

「また機会がありましたら、今日のように手伝うことをお許しいただけますか？　知らないことを知るのは、楽しゅうございます」

真っ直ぐに榮晋を見つめて嬉しげに告げる香淑に、邪心は欠片も感じられなくて。

榮晋は落胆と苛立ちに、思わず奥歯を噛みしめる。

喉から手が出るほど欲しても、香淑はまだ本性を見せぬ。

榮晋は良妻が欲しくて香淑を娶ったのではない。そんなものなど、いらない。

だというのに――。

香淑は優しい微笑みと真摯な態度で、榮晋の心を惑わせにくる。

まるで、とうの昔に失われた、穏やかで幸せな日々が取り戻せると言いたげに。

失ったまま、決して取り戻せぬ幻を見せられるたび、心が荒む。

甘い誘惑に負けて溺れたくなる心を、冷静になれと叱咤する。香淑の本性を暴くために術中に陥るふりはしても、本当に惑わされるわけにはいかない。

「ああ……。また機会があれば頼もう」

榮晋は内心を押し隠し、微笑んで見せる。

その時までには、道玄も戻ってきていることだろう。道玄に暴いてもらえば、香淑の本性に思い悩むこともなくなる。

「はい！　ありがとうございます」

輝くような香淑の笑顔を、榮晋は苦く、見返した。

「うわ〜っ！　こんなにたくさん⁉　ほんとにいいのっ？」

晴喜の歓声が四阿（あずまや）に響き渡る。うわーっうわーっ、と歓声を上げながら、晴喜の視線がせわしなく菓子と香淑の顔を行き来した。愛らしい仕草に、香淑は笑顔で頷（うなず）く。

「ええ、もちろん食べてくれていいのよ。晴喜のために用意してもらったのだもの」

「でも、こんなにいっぱいのお菓子、どうしたの？」

きょと、と小首をかしげる晴喜に、昨日、榮晋の仕事を手伝った礼に菓子をもらったのだと説明すると、晴喜がくりくりとした目を驚愕（きょうがく）に見開いた。

「ええっ⁉　香淑、本邸に行ったの⁉　大丈夫？　何もなかった？」

心配そうに晴喜が見上げる。

「え、ええ……。大丈夫よ」

一瞬、大當が乱入してきた時のことが頭をよぎるが、晴喜を不安がらせることもあるまいと、笑顔で答える。

「ほんとっ⁉　よかったぁ〜っ！」

心から安心したとばかりに、晴喜が薄青の衣に包まれた胸を撫でおろす。

昨日の礼の菓子は、朝食の際に呂萩が持ってきてくれた。

瓜ほどもある大きな籠いっぱいの焼き菓子に、まさかこれほどもらえると思っていなかった香淑は、大いに恐縮したのだが、『榮晋様のご用命ですから』と、呂萩は無表情に告げると部屋を出て行ってしまった。

今日は自室で好きに過ごせと榮晋に言われているので、さっそく香淑は籠を持って、晴喜を探しに庭へ出たのだが。

「わ〜っ！　すっごいおいしそうな匂いがする〜っ！」

と、出た途端、どこからともなく庭木の陰から晴喜が飛び出してきて驚いた。

先日と同じように、晴喜に手を引かれて四阿まで来た香淑は、きらきらと目を輝かせて籠の菓子を眺めている晴喜に優しく微笑みかける。

「どうぞ、晴喜。好きなものを取ってちょうだい」

「わーい、いいの？　じゃあ、これにしようっと♪　香淑はどれにする？」

にこにこと晴喜が手に取ってかじりついたのは、小麦粉を練った皮の中に餡が入っているものだ。花形の焼き印が押されていて目にも楽しい。榮晋と呂萩の心遣いに嬉しくなる。香淑の頼みに、わざわざ買ってきてくれたのだろうか。

香淑は薄く伸ばした生地をねじって揚げている菓子を手に取った。一口かじると、さくりとした食感と、甘さの中に生姜の風味がきいていておいしい。籠の中には何種類ものお菓子が入っていて、選ぶだけでも楽しい。

「へへ～っ、おいしいねっ」

嬉しそうにぱくぱく食べる晴喜に、「そうね」と笑って頷く。

陽の光を集めたように明るい晴喜の笑顔を見ていると、昨日、榮晋に頼んでよかったとしみじみと思う。

「晴喜は本当にお菓子が好きなのね。とっても嬉しそうに食べてくれるから、見ているこちらも嬉しくなってしまうわ」

「うんっ！　大好きっ！」

にぱっ、と笑った晴喜が、茶色の目を輝かせて香淑を見上げる。

「でもこれは、香淑が一緒に食べてくれるからだよ？　ひとりで食べてもおいしいけど、やっぱりおいしいものは、大好きな人と一緒に食べたほうが、もっとおいしいよねっ！」

『大好きな人』という晴喜の言葉に、思わず胸の奥があたたかくなる。

と、晴喜が「だってさ～」と不満そうに唇をとがらせた。

「榮晋はあんまり一緒に食べてくれないんだ。甘いお菓子は好きじゃないんだって。榮晋ってば、熱くて辛いものが好きなんだよ!?　あんなの、舌と鼻がぴりぴりするばっかりで、全然おいしくないじゃないかっ！」

晴喜が口の中に辛子を突っ込まれたように、ぎゅっと顔をしかめる。嫌がっている表情にも妙に愛敬(あいきょう)があって、香淑は口元をゆるませた。

「そう……。榮晋様は辛い物がお好きなの」

言われてみれば、おととい呂萩が用意してくれた食事も、辛みのある料理が多かった気がする。

「うん。榮晋は甘いものと冷たいものが嫌いなんだって」

「そう、なの……」

だとすると、香淑がお腹を空かせていたから、榮晋は冷めた料理を我慢して食べてくれたのだろうか。やはり、榮晋は優しいと思う。

思い返せば、誰かと差し向かいで食事をしたこと自体、久しぶりだった。こうして、おしゃべりしながらお菓子を食べることだって。

そう考えると、香淑のすぐ隣で無邪気な笑顔で食べる晴喜が愛しくて、ぎゅっと抱きしめたくなってしまう。

「そういえば……。おととい別れた後、ちゃんと部屋に戻れたの？　気がついたら姿が消えていたけれど……。あなたも、丹家に住んでいるの？」

おとといから気になっていたことを尋ねると、次のお菓子に伸ばそうとしていた晴喜の手が、ぴくりと揺れた。

「うん。ぼくも丹家の端っこに住んでるよ。でも……」

晴喜の大きな目が、哀しげに伏せられる。

「その……。ぼく、お客さんの前には出ないようにって、榮晋に言われてるから……」

「どうしてっ⁉」

　香淑の突然の大声に、晴喜が驚いたように小さな肩を震わせる。

「どうしてそんなひどいことを……っ。だって、晴喜も丹家の一員なんでしょう⁉　こんなにちゃんとしたいい子なのに、人前に出てはいけないだなんて……っ！」

　感情が昂るあまり、声が震える。

『不名誉な噂を立てられおって……っ！　そんな輩を人前に出せるわけがないだろう⁉』

『お前のせいで、嘉家の体面がどれほど傷つけられていることか！　弟が可愛いのなら、あの子に関わるのはやめてちょうだい！　あの子にまでよくない噂がつきまとったらどうしてくれるの⁉』

『いっそのこと、夫と一緒に賊に殺されていればよかったものを……っ！』

　実家で両親からさんざん投げつけられていた言葉が、耳の奥でこだまする。

屋敷の一番奥に軟禁同然に押し込まれて存在自体をなかったように扱われ、まれに顔を合わせれば、嫌悪も露わに責められるばかりで。

　香淑はぎゅっ、と目を閉じて胸の痛みを奥へと押し込める。

　榮晋が両親と一緒だなんて思いたくない。思えない。けれど、もし榮晋が晴喜を人から遠ざけようとしているのならば、何としても榮晋に抗議しなくては。

「ち、違うんだよ、香淑っ！　その……っ」

　固く目を閉じて拳を握りしめる香淑に、晴喜があわてふためいた声を上げる。

「榮晋がぼくに人前に出ないようにって言ってるのは、ぼくを守るためで……っ！　その、ぼく、目立っちゃうから……っ」

目を開けた香淑の視界に、ふわふわと明るい茶色の髪が躍る。

確かに晴喜の明るい色の髪は、人によっては奇異の目を向けられるかもしれないが。

「榮晋と呂萩のところなら行っていいんだよ！　それに、ほら！　今は香淑だっていてくれるから、寂しくなんかないし！」

言葉と同時に、晴喜が胸に飛び込んでくる。勢いよく飛び込んできた小さな身体を、香淑はぎゅっと抱きしめた。

陽だまりの匂いがするあたたかさに、胸が締めつけられるような心地になる。

真っ直ぐに好意を向けてきてくれる晴喜が大切で、愛しくて。

「ぼくの家族はもう、いないけど……。でも、榮晋や呂萩や、香淑がいてくれるから、大丈夫だよっ！　寂しくなんかないよ」

ぎゅっ、と香淑の身体に回した腕に、晴喜が力をこめる。

けれど、まるで自分に言い聞かせるような声音の裏に、隠し切れない哀しみがにじんでいる気がして、香淑は晴喜の背中に腕を回すと、思いきり抱きしめる。

「大丈夫よ。おととい、約束したでしょう？　私にできることなら何でもするって。榮晋様はお優しい方だもの、今は何か誤解があるようだけれど、いつかきっと、誤解がとける日が来るわ」

「うん……」

晴喜がすり、と香淑に頬ずりする。

甘えてくる小さな背中を、香淑はずっと撫で続けた。

◆　◆　◆

『榮晋……っ。わたくし、好きな方がいるの……っ』

姉の迦蓉が涙ながらに少年の榮晋に訴えたのは、何年も昔のことだ。

富裕な丹家の娘とあれば、さまざまな名家から求婚が殺到するというのに、榮晋の両親は、迦蓉が年頃になっても、どの求婚話にも首を縦に振らなかった。

もともと両親は、榮晋のことは溺愛と言っていいほど可愛がるのに、姉に対しては妙に冷淡なところがあった。まるで、姉の存在など、最初からないとでも言いたげに。

両親からそんな扱いを受けながらも、いつもけなげに微笑み、両親に溺愛される榮晋をやっかみひとつ言わずに可愛がってくれる姉が、榮晋は大好きだった。

両親の分まで、弟の自分が姉を守り、大切にするのだと誓っていたほどに。

そんな姉の迦蓉が、初めて榮晋の前で涙を見せた夜のことは、まるで昨日のように鮮明に覚えている。

きっかけは、榮晋のほうから、憂い顔を見せることが多い姉に、いったい何があったのかと聞いたことだ。頑なに話そうとしない姉に、決して他言しないから教えてほしいと言葉を尽くし、固い口をなんとか開かせ。

ようやく引き出したのが、想い人がいるという、涙ながらの告白だった。

家から出る許可すら、ろくに出ぬ姉だ。名前を聞いた途端、榮晋はすぐに姉の想い人が誰なのか、顔が浮かんだ。

丹家がよく取引している他州の商家の跡取り息子。男ぶりのよい顔立ちに、がっしりした体格を持つ、実直で誠実そうな青年だ。こんな兄がいたらと榮晋が憧れていた相手でもある。

彼ならば、大切な姉を幸せにしてくれるに違いない。

榮晋が純粋にそう信じられる相手を見初めた姉の慧眼を、祝福するより先に。弟に打ち明けたことで、ため込んでいた哀しみが決壊したのだろう。迦蓉がはらはらと涙をこぼしながら訴える。

家柄も、年も釣り合う。お互いに心を交わし、人生の伴侶は互いしかいないと想い定めている。問題があるとすれば、青年の故郷が、慶川の町からは遠く離れているということだけだ。なのに。

何度、青年が迦蓉との結婚を両親に願い出ても、頑として首を縦に振ってくれないのだと。

『お父様もお母様も、決して理由を教えてくださらないの……っ。ただ、わたくしを嫁に出す気はないと、そればかり……っ』

清楚な美貌を哀しみに染めて、迦蓉ははらはらと珠のような涙をこぼす。

『たったひとり、この方と想い定めたお人なの……。あの方と結ばれることができぬのなら、生きていても仕方がないというのに……っ』

　榮晋がまだ知らぬ恋の炎に身を焦がす姉は、今まで見たことがないほど美しく、儚げで――。

　誰よりも大切な姉の涙を止めたい一心で、気がつけば、榮晋は口走っていた。

『わたしが姉上の恋を叶えてみせます！　姉上が幸せになれるよう、父上達を説得いたします！』

　溺愛している榮晋の願いならば、両親も聞き入れてくれるやもしれぬと、淡い期待を抱いて説得に向かった先で、榮晋は初めて知ったのだ。

　――丹家が古に交わした、媚茗との盟約を。

　尽きぬ富を与える代わりに、当主一代につきひとり、直系の清らかな娘を、白蛇の贄として差し出さねばならぬのだと。姉の迦蓉が、父の代の贄なのだと。

　どうやって両親の前を辞したのか、榮晋は覚えていない。

　ただ、気がついた時には、両親から教えてもらったばかりの庭の一角にある蛇神の堂の前に額ずき、訴えていた。

　蛇神様。乙女ではないですが、どうかこの身を贄として差し出させてください、と。

その代わりにどうか――。どうか、大切な姉を想い人と結ばせてやってください。

恐怖がなかったと言えば、嘘になる。

だが、それよりも強く榮晋の心を駆り立てていたのは、理不尽に対する怒りだった。

なぜ、優しくて美しい姉が、冷たい両親のために妖に身を捧げねばならぬ。家のために贄にならなければならぬ。そんなこと、許せるはずがない。

『人の子は、面白いことを言うものね』

気がついた時には、堂の大きな扉が、音もなく開いていた。

夜よりも深く凝る闇が、堂の中から洩れ出でる。榮晋の頬を撫でたのは、重く冷たく、甘い空気と、脳髄を撫で上げるような蠱惑的な声だ。

『何も考えず盟約に身をゆだねていれば、尽きぬ富がお前のものだというのに……。わざわざ、自ら贄になりにくるなんて』

甘い声が、幾千の虫が神経を引っかくように、榮晋の精神をかき乱す。声だけだというのに、まるで無明の闇の中に沈んでいくかのような感覚。

恐ろしい。恐ろしい。今すぐ、逃げ出してしまいたい。けれど。

初めて目にした姉の涙が、これまで榮晋に向けられてきた優しい微笑みが、恐怖に干からびた喉を突き動かす。

『富など、どうでもよいのです！　わたしの望みは姉上の幸せだけ。そのためならば、この身を贄として捧げることも厭いません！　どうか、今代の贄は姉ではなく、わたしに務めさせてくださいませ！』

優しい姉は弟の死を嘆き、両親は打ちのめされるだろう。だが、何の力もない榮晋には、姉の代わりに我が身を捧げることしか、思い浮かばなくて。

どうか、あまり痛い思いをせずに済みますようにと、怯えながら額ずいていると。

『お入りなさいな』

甘い声が、優しげな口調で命じた。榮晋は震える足に力をこめて立ち上がり、ぎこちない足取りで堂の中に歩み入る。途端。

『ひぃっ！』

こらえようとしてもこらえきれぬ悲鳴が、喉の奥からほとばしる。

深く冷たい闇が淀む堂の中にいたのは、大人の身丈の十人分は優にあろうかという巨体を、とぐろに巻いた白蛇だった。

鮮血よりもなお紅い瞳が榮晋を見つめ、先端が二つに割れた長い舌が、炎のようにちろちろと揺れている。

頭から丸呑みにされるのだろうか。それとも、巨体に絞め殺されるのだろうか。

恐怖のあまり歯が鳴り、全身がかたかたと震える。足はすくみきって、一歩たりとも動かせない。

『あら。この姿は怖すぎる？　ふふっ、怯えている顔も可愛らしいけれど』

声と同時に、白蛇の巨体が陽炎のように揺らめく。次の瞬間、闇の中に浮かび上がるように立っていたのは、磁器のような白い肌を惜しげもなく晒した絶世の美女だった。

初めて見る女体に思わずつばを飲み込む。

だが、白銀の長い髪が彩る裸身に感じるのは、情欲ではなく、ただひたすらの恐怖だ。

榮晋の本能が訴えている。

これは、人が敵うはずがないモノ。魅入られてはならぬモノだ、と。

けれど、まるで縫いとめられたかのように、視線が外せない。

『長く丹家に取り憑いている間に、男の贄も何人か味わったけれど……。お前のように、綺麗な少年は初めて』

目を細め、白蛇が嬉しそうに紅の唇を吊り上げる。

『名前は？』

『え、榮晋でございます……』

脳髄を融かすような声に無意識に答えを紡ぐと、満足そうに絶世の美女が頷いた。

『そう。私は媚茗。この丹家と盟約を交わした妖よ』

ちろり、と二つに割れた紅い舌が躍る。

『榮晋。お前の望みは？』

『姉の……迦蓉の幸せな結婚を。姉を贄にするのはおやめください！　贄が必要ならば、わたしが身を捧げます！』

恐怖のあまり、くずおれそうになる身体を叱咤し、榮晋は必死に訴える。

言い切った瞬間、媚茗の鮮血の色を宿した目が細まった。それだけで、不可視の圧が、榮晋の心と身体を押し潰しそうになる。

『お前が、姉の代わりに贄になると？』

心の奥まで見通すようなまなざしに、榮晋は全身を震わせながらも、きっぱりと頷く。

『そうです！　姉の代わりに、わたしが贄になります。ですから、どうぞ……。どうか、姉を想う人と添い遂げさせてください！』

恐怖に怯みそうになる心をおして、真っ直ぐに媚茗の目を見て告げる。

『あらあら、けなげなこと』

媚茗が楽しげに喉を鳴らした。

『そうねぇ。盟約では清らかな乙女となっているのだけれど……』

榮晋の様子をうかがうように、媚茗がわずかに首をかしげた。解かれたままの白銀の髪が、まろやかな肩をさらさらとすべる。

『盟約については存じております……っ！　ですが、どうかわたしでお許しいただけませんか⁉』

姉がいつ、贄として捧げられる予定なのかはわからない。だがきっと、そう遠い未来ではないだろう。

『どうか……っ！』

床に額ずき、頼み込もうとして。

不意に、重く甘い匂いが強くなる。同時に、氷のように冷たい手が榮晋の手首を摑(つか)んでいた。

ただ手首を摑まれただけだというのに、身体の芯(しん)まで凍えるような冷たさに、榮晋は氷の彫像と化したかのように動けなくなる。

『本当に、可愛らしいこと』

くすくす、くすくすと、鈴を振るような声が、鼓膜を震わせる。

『いいわ。お前の愛らしさに免じて、お前を贄にしてあげる』

覚悟をしていたはずなのに、宣言された途端、わしづかみにされたように、ぎゅっと心臓が痛くなる。

いったい、どのように殺されるのだろう。

今こそ、虫一匹も殺せぬような、なよやかな美女だが、本性は巨大な白蛇なのだ。

と、媚茗がくすりと楽しげに笑った。媚茗の声に合わせるように、重く甘い匂いが、強くなる。

『お前ほど美しい子は初めて。怯える様まで愛らしいなんて……。ふふっ、これから、どんな顔を見せてくれるのかしら？』

うっとりと媚茗が微笑む。母からも姉からも向けられたことのない、蠱惑的な笑みで。

紅(くれない)の唇の間から、ちろりと長い舌が覗(のぞ)く。

恐怖のままに榮晋は身を引こうとした。が、手首を握る媚茗の手が許してくれない。

媚茗が、ゆっくりと榮晋に身を寄せる。

まるで、榮晋を搦めとるように強くなる、重く、甘い匂い。

目を離したいのに、吸い寄せられたように紅い瞳から目が離せない。その榮晋の頰を、媚茗の長い舌が、ぴちゃりと這う。

『あ……っ』

それだけで、かすれた声が無意識に洩れる。

紅の唇が、くすり、と淫靡な弧を描く。かと思うと、氷のような唇に耳朶を食まれた。

その冷たさにか、全身を駆け抜けた未知の感覚にか、荒い息とともに身体が震える。

同時に身体から力が抜け落ち、重い倦怠感に囚われた。

『さあ、いらっしゃい……。可愛がって、あげる』

理性を酩酊させる美酒のような囁きが鼓膜を震わせ、侵入し。

その言葉の意味を考える間もなく。

かぷり、と首筋を甘く食んだ媚茗が、榮晋の精気を吸い上げた。

◆　◆　◆

泥の沼から浮き上がるように、榮晋はかすかに呻いて意識を取り戻す。

その瞬間、己に絡みつくモノの冷たさに気づき、無意識に顔をしかめそうになるのを、かろうじてこらえた。

「ようやくのお目覚めね」

すり、と甘い声とともに、媚茗が冷たい裸身をすり寄せてくる。そのまま沈み込んでしまいそうになめらかな、冷たい肌。重く、甘ったるい匂いが揺蕩う。

「わたしは……。気を失っていたのか？」

呟いた声は、老人のようにかすれていた。身体がひどく重くて力が入らない。

窓から差し込む光は夕刻の赤さだ。ということは、優に一刻は気を失っていたらしい。

気を失うなど、どれほどの精気を媚茗に吸い取られたのか。

いっそのこと、このまま殺してくれたならと願い、同時に、無駄な願いだと心中でひそかに自嘲する。

媚茗は決して、榮晋が死んでしまうほどの精気は奪わない。

細く長く——まるで、真綿でじわじわと首を絞めるかのように、楽しげに榮晋を嬲り続ける。

もし媚茗が榮晋を殺すとしたら、あと十年以上も経って、榮晋の容色が衰え、媚茗が飽きた時だろう。それまで、あと何百回、こうして媚茗に精気を奪われねばならぬのだろう。

鉛のような身体の重さにまぶたを開けていられず、ふたたび目を閉じる。

こんなはずではなかった。

今さら悔いても取り返しようのない後悔が、苦く胸をよぎる。

あの夜、姉の代わりに贄となることを申し出た時、そのまま殺されるものと覚悟していたのに。

身体のあちこちをねぶられ、精気を吸われ。

ああ、これで大切な姉は想う人と添い遂げられるのだと、身体が重くなるにつれ増してゆく死への恐怖の中、一縷の安堵を胸に意識を失い――。

けれども、目が覚めた時、榮晋はまだ生きていた。

わけがわからず驚く榮晋に、媚茗は冷たい肌を寄り添わせ、長い舌で頬を舐め上げると、楽しげに告げたのだ。

『こんな愛らしい贄を、ひと思いに殺すのは惜しくなったの。あなたは殺さないわ』

一瞬、芽生えかけた喜びを、次の言葉が踏みにじる。

『その代わり、精気をもらうわ。細く長く、あなたが死ぬ、その時まで――』

くすくすと喉を鳴らし、融けそうなほど、重く、甘い声で。

『あなたは私に捧げられた贄。あなたのすべては、私のものよ――』

それが、媚茗との日々の始まりだった。

三、四日に一度、媚茗に甘い声で睦言を囁かれ、氷のように冷たい唇で身体中にくちづけられて無理やり精気を奪われ……。

まるで猫が鼠をいたぶるように。無慈悲な子どもが、お気に入りの人形で好き勝手に遊ぶように。

榮晋の意思を無視して媚茗にもてあそばれる日々は、苦痛以外の何ものでもなかった。

『ふふっ、いつまでも可愛い人。あなたのすべては私のもの。この美しい顔も、あたたかな身体も、あえぐ声も、全部……。全部、私だけが味わうのよ……』

媚茗が気に入っているこの顔に傷を負えば、炎で焼けただれてしまえば、媚茗の執着もなくなるかと試してみたが、すべて徒労だった。

『あなたは私の宝物。私の許可なく、その身を傷つけるなんて、許さないわ。……ああ、でも』

どれほど傷つけても癒えてゆく傷を紅い舌で舐め上げながら、うっとりとした声音で媚茗が囁く。

『痛みに悶え苦しむあなたの顔も素敵……。そんな顔を見せてくれるのは、私にだけでしょう……？』

試すたび、媚茗に責められ、気を失うほどに精気を奪われて。

それでも、榮晋が生ける屍にならなかったのは、姉の迦蓉がいたからだ。

幸せに満ちて、誰よりも美しい花嫁となって愛しい人に嫁いでいった大切な姉が、遠く離れた他州から、月に一度は弟を気遣う手紙をくれるから。

子宝にも恵まれ、幸せに暮らす姉の笑顔を曇らせたくない一心で。

心配した姉が、間違っても弟の様子を見に来ようなどと思わぬように、榮晋は丹家の跡継ぎとして、両親の死後は当主として、為すべき務めを淡々と果たしてきた。

花嫁を迎え、子を生すという一点を除いては。

三年前、両親が馬車の事故で死んだのはおそらく、榮晋が二十歳になったのを機に、息子に嫁を探し始めたからだ。だから、媚茗に疎まれて殺された。

媚茗は恐ろしいほどに嫉妬深い。

だからこそ、榮晋は若い侍女を決してそばに置かなかったし、己に向けられる秋波も、ことごとく無視してきた。丹家に来た若い侍女ばかりが調子を崩し、すぐに辞めていくのは媚茗の仕業に他ならない。

媚茗が今回の香淑の嫁入りを不承不承ながらも認めたのは、このままでは丹家本家の血筋が絶えてしまうと、榮晋が説得したからだ。いかに媚茗が大妖とはいえ、取り憑いている丹家の血を絶やすわけにはいかぬだろうと。

だが……。こうも嫉妬され、そのたびに精気を奪われては、いくら榮晋が若かろうが限度がある。気を失うほど精気を奪われるなど、ここしばらくなかったことだ。

「……ねえ」

重く甘い声に、榮晋はゆっくりとまぶたを開ける。

同時に、冷たくなめらかな肌が、隣から榮晋の上へと移動したのを感じる。

視界に飛び込んできたのは、榮晋を見下ろす不機嫌そうに細められた紅い目だ。

「いつまで、あの女を可愛がるの？」

媚茗の言葉に、香淑にほだされつつある自分の甘さを指摘された気がして、反射的に眉が寄る。

もし、榮晋が香淑に甘い顔を向けているように見えても、それはすべて媚茗の呪いから逃れるべく、香淑の本性を探っているにすぎないのだから。

「……可愛がっている気などないが」

思わず渋い声で答えると、紅い目がさらに細くなった。

「私の前であんなに見せつけておいて、酷い人」

媚茗の面輪が近づいたかと思うと、唇をふさがれる。榮晋の唇を割って押し入ってきた舌は、氷のように冷たい。

その熱のなさとは裏腹に執拗なほど榮晋の舌を嬲ってから、ようやく媚茗が唇を離す。つぅ、と糸を引いた唾液が、互いの唇に橋を架けた。

「あの女とも、こんな風にくちづけをしていたじゃないの。子どもを産ませるだけなら、くちづけなんて不要でしょう？」

媚茗が不快そうに眉をひそめる。

「本当に、あの女に子どもを産ませるの？」

「……そのために、娶った女だろう？」

媚茗が何を言いたいのか摑めず、榮晋はいぶかしげに問い返す。迂闊なことを口にして、真の目的を知られるわけにはいかない。

る。

「お前のことだ。どうせ、香淑以外の女を相手にしても、嫉妬して、始末しようと言い出すのだろう？」

　媚茗を押し返し、ぐるりと身体の上下を入れ替える。

　抵抗もなく榮晋に押し倒された媚茗は、榮晋を見上げ、当然と言わんばかりに微笑んだ。

「だって、あなたは私のものだもの。他の女がそばに侍るなんて、許せるわけがないでしょう？　本当は、あなたが他の女と口をきくのも嫌。見るのも嫌。この腕が他の女を抱いたと思うだけで、その女を殺したくなるの」

　媚茗の白い繊手が榮晋の胸に伸ばされる。

　指先が肌にふれるより早く、榮晋はその手を搦めとると、寝台に押しつけた。

「盟約を交わしているというのに、何を不安に思うことがある？　わたしはお前の贄。わたしのすべてはお前のものだろう？　たとえ、子を生すために、いっとき他の女を抱いたとしても、わたしの本当の妻は、お前以外にはおらぬ」

　榮晋は、そっとくちづけを落とす。

　甘く、優しく――秘められた嘘の分だけ、愛しげに。

「妬心の強い我が妻に、どうしたら、信じてもらえる？」

　決して本心を気取られぬよう、紅の瞳を覗き込んでことさら優しげに問うと、媚茗が満足げに喉を鳴らした。

悪戯っぽく唇を吊り上げた媚茗が、榮晋の身体の下で白い裸身をくねらせる。

「悋気を融かすのは、熱のこもった言葉と、行いだけでしょう？」

「……あれほど激しく奪っておいて、まだ足りぬと？」

媚茗が拗ねたように唇をとがらせた。仕草自体は愛らしいのに、その奥に潜む底知れぬ執着心に、榮晋は逃げ出したくなる。

「足りないわ。このくらいじゃ、ぜんぜん足りない」

ちろちろと、誘うように二叉の舌が揺れる。

「もっとあなたで、私を満たして」

「……お前が望むなら、望むだけ」

薄く笑みを貼りつけて、榮晋はもう一度、面輪を寄せる。

舌と舌が、吐息と吐息が絡み合い、湿った音が二人だけの空間を満たす。

「ねぇ、もっと……。あなたが私だけのものだと、もっともっと感じさせて……」

媚茗が切なげに身をくねらせる。

「愛しい媚茗」

榮晋は求められるままに言葉を紡ぐ。指先だけは優しく、白く冷たい肌を撫でながら。

「わたしのすべてはお前のもの。わたしが愛しいと思うのは、お前だけだ――」

榮晋の囁きに呼応するように、勝ち誇った笑みを浮かべた媚茗が身を起こし、榮晋の胸元にくちづける。

絡みつくような甘い匂いが重みを増し。

「ああっ、私の榮晋……っ」

媚茗の感極まった声が、甘く宙に融(と)けた。

「わたしが愛しいと思うのは、お前だけだ――」

薄く開いた扉から洩(も)れ聞こえた榮晋の艶(つや)やかな声に、香淑は身を強張らせた。間違っても声を洩らしてしまわぬよう、両手で口元を押さえ、固く目を閉じて後ずさる。

榮晋と彼の想い人の睦言(むつごと)を聞く気など、なかったのに。

晴喜の処遇を考えてほしいと訴えようと本邸の榮晋の部屋まで来て、声をかける前に扉が薄く開いているのに気がついて……。

榮晋の私室から十分に離れたところで、香淑はたまらず駆け出す。

一瞬だけ見えてしまった寝台の中の二人の姿が、焼きついたように眼裏(まなうら)から離れない。

香淑が聞いた覚えがないほど愛しげな、榮晋の艶やかな声も。

どこをどう通ったのか、気がつくと、香淑は自室の扉を背に荒い息を吐いていた。

「ふっ、く……」

戻ってきたのだと理解した途端、抑えきれぬ涙があふれ出す。握り込んだ拳を口元にあて、声を嚙み殺しながら、香淑は扉に背を預けたまま、ずるずると床にへたりこんだ。

顔までは見えなかったが、雪のように白い肌の彼女が、媚茗に違いない。

あれほど熱い声音で愛を囁く相手がいるというのに、なぜ、榮晋は香淑を娶ったのだろう。

親戚達にも隠して、『夫君殺しの女狐』などを。

香淑は涙を流しながら、先ほど見た光景から逃避するように、考えを巡らせる。

巷で香淑が『夫君殺しの女狐』と呼ばれていることを大當が知れば、そんな女を丹家の嫁にしておけるものかと反対するのは、想像に難くない。

娼婦よりもなお評判の悪い香淑を嫁にしておくくらいなら、まだしも愛妾の媚茗を妻にしておいたほうが無難だと……。榮晋は親戚をそう説得するつもりだろうか。

そうなのだとしたら、最初からそう言ってくれれば、儚い期待を裏切られたと泣かずに済んだものを。

いや、違う。

香淑はふるりとかぶりを振る。

榮晋は、婚礼の夜から言っていたではないか。抱く気はない。子を生す気もないと。

それなのに、勝手に期待したのは香淑だ。榮晋を恨むのはお門違いだ。

そもそも、最初から覚悟していたではないか。きっと榮晋には愛する女性がいるのだろうと。たとえ女として愛されることがなくとも、妻として榮晋を支えようと。

そう、決めていたはずなのに。

香淑に冷たく接しながらも、ときおり見せてくれる榮晋の気遣いや優しさにふれるたび、どんどん惹かれていく自分がいる。もっと榮晋の心にふれたいと——。

これほどわがままな気持ちが自分の中にあるなんて、榮晋と出逢うまで、まったく知らなかった。

香淑はぎゅっ、と唇を噛みしめる。頬を伝い落ちる涙が唇を濡らした。

榮晋のくちづけの甘さを知ってしまった分、涙がひどく苦い。

乱暴に手の甲で涙をぬぐいながら、香淑は決意する。

泣くのは、今だけだ。これは、突然のことにびっくりして涙が出てしまっただけなのだ。それだけだ。

榮晋の心が他の女性にあるのは、わかっていたこと。

だから、涙を流す必要なんて、ない。

榮晋は香淑が盗み聞きをしてしまったなど、夢にも思わないだろう。香淑とて、盗み聞きをしたとは、口が裂けても言えない。

だから——。この涙も、絶え間なく疼く胸の痛みも、すべて、なかったことにしよう。

今だけ、好きなだけ泣いたら——。

明日、榮晋の前に立つ時は、何も知らぬふりをして、いつものように微笑んでいよう。

第四章　『夫君殺しの女狐』の正体

かたり、と物音がした気がして、香淑はうっすらと目を開けた。

まぶたが重く、喉が少し痛い。

うつぶせだった身体を寝台の上に起こして、部屋の暗さに、とうに夜更けになっているらしいと気づく。

夕刻、榮晋の部屋から帰ってきて、泣き疲れて寝台で寝入ってしまったのだ。

燭台に蠟燭が灯されているのだろう。衝立の向こうは薄ぼんやりと明るい。

夕食を持ってきてくれただろう呂萩に泣き顔を見られたかもしれない。香淑は寝台を下りて靴を履くと、衝立の向こうに回り込んだ。

やはり呂萩が来ていたらしい。卓の上には夕食の盆が置かれ、そのそばで蠟燭の炎がかすかに揺れている。

だが、香淑の目を釘づけにしたのは、それよりも。

「っ!?」

卓に駆け寄り、震える手でそっと手に取る。

枝ごと折られた、一輪の梔子の花を。

ささくれた心を癒すような柔らかで優しい香りが、ふわりと香淑の鼻腔をくすぐる。

白く繊細な花弁は、暗闇の中で灯る蠟燭よりもなお、あたたかく香淑の心を照らす。

昼間あれほど泣いたというのに、またじわりと涙があふれて梔子の花が朧げににじむ。

だが、今は心が裂けるような哀しみの涙ではない。心の淀みが洗い流されるような嬉し涙だ。

本当に、いったい誰が贈ってくれたのだろう。わからぬまま、「ありがとう」と小さく囁く。香淑を思いやってくれる誰かの優しさが、泣いてしまうほどに嬉しい。

もし叶うのならば、誰が贈ってくれたのか知りたい。知って、感謝の気持ちを伝えたい。

と。

ぎ、とかすかに扉が軋み、香淑はとっさに卓に花を置いて、扉を振り返った。

同時に、薄く開けられた扉から黒ずくめの人影が二つ、するりと部屋に入り込む。

「っ⁉」

全身黒ずくめの男達を見た途端、恐怖に身体が凍りつく。

逃げなくては、と強張る身体を叱咤したが、男達のほうが速かった。

乱暴に腕を引かれ、たたらを踏んだ身体が賊のひとりにぶつかる。

悲鳴を上げて助けを呼ぼうとしたが機先を制され、香淑は布を持った大きな手に口をふさがれた。

◆　◆　◆

「すまんな、道玄。帰ってきたばかりだというのに、無理を言って」

夜道を歩きながら、榮晋は隣を歩く道玄に詫(わ)びた。灯籠(とうろう)を持った道玄が、はんっと鼻を鳴らす。

「んな気遣いはいらねぇよ。これくらい、無理でも何でもねぇ。それより」

道玄が灯籠を掲げたかと思うと、ずいっと榮晋に寄せる。

「旦那(だんな)こそ、無理してんじゃねぇのか？　この暗さでもわかるほど顔色がわりぃぞ。足取りもなんか頼んねえし。そっちこそ、無理してんじゃねぇのか？」

「無理、か」

乾いた声がこぼれ出る。

「ある意味、これ以上無理をしなくていいように、陽も沈んでいるというのにお前に来てもらったのだがな」

「どういうことだ、そりゃ？」

道玄が太い首をかしげる。榮晋は唇を歪(ゆが)ませて打ち明けた。

「何とかして香淑の本性を暴けぬかと、色々試してみたのだがな……。暴くどころか、逆にこちらが惑わされ、しかも、嫉妬(しっと)した媚茗に精気を奪われてばかりだ」

道玄に指摘されるまでもなく、己の体調が悪いのは自覚している。

ここ数日、媚茗にこれでもかとばかりに精気を吸われているのだ。

身体が鉛のように重い。気を抜くとふらつきそうになる。

うんざりと溜息をつくと、道玄が、かかかっと笑った。

「もてる美男子は大変だな。で、惑わされたってことはもう、女狐……香淑、だっけか。夫婦の契り(ちぎ)を結んだってわけか？」

「結んでなどおらん！　そんな気はないと言っただろう⁉」

反射的に怒鳴り返すと、「けどよぉ」と道玄がタチの悪い笑みを浮かべる。

「媚茗が嫉妬してそれだけ精気を奪うってことは、嫉妬されるだけのコトをしたってことだろ？」

「……お前に話す必要はない」

思わず渋面で返すと、道玄が吹き出した。

「何かあったって、言ってるも同然じゃねーか、それっ！　で、何をシたんだ？　ん？」

うりうり、とからかうように道玄が肘(ひじ)で突いてくるが、体格がいいので、もはや肘打ちに近い。

「やめろ！　わたしを転ばせる気か！」

眉間(みけん)を寄せて抗議すると、「わりぃわりぃ」とまったく悪びれていない口調で謝られた。

「……その」

「ん？」

榮晋はできるだけ、さりげない風を装って尋ねる。

「蛇の妖と狐の妖では、ふれた時に感じる温度も違うものなのか……？」

「は？」

道玄の呆気にとられた顔に狼狽えながら、あわてて言を継ぐ。

「その、同じ妖でありながら、媚茗と香淑で、ふれた時のあたたかさの差が激しいゆえ、妖の種類ごとに違うのかと思ってだな……っ」

「へえ？　どう違うんだよ？」

興味深そうに問う道玄に、香淑とのやりとりを思い出しながら答える。

「媚茗は氷にふれているかと思うほど冷たいのだが、香淑は逆に、融けるかと思うほどにあたたかいのだ……。晴喜の陽だまりのようなあたたかさとも、また違う……」

『えーいしんっ！』とじゃれついてくる晴喜は、真冬の晴れた日を連想させるかのように、ほのあたたかい。心をほっと和ませるようなあたたかさだ。

だが、香淑が秘める熱は違う。

まるで、灰の中で熱を保ち続ける熾火のように。

清楚な美貌に秘められた熱は、榮晋を翻弄し、惑わせる。この熱を、もっと奥深くまで味わいたいと。

「基本的に、妖っていうのは陰の気が凝り固まってできたモンが多いからな。媚茗みたいに、冷たいと感じる奴が多いんだが……。ああでも、生身の人間に取り憑いている奴は、あったけぇのもいるな」

「っ!?……ということは、香淑は生身の人間で、妖に取り憑かれていると？」

思わず身体ごと道玄を振り向くと、大股に歩いていた道玄が顔をしかめた。

「あくまで、そんな事例もあるってだけだ。本人を見てみるまで、確証はねぇ。変な期待は抱くなよ」

まるで榮晋の心を見透かしたかのように釘を刺す道玄の低い声に、榮晋は冷や水を浴びせられた心地になる。

今、道玄の言葉に何を考えた？　香淑が女狐でないのならば――あの柔らかな笑顔が、心からのものだと信じられると？

自分を殺してもらうために香淑を娶ったというのに、都合のよい妄想に惹かれてしまうなど……。

そんな事態、認められるわけがないというのに。自分の甘さに反吐が出る。

「だいたいなぁ」

夜の闇の中で血の気を失くした榮晋に気づいていないのか、道玄がからかうように唇を吊り上げる。

「女ってのはあったけぇんだぜ？　旦那なら、よく知ってるだろうが」

「……知らん」

「へ?」

道玄が間抜け面を晒す。榮晋は不機嫌に吐き捨てた。

「人間の女は知らん。そもそも、媚茗が許すわけがなかろう?」

戯れに妓女を抱いて激怒した媚茗が相手を殺したらと思うと、恐ろしくて試す気にさえなれない。

道玄が珍しく、言葉に詰まる。

「……ホントなのかよ、旦那?」

「こんなことで嘘をついてどうする?」

淡々と返すと、道玄のひげが揺れた。

道士のくせに、『美女も酒も美味いモンも大好きだ!』と公言する道玄のことだ。『その年で、人間の女ひとり知らねぇのか!?』と、大笑いされるかと身構えていたが。

「……オレ今、本気で旦那に同情したわ……」

「は?」

うっすらと涙まで浮かべて告げられ、面食らう。

が、道玄は気にした様子もなく、ぐっ、と大きな拳を握りしめた。

「地位もある、金もある。顔だって、これでもかと整ってる! 女達にきゃーきゃー騒がれる要素しかないってのに……っ。まさか、未経験だったなんて……っ!」

くぅぅっ、と今にも男泣きに涙を流しそうな道玄に驚かされる。

媚茗に気に入られた己を幸福だと思ったことはないが、まさか、道玄にここまで嘆かれるほど不幸だったとは。

丹家の跡取り息子として、両親に期待をかけられて育ってきた榮晋だ。いつか、愛らしい娘を花嫁に迎えて、可愛い子どもを、と夢想したことは当然ながらある。

しかし、そんな淡い夢は、媚茗の贄になると申し出たその夜に、永遠に叶わぬと思い知らされた。

「もし、媚茗をどうにかできたら、祝宴は妓楼で開こうなっ！　安心しろ、お前ならどんな美女でもよりどりみどりだっ！　いいぞ～、女を腕に抱いて過ごす夜ってのも……」

「いらん！　余計なお世話だ！」

ばしばしと遠慮のない力で肩を叩く道玄の手を、邪険に振り払う。

動揺を覆い隠すかのように、そんなわけはない、と己の心に言い聞かせながら。

道玄の言葉を聞いた瞬間、脳裏によぎったのが香淑の姿などと……。

そんなこと、望んでいるわけがない。ただ、媚茗以外に榮晋のそばにいる女人が香淑しかいないから、反射的に思い描いただけだ。そうに決まっている。

「妓楼などどうでもよい。それよりも……。慶川の町から、出てみたい」

己の心から目を逸らすように、胸の奥にひそかに抱いていた願いを口にする。

道玄が表情をあらためて嘆息した。

「町から出ることすらできねえとは……。ほんっと驚くばかりの執着だな」

媚茗の贄となってからというもの、榮晋は慶川の町から出られぬ身体になった。信じられなくて幾度となく試したが、町から出ようとすると、どうにも身体が不調を訴えて、一歩たりとも動けなくなる。

いっそのこと榮晋が気を失っている間に誰かに運んでもらえば、と試したが、今度は榮晋を運ぼうとした者が不調に陥って倒れるに及んで、町から出ることを諦めた。

媚茗は、なんとしても榮晋をそばから離したくないらしい。

その強い執着心には、恐怖しか感じない。

遠域との交易を主に営んでいる丹家の当主が、慶川の町から一歩も出られぬなど、お笑い草だ。

いつか……。いつか、この町を出て、遠い町や国を旅してみたいというのが、榮晋のひそかな夢だ。叶わぬものと、ずいぶん昔に胸の奥底に封じ込めてしまったが。

「ところで、ひとつ聞きてえんだが」

道玄が首をかしげる。

「香淑を連れ出すんじゃなくて、オレが丹家に行っても大丈夫なのか？　正門から入るわけにはいかねえだろ？」

道玄を丹家に連れて行ったことはない。丹家の敷地の中に、道士である道玄を連れて行けば、何か画策していることを即座に媚茗に知られてしまう。

「大丈夫だ。香淑の部屋は離れにある。あそこは媚茗の領域外だ。裏門から入れば、媚茗には気づかれん」

丹家の裏門まではもう少しだ。道玄が納得したように頷いた。

「なるほど、犬っころのところか」

と、道玄がひげ面をしかめる。

「こんな夜更けに人妻の部屋を訪れるなんて……。字面だけ見りゃあ心躍るってもんなのに、夫つきとは、悪い冗談としか思えねえな、こりゃ」

道玄がからかうように榮晋を見る。

「ってゆーか、旦那としていいのかよ？　新妻の夜着を他人なんかに見せて」

「お前が帰ってきたのが夜だったのだから、仕方あるまい」

榮晋は淡々と即答する。

「そんなことより、一刻も早く香淑の正体を知りたいのだ。無防備な寝込みを訪ねたほうが正体を知れるというのなら、むしろ夜更けのほうが都合がいい」

一瞬、脳裏をよぎった香淑のあどけない寝顔を、心の奥へと追いやる。

あんな見せかけに騙されるわけにはいかない。

それよりも、少しでも早く、道玄から確証を得たい。

香淑はまごうことなく女狐なのだと――。

榮晋を、媚茗の呪いから解き放ってくれる存在なのだと。

そうすれば、胸の奥で疼き続けている罪悪感も霧散するに違いない。

「まっ、久々に晴喜にも会いたいしな。ってゆーか、大丈夫なのか、女狐を晴喜のところにおいといて」

「晴喜には、何かあれば、すぐわたしに言うように伝えているが……」

そういえば、婚礼の夜以来、晴喜の姿を見ていない。

嫌な予感を覚えた、その時。

「榮晋っ！　ああ、やっぱり榮晋と道玄の匂いだった！」

榮晋が開けるより先に、目の前の裏門の木戸が内側から乱暴に開けられる。

顔を覗（のぞ）かせたのは、いつもならこの時間はとうに休んでいるはずの晴喜だ。

「嫌な気配が離れに入り込んでるんだ！　ぼく、先に香淑のところに行ってくる！」

「あっ、おい⁉」

驚愕（きょうがく）する榮晋と道玄に一方的に告げた晴喜が、身を翻して闇の中を駆け戻っていく。

道玄が声をかけるが振り返りもしない。

晴喜の薄青の衣が、あっという間に夜の闇の中に見えなくなる。

「何が何だかわからねえが……。追うぞ！」

道玄の声に、我に返った榮晋は駆け出した。

香淑はくぐもった悲鳴を上げ、黒ずくめの男から逃れようと必死に身をよじった。だが、男の腕はびくともしない。

「大人しくしろ！　でねえと、ぶっすり突き刺すぞ」

香淑を捕まえている若い賊とは別の年かさの賊が、腰に差していた黒塗りの鞘から、ちらりと刃を覗かせる。

蠟燭の炎を反射して禍々しく光る鋭い刃を見た途端、全身が恐怖に縛られる。喉さえ凍りついたように、声が出ない。

急に動きを止めた香淑の身体を、若い賊が引き寄せる。香淑は抵抗もできないまま、腕の中に閉じ込められた。

恐怖で抵抗の意思が潰えたと思ったのだろう。「声を出すなよ」と釘を刺してから、若い賊が香淑の口をふさいでいた布をそっと外す。年かさの賊が、「ほう」と感嘆の声を上げた。

「三十路過ぎの年増と聞いていたが、とてもそうは見えねぇな……」

「もともと人気のない屋敷の上、こんな離れじゃあ、誰も来やしねえでしょう？」

香淑の身体に回した腕に力を込めながら、若い賊が期待に満ちた声を上げる。年かさの賊が濁った笑い声で応じた。

「ああ、こんな機会でもなけりゃあ抱く機会のない名家のご婦人らしいからな」

男達の下卑た笑い声など、香淑の耳には入っていなかった。

耳の奥でこだまするのは、一夜で死に別れた三人目の夫の言葉だ。

『違う！　あんた達を裏切る気なんて、これっぽちも……っ！　なあっ、命だけは助けてくれっ！　この女なら好きにしてくれていい！　嘉家の血さえ引いてりゃあ、父親なんざ誰だっていいんだ！　だから頼む、俺の命だけは……っ！』

婚礼の場に乱入した賊に、香淑を差し出して命乞いをした三人目の夫は、必死の命乞いもむなしく、香淑の前で剣に貫かれた。

そして、香淑は……。

「依頼人からは、犯した罪の重さがわかるように、たっぷりと辱めてやってくれって頼まれてるしなぁ？　まあ、オレ達は好きに愉しませてもらうだけだがな」

ひひひ、と歪んだ笑いを洩らしながら、年かさの賊が香淑の帯に手をかける。びくりと震えた香淑を、劣情にまみれた顔で年かさの賊が覗き込んだ。

「嫌だって泣き叫んでも無駄だぜ。こんな広い屋敷じゃあ、声も届かねえ。こっちもあえぎ声を布なんざ突っ込んで消したくねえんだ。大人しくしてりゃあ、死ぬ前にあんたにもいい思いをさせてやらぁ」

下卑た笑い声を立てながら、賊が香淑の帯を持つ手に力をこめる。

幅広の帯が衣擦れの音を立て――。

「香淑っ！」

切羽詰まった高い声とともに、ばあんっ！　と乱暴に扉が開けられる。部屋に駆け込んできたのは、必死な表情の晴喜だ。

賊達が驚愕に凍りついたのは、ほんの一瞬。

「ガキが……っ！」

年かさの賊が腰の剣を抜き放つ。

「晴喜っ⁉　だめ……っ！」

香淑は恐怖も忘れて暴れ、若い賊の腕を振り払うと年かさの賊の背中に体当たりした。

「てめえっ！」

年かさの賊が乱暴に腕を払う。よろめいた身体が卓に当たり、食器がぶつかりあってけたたましい音を立てた。

「香淑っ！」

晴喜が悲痛な声を上げる。

「晴喜！　逃げてっ！」

若い賊がふたたび香淑を捕まえようと腕を伸ばす。その手を身をよじって振り払いながら、必死で叫ぶ。

「逃げてっ！　お願いだから……っ！」

なぜ、こんな夜中に晴喜がここへ来たのかはわからない。けれど、香淑のために晴喜を危険な目に遭わせるなんて、絶対に嫌だ。

「おい！　先にガキを殺るぞ！　女は殴って黙らせておけ！」

年かさの賊が苛立（いらだ）たしげに吐き捨てる。

「やめてっ！」

叫んだ瞬間、若い賊に乱暴に腕を掴（つか）まれる。振り返った視界に、鞘ごと引き抜いた剣を逆手（さかて）に持つ姿が入る。

「っ！」

与えられるだろう痛みに、香淑は固く目を閉じ身体を強張（こわば）らせて身構えた。

が、痛みの代わりに香淑の感覚を支配したのは、香淑を抱き寄せた力強い腕とたくましい胸板、そして、ほのかに薫る梔子（くちなし）の残り香だ。

痩（や）せ型（がた）で肉づきの薄い榮晋とは違う、引き締まった男性の体躯（たいく）。

驚きに目を見開いた視界に真っ先に飛び込んできたのは、わずかに白みがかった黄金色の長い髪だった。

見上げた視線がとらえたのは、今まで見た記憶のない、恐ろしいほどに整った美貌（びぼう）の青年だ。金の髪の間から、狐だろうか、獣の耳が見える。

黄金を融（と）かしたような濃い金の瞳（ひとみ）は、今は激しい怒りを宿して賊を睨（にら）みつけていた。

「薄汚れた手で、香淑にふれるんじゃねぇ」

香淑に振り下ろされようとしていた若い賊の腕を掴んで止めた青年が、握った手に力をこめる。背中の向こうに覗く、ふっさりとした金の尻尾（しっぽ）が、毛を逆立ててさらに太くなった。

言葉にならぬ呻き声を上げた賊が、白目を剝いてぐらりとかしぐ。

青年が何をしたのかはわからない。けれど。

「だめですっ！」

金の瞳に宿る冷ややかな殺意を読み取って、香淑は反射的に青年の手に取り縋る。

はんっ、と鼻を鳴らして、興味を失ったように青年が手を放した。気を失った賊が力なくくずおれる。が、香淑は賊など見ていなかった。

「晴喜！」

年かさの賊が向かった晴喜はどうなったのだろう。

青年の腕から逃れようとするが、ゆるまない。

それでも何とか首をねじって振り返り、どうやったのかはわからないが、若い賊と同じように年かさの賊も床に倒れ伏しているのを見て、わずかに安堵する。

晴喜に怪我はないか、急いで視線を上げて。

「晴、喜……？」

荒い息を吐き、険しい表情で立つ晴喜に怪我はないようだった。けれど。

短い髪からぴょこんと、二つの獣の耳が飛び出している。背中の向こうから覗くのは、くるりと巻かれた明るい茶色の毛並みの尻尾だ。

「あ……っ！　こ、これは……っ！」

香淑の呼びかけに、晴喜はびくりと小さな肩を震わせた。見られてはならないものを見られてしまった怯えが茶色の瞳をよぎる。

が、香淑を抱き寄せる青年の姿を見た途端、晴喜が目を吊り上げた。

「香淑っ！　そいつ……っ！」

先ほどと同じ険しいまなざしで、晴喜が香淑を抱き寄せる青年を睨みつける。

「なんだお前っ！　香淑から離れろっ！」

犬が歯を立てて唸るように、晴喜が警戒心に満ちた声を上げる。

いや、実際に晴喜の口の両端から、尖った犬歯が覗いている。

晴喜の言葉に、青年は鬱陶しそうに金の目を細めた。

「はっ、弱っちい犬っころがきゃんきゃんと。嫌だね」

ぐいっ、と挑発するように、青年が香淑の身体に回した腕に力をこめる。

深い藍色の衣を着た広い胸板に抱き寄せられた拍子に、香淑の鼻をかすめたのは、やはり、ほんのかすかな梔子の香りだ。

なぜ、と香淑は自問する。

この青年と会った記憶などない。こんな目立つ青年は、一度でも見たら忘れられるはずがない。絶対に会ったことなどない、と断言できるのに。

見知らぬ青年の腕の中で感じるのは、恐怖でも羞恥でもなく、どこか懐かしいような安心感だ。

「あなたは――」

誰？　と問いを紡ぎ終える前に。

「香淑！」

「晴喜！　大丈夫なんだろな⁉」

荒い息の榮晋と、ひげ面の見知らぬ男が、部屋に飛び込んできた。

「な……っ⁉」

部屋に飛び込んできた榮晋とひげ面の男が、室内の光景を見て息を呑む。鋭い呼気がどちらの口から洩れたのか、香淑には判断がつかない。

先に我を取り戻したのは、ひげ面の男だった。

「てめえっ！　その顔、その金の瞳……っ！　妖気の質は変わってやがるが、まさか、狐空かっ⁉」

鋭い目で狐空と呼んだ青年を睨みつけた男は、懐から何やら複雑な文字が書かれた符を取り出して身構える。

が、狐空は泰然とした態度を崩さない。ただ、いぶかしげに眉をひそめただけだ。

「ああ？……ひげを生やしてるが……。お前、あの時の見習い道士か？」

「道玄。この妖を知っているのか？」

狐空に視線を据えたまま、隣の道玄に問うたのは榮晋だ。

艶やかな声が、今はかすれ、ひび割れている。

同じく狐空を睨みつけたまま、道玄がこっくりと頷いた。

「ああ。前に話しただろ。オレと師匠が十六年前に逃した妖狐……。この狐空が、そいつだ」

狐空が動けばいつでも応じられるよう、道玄が油断なく身構える。その隣では、晴喜も犬歯を見せて、唸りながら狐空を睨みつけていた。が。

「お、おいっ⁉」

榮晋がごく自然な仕草で一歩踏み出す。とっさに伸ばした道玄の手が、空を掴んだ。

榮晋は淀みのない歩みで香淑を抱き寄せた狐空の前まで来ると、優雅に床に片膝をつく。恭しく深く頭を垂れ。

「ようやく御身を拝することができました。妖狐、狐空殿。——どうか、わたしを殺していただきたい」

艶やかな声で、迷いもなく申し出る。

「っ⁉　だめですっ！」

頭が真っ白になっていた香淑は、榮晋の申し出に我に返って狐空を振り仰ぐ。

「だめっ、だめです！　榮晋様を手にかけるなんて……っ！　やめてくださいっ！」

妖狐だと告げられた時の恐怖も忘れ、狐空に取り縋る。

榮晋を殺めるなど、そんな事態を見過ごせるはずがない。

「お願いです……、っ⁉」

突然、頭の後ろに回された狐空の手に、ぐいっと顔を胸に押しつけられ、無理やり言葉を途切れさせられる。狐空が跪く榮晋に冷ややかな声を投げつけた。

「榮晋だったな。俺に、殺してほしいと？」

「はい。殺していただけるのでしたら、あなたが望むものでわたしが差し出せるものは、何でも差し出しましょう」

頭を垂れたまま、榮晋が迷いなく即答する。

くくっ、と狐空が楽しげに喉を鳴らした。

「自分から殺されたいとは、奇特な奴だ。望みのものをくれるっていうのも気に入った」

「では……っ！」

榮晋が、ばっ、と面輪を上げる。白皙の美貌に浮かんでいるのは、香淑が見たことのない喜びの表情だ。

狐空が傲慢に唇を吊り上げた。

「だが、嫌だね」

「っ⁉」

榮晋の面輪が凍りつく。いたぶるように口元に笑みを刻み、狐空が告げた。

「嫌だ、って言ったんだよ。香淑に頼まれたワケでもないのに、なぜ俺がお前を殺してやらなきゃならん？　お断りだね」

まるで、白皙の美貌に無数のひびが入ったようだった。

硝子細工が粉々に砕け散ったかのように、榮晋の面輪が絶望に染まる。

榮晋の絶望を味わうかのように、狐空が満足そうに喉を鳴らす。

「だいたいお前、香淑を抱く気もないんだろ？　香淑に危険がないのなら、わざわざ腑抜けを殺す必要もない」

「――では」

榮晋が、地の底を這うような声とともに、ゆらりと立ち上がる。

「では、香淑を抱けば殺してくれると？」

榮晋の問いの意味を吟味する間もなかった。

香淑は、ぐいっ、と狐空の腕の中から榮晋に奪い取られる。

「榮――」

驚きに声を上げかけた顎を、榮晋の手が摑む。かと思うと。

「っ⁉」

何の前触れもなく、唇が重ねられる。

一瞬で混乱に陥った香淑を無視し、榮晋の舌が乱暴に口腔を犯す。

香淑は反射的に榮晋を押し返そうとした。が、前は突き飛ばせたのに、今はびくともしない。

「んぅ……っ！」

くぐもった抗議の声を無視して、榮晋が荒々しく舌を嬲る。

逃げようとした腰を榮晋の手が引き寄せる。よろめいた足の間に榮晋が足を割り入れようとして、布地に阻まれる。顎を摑んでいた手が離れ、香淑の帯に手をかけようとし。

「てめえっ！」

焦った声の狐空が、後ろから乱暴に香淑を引きはがすのと同時に、突然、がくんっ、と榮晋の顔が前のめりに揺れた。

「ちょっ⁉　お前っ、落ち着けっ！」

後頭部に、道玄の渾身の手刀を食らって。

「榮晋！　お前なぁっ⁉　いくらなんでもちょっと落ち着けっ⁉　喉から手が出るほど望んでいた妖狐が見つかったからって……っ！　我を失いすぎだっ！」

狐空に後ろから支えられながら、香淑は呆然と、うつむいたままの榮晋と、ひげを震わせて怒鳴りつける道玄を眺める。

人前でなんてことをという怒りは、香淑の怒りを上回る勢いの道玄の叫びで吹っ飛んでしまった。

と、榮晋を警戒するように香淑を抱き寄せた狐空が、苛立たしげに金の目を細める。

「香淑に手を出す気なら……。望み通り、殺ってやるか」

「い、いけません！」

香淑はあわてふためいて狐空を振り仰いで押しとどめる。

「お願いですから、やめてください！」

「でも、殺してほしいってのが、あいつの望みだろ？」

にっこりと、いっそ邪気を感じさせないほど優しげに、狐空が微笑む。

「なら、叶(かな)えてやるのが親切ってもんだろう？」

「それでもだめですっ！」

香淑は一歩も引かぬという決意を込めて、狐空を睨(にら)みつける。

解かれたままの金の長い髪。人間とは虹彩(こうさい)の異なる金の瞳。狐の耳と尾。

今まで物語の中か、人づての怪談でしか聞いたことのない人外の存在。

ふつうなら、怯(おび)えて口さえきけなかっただろう。

だが、榮晋の生死がかかっているというのなら、黙ってなどいられない。それに。

恐ろしい妖狐のはずなのに、なぜか、狐空を恐ろしいと思えない。

もしかして、驚愕(きょうがく)のあまり感覚が麻痺(まひ)してしまっているのだろうか。と。

「邪魔を、するな……」

うつむいていた榮晋が、ゆらりと顔を上げる。白皙の美貌(びぼう)に宿るのは鬼気迫る表情だ。

「ようやく！　ようやく悲願を叶えられるんだ！　わたしを殺せる妖に会えたというのに……っ！　邪魔をするなっ！」

香淑ごと狐空に摑みかかろうとした榮晋の右袖(そで)が、不意に強い力で引っ張られる。

しがみつくように榮晋の袖を摑んだのは晴喜だ。

「晴喜っ、放せっ！」

振り返った榮晋が、晴喜を見て一瞬口をつぐむが、すぐに小さな手を邪険に振り払おうとする。だが。

「やだよっ！」

晴喜が負けじと大声で叫び返す。つぶらな目に大粒の涙が盛り上がり、榮晋がぎょっと目を見開いて動きを止めた。

「晴……」

「死ぬってなんだよっ⁉　ぼく、そんなの聞いてないよっ！　香淑に来てもらったのはお嫁さんにするためじゃないの⁉」

おずおずと気まずそうに呼びかけた榮晋の声を、晴喜の高い声が跳ね返す。ぼろぼろと大粒の涙が、堰を切ったように晴喜の目からこぼれ落ち。

「榮晋のばかぁ――っ！」

うわぁんっ！　と、部屋中に響き渡る泣き声が、小さな身体から轟いた。

うっく、ぐっすとしゃくりあげながら、香淑の腰に抱きついている晴喜の小さな背中を、香淑はよしよしと優しく撫でる。

「おい、犬っころ。いつまで香淑にくっついてやがる。いい加減、離れろ」

長い足を組んで、香淑の右隣に腰かけた狐空が、不機嫌そうに晴喜を睨みつける。

晴喜の泣きっぷりがあまりに激しくて、閉口した道玄が、

『とにかく！　これじゃあ埒が明かねえっ！　とりあえずはお互いに手は出さねえって

ことでいいなっ⁉』

と、全員を強引に卓につかせたのだ。ひとつだけ席が足りなかった分は、道玄が隣室から椅子を持ってきてくれた。その椅子に座った晴喜は、まるで母親に縋りつく子どものように香淑にしがみついている。

晴喜と狐空に精気を吸われて失神した賊達は、道玄が手早く縛って、離れの空き室に閉じ込めてある。後で官憲に引き渡すらしい。

狐空の言葉に、からかうような声を上げたのは、卓の向かいに榮晋と並んで座る道玄だった。

「はっ、妖の中でも名の知れた狐空ともあろう者が、犬の小妖に嫉妬か？　しばらく潜んでいた間に、器も縮んだみてえだな」

「何だと？」

狐空の眉がぴくりと上がる。鋭い視線を正面から受け止めた道玄が、狐空を真っ直ぐ見返した。

「……で？　十六年前にお師匠にやられて瀕死になったお前が、なんで香淑殿に取り憑いてやがる？」

道玄の低い声に、香淑は思わず右隣の狐空を振り返る。

「取り、憑く……？」

呆然と呟くと、道玄が太い眉を寄せて香淑に視線を移した。

「ああ。お前さん、この狐空って妖狐に取り憑かれてるんだよ。……っておい。まさか、今まで気づいてなかったってのか⁉」

「は、はい……」

こくんと頷くと、道玄が「嘘だろ、おい……」と呆然と呟いた。

「こんな力の強い妖に取り憑かれて、今まで気づいてなかったっていうのか⁉　精気を吸われて身体の不調を感じたり、気味悪い気配を感じたり、他の妖に狙われたりとか⁉」

「その……」

道玄の言う心当たりがひとつも思い浮かばなくて、申し訳なさに肩を落としながら答える。

「『夫君殺しの女狐』とは呼ばれていますけれど、まさか、本当に取り憑かれているなんて……」

本当だろうか、と確認したい気持ちを込めて狐空を見やると、不意に狐空の左手が伸びてきた。肩を抱かれ、ぐいっと引き寄せられる。

「俺が、大事な香淑から精気を奪うわけがないだろうが」

「へえ」

と道玄が口元を歪める。

「ずいぶんとご執心じゃねえか。いったい、どういう経緯で取り憑いたんだ？　十六年前、ほうほうの体で逃げ出したってのに」

挑発するような道玄の物言いに、狐空はあっさり頷く。

「ああ。あんときゃ、さすがにもうだめかと思ったよ。が……。逃げ出した先に、俺と同じく大怪我を負った香淑がいたのさ。その身体に潜り込んで気配を絶って、お前らのしつこい追跡をかわしたんだよ」

香淑は狐空の言葉にはっとして、人外の美貌を見上げる。

十六年前。香淑が瀕死の傷を負った時といえば——。

震えそうになった瞬間、香淑の心を読んだかのように、肩に回されていた狐空の手に力がこもる。金の瞳は、大丈夫だと言いたげに無言で香淑を見つめていた。

狐空に尋ねたいことは山ほどある。だが、不用意なことを言って、榮晋や道玄にくわしい事情を聞かれたくない。

「で？　そっちの小僧は、なんでまた俺に殺されたいんだ？」

狐空が傲慢(ごうまん)な仕草で、榮晋を顎(あご)でしゃくる。

「さっきから、ぷんぷん臭っている蛇の妖気のせいか？」

蛇とは、いったい何のことなのか。

榮晋を振り向いた瞬間、視線がぶつかる。

睨みつけるような不機嫌なまなざし。榮晋が闇色の目を細めた。

「その前に、ひとつ聞かせていただきたい。香淑から精気を吸っているわけでもなければ、何らかの盟約を交わしているわけでもないのでしょう？　香淑は今まで、狐空殿の存在すら知らなかったという。それなのに、なぜ、いつまでも香淑に取り憑いているのです？　人間の身体に囚われていては、不便なことばかりでは？　さっさと捨てればいいものを」

榮晋の声は、どこまでも冷ややかだ。

「わたしの事情は誰にでも明かせるものではない。狐空殿が力を振るうのに香淑が不必要なら、香淑はこの場に要らぬ」

決然と、榮晋が告げる。

「っ！」

まるで刃で貫かれたように、きゅうっ、と心臓が痛くなる。

視界の端で、道玄が思いきり顔をしかめたのが見えた。一方、榮晋は何を考えているのか読み取れぬ無表情だ。

その白皙の美貌がじわりとにじむ。涙があふれそうになっているのだと気づいて。

「嫌です！」

手の甲でぐいっと両目をぬぐうと、香淑はきっぱり宣言した。

「形ばかりとはいえ、わたくしは榮晋様の妻です！　だというのに、榮晋様の生死に関わる話から爪弾きにされるなど……っ！　納得いきません！」

榮晋の薄い唇が嘲弄を刻む。

「形ばかりの妻と、自分で言っていながらか？」

「そうです！」

冷ややかなまなざしに負けじと、大きく頷く。

「実態がどうであれ、榮晋様がわたくしを娶られた事実は覆りません。ならば、妻として榮晋様のご事情を知りたいと願って、何の悪いことがございましょう⁉」

『お前を娶ったのはわたしを殺してもらうためだ』

婚礼の夜に告げられた言葉。その真意が明かされようというのに、蚊帳の外に追いやられるなんて、受け入れられるわけがない。

どれほど冷たい視線を投げられようと。どれほど酷い言葉をぶつけられようと。

香淑の心に刻みつけられているのは、婚礼の夜に榮晋が一瞬だけ見せた、縋るようなまなざしだ。香淑を責めるたびに傷つく瞳の奥の光や、大當から守ってくれた気遣いだ。

ずっと、榮晋の真意を知りたいと思っていた。

たとえ妻として扱われずとも、榮晋が心に秘めている苦しみに寄り添えたらと。

誰とも知れず贈られるたった一輪の花が、苛まれた心を癒してくれると、知っているから。

香淑は祈るように願う。

榮晋が縋るように伸ばすその手に――どうか、ふれさせてほしいと。けれど。

「何か勘違いしているようだが」

榮晋が呆れたように冷ややかな声を出す。

「そもそも、わたしがお前を娶ったのは、お前自身が女狐だと思ったからだ。お前が狐空殿と何の関わりも持たぬというのなら、お前に話す必要などない」

まるで、鋭い刃で断ち切るように、榮晋がきっぱりと拒絶する。

「っ！」

香淑はわななく唇を噛みしめた。でなければ、今すぐ嗚咽を洩らしてしまいそうで。

胸に、ぽっかりと穴が開いたようだ。感覚が麻痺したように、痛みさえ感じない。

まるで香淑など見る価値もないと言いたげに、ふいと顔を背けた榮晋が、薄く笑う。

「ああ。もしや、わたしが死ぬことで『夫君殺しの女狐』の悪名がさらに広まることを恐れているのか？　安心しろ。お前には、一生遊んで暮らせるだけの財貨をやる。狐空殿さえ残してくれたら、すぐに離縁してやるから、どこへなりとも行くがいい」

「榮晋っ！」

悲痛な叫びを放ったのは晴喜だ。抱きついていた香淑から身を離した晴喜が、蒼白な顔で榮晋に訴えかける。

「どうしたんだよ⁉　香淑が嫁入りしてくるのを、あんなに今か今かと待ってたじゃないか⁉　あんなに幸せそうな顔で……っ！　それなのに、何だよっ、いらないって⁉　香淑は物じゃないんだよっ⁉」

涙まじりの晴喜の声に、榮晋の面輪が苦く歪む。だが、晴喜の言葉は止まらない。

「香淑、ぼくと約束してくれたんだよ⁉　榮晋のこと、幸せにしてくれるって！　どこまでできるかわからないけど、やってみるって！　それなのに――！」

「それこそ！」

だんっ！　と、榮晋が苛立ったように握り拳を卓に叩きつける。

闇色の瞳を怒りにきらめかせ、榮晋が言葉を継ぐより早く。

「残念だがな」

ぐいっとふたたび香淑を抱き寄せた狐空が割って入る。

「小僧、お前こそ勘違いしているぜ。俺は、香淑から出ていかないんじゃない。お互い、瀕死の時に取り憑いちまったせいで、離れようにも離れられねえんだよ」

まるで、行動で示すかのように、狐空が香淑に回した腕に力をこめる。

「あの、放し……」

身をよじって狐空を押し返そうとするが、まったく腕がゆるまない。

「ま、そのおかげで、気配を消そうと思えば、ふつうの人間と変わらねえくらい、気配を消せるんだが」

狐空がからかうように唇を吊り上げる。

「というわけだ。俺は香淑から離れられない。離れられても何丈かがせいぜいだ。俺に何かさせたかったら、先に香淑を説得してもらおうか」

ようやく、狐空の腕がゆるむ。

人前で、しかも榮晋の前で抱き寄せるなど、とんでもない。香淑は急いで狐空から距離を取る。

　そっと榮晋をうかがうと、この上なく苦い顔をしていた。

　それほど、香淑には話したくないのかと、榮晋の言葉で刺し貫かれた心が、ふたたび悲鳴を上げ始める。

　が、話の腰を折りたくなくて、香淑は唇を引き結ぶと静かに榮晋の言葉を待つ。

　榮晋が、苦くにがく、深い吐息をこぼした。

「狐空殿が見抜かれた通り、わたしは媚茗という白蛇の妖に取り憑かれている」

　媚茗という名に、香淑は目を見開く。媚茗とは、榮晋の愛妾の名ではなかったかと。

　香淑の驚愕をよそに、榮晋が皮肉げに唇を歪める。

「わたしがというか、丹家そのものが、だな」

　淡々と榮晋が語る。

　丹家の祖先が、かつて媚茗と名乗る白蛇の妖と盟約を交わしたこと。盟約の内容は、媚茗が丹家を富ませる代わりに、血族の娘を代々、贄として捧げること。榮晋の父の代の贄は榮晋の姉・迦蓉だったが、榮晋が身代わりとなり、数日に一度、媚茗に精気を奪われていること。

　どれもこれも、香淑には想像も及ばぬ話だった。もし、聞いた相手が榮晋でなかったら、何かの作り話かと疑っていただろう。

　同時に、心の片隅で納得する。

婚礼の夜に感じた身も凍えるような恐怖は、媚茗が原因だったのだろうと。

榮晋の告白に何と声をかければいいかわからぬ香淑をよそに、狐空がはんっ、と蔑むように鼻を鳴らす。

「丹家もかよ。ったく、人間の欲には限りがねぇな。我が我がと浅ましく欲を満たそうとするから、質の悪い妖につけこまれるんだよ」

「丹家、も？」

何かに気づいたように榮晋が呟く。狐空がしまったと言いたげに美貌をしかめた。

「丹家『も』とは、どういう意味です？」

狐空は無言で、ふいと顔を背ける。

「狐空様？」

香淑はその袖をそっと引いた。

「お願いです。何かご存じでしたら、どうかお教えください」

もし、榮晋に役立つことがあるのなら、どんな些細なことでも教えてもらいたい。じ、と狐空を見つめると、ややあって、狐空が根負けしたように吐息した。長い指先で、がしがしと金の髪をかき乱す。

「……嘉家もだよ。嘉家も同じように、贄を差し出すことを条件に家を富ませていたんだ。ま、あっちは鳥の妖で、贄は香淑の妹だったが」

「そ、そんな……っ、まさか……っ⁉」

飛び出した声が驚愕にかすれる。ぐらりとかしぎかけた身体を狐空の力強い腕に支えられた。

四つ離れた妹は、香淑がひとり目の夫に嫁いでいる間に病で亡くなった。だが、香淑は夫の許しが出ず、葬儀に出るために実家に帰ることすら、許されなかったのだ。

今の今まで、妹の死が病死だと疑ったことはなかった。けれど……。

妹は、嘉家を富ませるために妖の贄にされたというのか。榮晋と、同じように。

狐空が、痛ましげに眉を寄せて香淑に視線を向ける。寄り添うようなまなざしは、香淑に詫びているようにも見えた。

「で、でも……」

香淑は震える声を何とか紡ぐ。

「それなら、どうして嘉家は没落したのです……？」

「そうだ！　贄を捧げたのなら、どうして嘉家はこれほど没落している!?」

責めるような声音で榮晋が口を挟む。

と、狐空が不意に嗤った。

見る者を圧する獰猛な笑みに、全員が呑まれたように押し黙る。

「俺が、喰ったんだよ。嘉家に取り憑いていた妖は、香淑に手を出そうとしたから、俺が喰らってやった」

◆　◆　◆

狐空が告げた瞬間、しん、と沈黙が落ちる。

榮晋は己の心の中で、喜びがじわじわと確固とした形をとっていくのを感じていた。

嘉家の妖を喰ったという狐空。その話が真実なら、狐空の力は疑いようがない。

「……本当に……？」

まるで、榮晋の心を代弁するかのように、香淑がかすれた声で狐空に問う。

「嘉家にも妖が取り憑いていたなんて、そんな……」

香淑は、すぐには信じられぬようだ。清楚な美貌は蒼白で、痛々しささえ覚える。

無理もない。先ほどまで、自分が妖狐に取り憑かれていることすら、知らなかったようなのだから。

媚茗に取り憑かれ精気を奪われ続けている榮晋には、信じられぬことだが。

しかし、それにしては香淑が最初から狐空を信用しすぎている気がしなくもない。

相手は妖だ。晴喜のように害意のない妖など、滅多にいないというのに。

狐空が香淑を抱き寄せていた光景が、まなうらにちらつく。香淑のようなお人好しなら、心の隙を突くのも、赤子の手をひねるようにたやすいに違いない。

榮晋はいかにも疑わしそうに口を開いた。

「嘉家の妖を喰らったと言われましたが、なぜなのです？　妖が好むのは、子どもや清らかな乙女でしょう？　三度も結婚した香淑など──」

「え？　香淑は、清らかだよね？」

答えは、意外なところから返ってきた。晴喜が無邪気な笑顔で暴露する。

「だって、匂いがそうだもん」

「せっ、晴喜！」

一瞬で顔どころか、耳や首まで紅色に染めた香淑が、晴喜を抱き寄せて口をふさぐ。

もごもごと晴喜が不明瞭な声を上げた。

「……おいおい、嘘だろ……？　三回も結婚してるってのに……」

道玄が信じられないとばかりに、ぼそりと呟く。

「その……」

香淑が今にも泣き出しそうな、困り果てた顔でうつむく。顔を真っ赤に染めて恥じらうさまは、三十三歳の既婚者ではなく、初心な生娘にしか見えない。

じわりと香淑の目尻に浮かんだ涙に、道玄があわてふためいた声を上げる。

「うわぁっ！　と、とりあえずすまんっ！　おい晴喜！　そういうことは、わかってても軽々しく言うんじゃねえよっ！」

「えっ、そうなの？」

香淑の腕から抜け出した晴喜が、きょとんと無邪気に首をかしげる。

「そういうもんなんだよっ！」

「えぇぇっ!?　じゃあ、その……。香淑、ごめんね？」

道玄の断言に目を丸くした晴喜が、謝りながらおずおずと香淑の顔を覗き込む。

「ぼく、犬の妖だから、人とは違う匂いがわかるみたいで……。嫌いになった？」

今にも泣き出しそうな顔の晴喜に、香淑があわてたようにかぶりを振る。

「嫌いになるなんて絶対にないわ！　晴喜が妖だったことには驚いたけれど……。それでも私は晴喜が大好きよ。私達、友達でしょう？」

「うんっ、うん……っ！　ぼくも香淑が大好き！」

嬉しそうに香淑に抱きつく晴喜を横目に、榮晋はしかめ面で二人を見ている狐空に話しかける。

「狐空殿。先ほどは、大変失礼いたしました。あなたのお力が本当でしたら、ぜひとも、お願いしたいのです」

榮晋は言葉を区切ると、底知れぬ光をたたえる金の瞳を、真っ直ぐに見つめて告げる。

「どうか、わたしを殺め、丹家を媚茗の呪いから解き放ってくださいませんか？」

深くふかく、卓に額がつきそうなほど、頭を下げる。

悲鳴のような声を上げたのは香淑だ。

「いけませんっ！　命を絶つだなんて、そんな……っ！」

「そうだよ、榮晋！　そんなのだめだよっ！」

晴喜も香淑に加勢する。が、決意を翻す気などない。

「これしか、媚茗の呪いから逃れる方法がないのだ。晴喜、お前は媚茗の強さを知っているだろう？　媚茗は強い。……この道玄でさえ、力が及ばぬほどにな」

「それ、は……」

晴喜がしゅん、と肩を落とす。

「媚茗が、ぼくじゃ足元にも及ばないくらい強いのは知ってるけど……。でも……っ」

「もう、決めたことだ」

晴喜の言葉を断ち切るように告げる。

「わたしは次代にこの呪いを遺す気はない。あと何十年も媚茗に飼い殺しにされる気も。媚茗の加護が効かぬほどの妖に殺めてもらう以外、呪いを断つ方法はないのだ」

榮晋の言葉に、晴喜が耳と尻尾を垂れてうなだれる。

晴喜の哀しげな姿に、さしもの榮晋も心が痛む。

榮晋を慕ってくれる無邪気な晴喜には、できることなら知らせたくなかった。いずれわかることとはいえ、叶うことなら榮晋の死後に、と願っていたのに。

晴喜が涙をこらえるように、唇を嚙みしめる。

香淑が晴喜の小さな背中を優しい手つきで撫でている。晴喜がたまらずといった様子で香淑に抱きついた。ぐりぐりと小さな額を甘えるように香淑にこすりつける。

いつの間に、香淑とこれほど仲良くなっていたのか。甘える晴喜と慰める香淑は、母子のようにも見える。

榮晋が望み通り死ねた後は、香淑さえ許してくれるなら、晴喜は香淑に引き取ってもらうのがいいのかもしれないと考えて。

榮晋は、香淑が真っ直ぐにこちらを見つめているのに気がついた。

「本当、ですか？」

香淑が静かに言葉を紡ぐ。

「媚茗の呪いから丹家を解き放つには、本当に、榮晋様がお命を絶つ以外に、方法がないのですか？」

香淑の視線が道玄に移る。

「道玄様、あなた様も同じお考えなのでしょうか？」

心の奥まで見通すような香淑の視線に、道玄が珍しくひるんだように顎を引く。

「ああ。丹家と媚茗の盟約を破棄するためには、媚茗自身が盟約を破棄する必要がある。だが、榮晋の旦那に執着している媚茗は、何があろうと、首を縦に振らねえだろう。その場合、媚茗を滅するなり、封じるなりして、力ずくで破棄させるしかないが……。媚茗は強い。少なくとも、オレひとりの手には負えねえ」

道玄が苦い顔で重々しく断言する。

「となりゃあ、後は旦那のほうから呪いを破棄するしか、方法がねえ。……榮晋の旦那が死んで、盟約の相手がいなくなるという形でな」

「ですが、なぜ狐空様が手を下す必要があるのですか？」

「わたし自身にも、媚茗の呪われた加護がかかっているからだ」

告げた声は、榮晋自身が驚くほど、低く昏かった。

「刃だろうと毒だろうと首を吊ろうとも……。痛みを感じこそすれ、この身体は死ねん」

何とか媚茗から逃れられぬかと、何度、己の身体に刃を突き立てたことだろう。最初の頃、震えてためらい傷ばかり作っていた刃を、一縷の望みを抱いて諦めとともに振るようになったのは、いつだろう。

そんなことを、香淑に告げられるわけがない。香淑が清楚な美貌を哀しみに曇らせるさまが、あまりにたやすく想像できて。だから、榮晋は望みだけを淡々と告げる。

「だが、媚茗の呪いを打ち破れるほど力のある妖の手にかかれば、死ねるのだ」

榮晋は真摯なまなざしで狐空を見つめる。

「あらためてお願いいたします、狐空殿。あなたほどのお力があれば、媚茗の呪いを打ち破ることができるはず。どうかわたしを――殺めていただけませぬか？」

「く……っ、はははっ」

不意に、狐空がおかしくてたまらないとばかりに笑い声を上げる。

「自分の命を絶ってまで、白蛇の呪いから解放されたいとはな。人間ってのは面白いことを考えるもんだ」

くつくつと、狐空は楽しげに喉を鳴らす。

「たまにこういう面白い奴がいるから、人間ってのは飽きねえんだよな」

「では……っ!?」

榮晋は思わず身を乗り出す。だが、狐空は金の目を細めて鼻を鳴らした。

「俺の答えは、さっき言った通りだ。香淑が望めばともかく、死にたがりをわざわざ手にかけてやる気はないね」

にべもない拒絶に榮晋は奥歯を噛みしめた。

「では……。香淑の許しさえ得られれば、わたしを殺してくださると？」

呻(うめ)くように問いながら、香淑に視線を移す。蒼白(そうはく)になって唇をわななかせる面輪を見た途端、榮晋の心を貫いたのは、強い罪悪感だ。

媚茗のことはもとより、狐空のことも、嘉家のことも、まったく知らなかった香淑。

血の気の失(う)せた面輪を見れば、この上ない衝撃を受けているのは明らかだ。

そんな香淑に、今まで己がどんな酷(ひど)い仕打ちをしてきたかと思うと、心臓に錐(きり)を打ち込まれたような痛みを覚える。

疑い、試し、挑発し、さらには——。

香淑とのくちづけを思い出し、熱を持った唇を引き結ぶ。

罪悪感に疼(うず)く胸の奥に宿るのは、もしかしたらという、仄暗(ほのぐら)い希望だ。

これほど、酷い夫なのだ。ふつうなら見切りをつけられ、捨てられて当然だろう。

榮晋が死ねば、『夫君殺しの女狐』の悪名はさらに広まってしまうかもしれないが、それでも、ろくでなしの夫のもとにいるよりはましだろう。

それに、榮晋亡き後の香淑を放り出す気もない。

「香淑、頷(うなず)いてくれるだけでよい。お前の望むものを与えよう。わたしが死ねたなら、お前は自由だ。実家に戻るも他州で暮らすも、好きにすればよい。一生困らぬだけの財貨を渡そう」

榮晋は祈るように願う。

こんなろくでなしの夫など、見限ってほしいと。

香淑の色の失せた唇がゆっくりと動き、言葉を紡ぐ。

「嫌、です……」

震え、かすれた声。しかし、瞳に強い意志の力を宿して、香淑は決然と告げる。

「わたくしの答えも変わりません。狐空様が榮晋様を殺めるなど……。そんなこと、認められません」

「なぜだっ⁉」

ばんっ！　と卓を叩(たた)きつけて立ち上がった瞬間、くらりと眩暈(めまい)に襲われた。

「おいっ！」

あわてて立ち上がった道玄が、よろめいた身体を支えてくれる。

「興奮しすぎだっ！　本調子じゃないくせに無理すんなっ！」

「死ぬのなら、調子も何もないだろう！」

道玄の手を振り払い、両手をついて卓に乗り出す。

「なぜだっ⁉　なぜ認めんっ⁉　こんなろくでもない夫など、見捨てればよいだろう⁉」

叫んだ瞬間、香淑の面輪が刃を突き立てられたように、くしゃりと歪(ゆが)む。

同時に、榮晋の心も。

なぜ、頷いてくれないのか。榮晋を見限れば、こんな風に香淑が傷つくこともなくなるのに。

――こんな顔を、させたくないのに。

なおも言い募ろうとした瞬間、道玄に腕を引かれた。強引に道玄に向き直らせられる。

「旦那、ちょっと落ち着け。香淑殿の身になってみろ。賊に襲われただけでも、とんでもねえ恐怖だってのに、そっから妖(あやかし)だのなんだの……。そんな状況で冷静な判断が下せるわけがねえだろうが。しかも、自分のひと言で旦那の命が失われるとなりゃあ、尚更(なおさら)だろう？　ちょっとは落ち着ける時間をやれよ」

叱るわけでもない、責めるわけでもない穏やかに諭す声音に、榮晋はようやく我に返る。ついに娟茗の呪いから解放されるかもしれないと思うと、自分でも呆(あき)れるほど冷静さを失っていた。

「すまん……」

反射的に謝ると、「オレにじゃねえだろ」と道玄がぼそりと呟(つぶや)いた。

だが、香淑に口先だけの謝罪を告げて、何になるというのか。榮晋が犯した罪は、単なる謝罪などでは、とても償えぬというのに。

　榮晋にはそれ以上何も言わず、道玄が狐空を振り返る。

「おい、狐空。大丈夫だとは思うが……。取り憑いていることを知られちまったからと、香淑殿に危害を及ぼす気なんざ、持ってねぇだろうな？　持ってたら、今度こそ間違いなく滅ぼしてやるぜ」

　すごむ道玄に、狐空は、

「俺が香淑を傷つけるわけがないだろう？」

　と顎を上げ、挑発的な笑みを浮かべる。

　ひやりと漂う威圧感は、媚茗と同じ、人外だけが発しうるものだ。

「香淑殿。もし不安があるのなら、妖封じの札でも渡しておこうか？　多少の牽制にはなるだろう」

　道玄の言葉に、香淑はゆっくりと首を横に振る。

「道玄様。ご心配いただきありがとうございます。ですが、大丈夫ですわ」

　香淑は隣の狐空に視線をやった後、榮晋と道玄に向き直ってふわりと笑う。

「狐空様自身が先ほどおっしゃった通り、狐空様はわたくしを傷つけたりしないでしょう。もし、害する気があるのでしたら、わたくしが何も知らぬ間に害しておけばよかったのですもの。今になってする意味がありませんでしょう？」

　微笑んで告げる内容は、おそらく香淑の推測通りなのだろうが……。

なぜだろう、香淑が曇りない信頼を狐空に向けているさまに、妙に心がざわつく。今宵、正体を見せたばかりの妖など、信用できるわけがないというのに。香淑は、無防備に相手を信じすぎる。

榮晋の心配をよそに、道玄が豪快に笑う。

「香淑殿はたおやかな外見によらず、胆力がおありのようだ。だが、気休め程度かもしれねえが、これを」

道玄が懐から何枚かの符を取り出し、卓に置く。符には榮晋が読めぬ文字が、複雑な文様のように書かれていた。

「もし狐空が悪さをしようとすれば、その符を狐空の奴に押しつけてやればいい。少しの間、動きを止めることくらいならできるはずだ」

「使うことはないかと思いますが……。お気遣いいただき、ありがとうございます」

香淑が丁寧に頭を下げる。

「ほら、旦那。行くぞ。晴喜も」

道玄に腕を引かれるままに、榮晋は香淑の部屋を出る。夜更けの廊下は、頼りない蠟燭の明かりがなければ、一寸先も見えぬ闇だ。

香淑のことは心配極まりないが……。今、榮晋が部屋に残っても、何の益もないだろう。むしろ、また激昂して香淑を傷つけてしまうやもしれぬ。

妖である狐空より、夫である榮晋といるほうが、酷い目に遭う可能性が高いとは……。

思わず、自嘲に唇を歪める。

自分は本当に、香淑に害しかもたらさぬ存在なのだと。

「なあ、晴喜」

暗い廊下を歩き出してすぐ、榮晋の右隣の道玄が、榮晋を挟んで逆側を歩く晴喜に尋ねる。

「お前の鼻で嗅いでみて、香淑殿はどうだった？　妖気を感じたか？」

「ううん。ちっとも！」

晴喜が即答する。

「狐空が出てきたとたん、不思議な匂いが消えちゃった。香淑は、正真正銘、ふつうの人間だよ」

「やっぱりそうか……。オレも、妖気を感じられねえとは思ったが……。お前までそう言うんなら、香淑殿は人間なんだろうな。っていうか……お前！」

一歩、横に踏み出した道玄が、晴喜の頭をこつんと小突く。

「いくらわかっても、人前で生娘かどうかなんて言うんじゃねえよっ！　次からは絶対すんなよっ⁉」

「ご、ごめぇん」

道玄の剣幕に、晴喜がしゅん、と耳と尻尾を垂れる。

「っていうか……。今まで、三人の夫に嫁いできたんだろ？　三人目は婚礼のその晩に殺されたから仕方がないとはいえ……。どういうことだよ？」

道玄の呟きに、榮晋は無言を貫く。

どういうことかなど、榮晋が誰よりも知りたい。三人にも嫁いで、清らかな身のまま
だなど……。想像もつくはずがない。

香淑は、いったいどんな結婚生活を送ってきたというのか。

「まあ、他人の上に、男のオレが突っ込める話じゃねえからな。それより……」

道玄が険しい顔で榮晋を振り返る。

「さっき、空き部屋に放りこんだ賊だが……。かすかにだが、媚茗の妖気を感じた」

「何っ⁉」

問い返した声が、思わずひび割れる。

「旦那から聞いた媚茗の性格からすると、旦那の計画を知ったら、人間なんざ使わず、直接、自分で乗り込んできそうなもんなんだが……。旦那、何か心当たりがあるか？」

問われた瞬間、思い出したのは、夕刻、媚茗と交わした会話だ。

「夕刻、媚茗に言われたのだ……。香淑のことが、どうにも気に入らない。子どもを産ませるだけなら、香淑を始末して別の女を娶(めと)ればよい、と……。媚茗がわたしの真意に気づいているとは思いたくないが、動きが早過ぎる」

媚茗は丹家の領域内にいる人物の意識に干渉して、心の中に眠る欲望を助長させることができると以前に聞いた覚えがあるが、香淑の命を消そうと企(たくら)む者がいるとすれば。

「叔父上か……？　媚茗にいいように操られたか……？」

欲深い大當ならば、太玉を榮晋に娶らせるために、香淑を亡き者にしようと企むかもしれない。いや、今は大當などどうでもよい。それより。

まだ、直接手出しはしていないとはいえ、媚茗が香淑を殺そうと画策しているとは。

もし榮晋の真意を知ったら、媚茗は間違いなく香淑を手にかけようとするだろう。

考えた瞬間、全身に震えが走る。

「一刻も早く、香淑を丹家から出すべきかもしれぬ……」

そうすれば媚茗も手を出しにくくなるだろう。榮晋の両親の件があるため、油断はできないが。だが、今なら。

「道玄。頼みがある」

榮晋は隣を歩く道玄を見上げる。

「お前の腕を見込んで頼みたい。香淑を、媚茗から守ってくれぬか。狐空殿がわたしを殺すまでではなく……。わたしを殺した後、香淑達が媚茗の手の届かぬ場所へ逃げおおせるまで」

香淑を丹家から出したなら、あの微笑みが遠くなる。

思わずそう考え、そしてそのことを寂しく感じた己に、榮晋は狼狽える。

何を埒もないことを考えているのかと。

榮晋が死ねば見られなくなるなど、自明の理だというのに。香淑の安全を考えるなら、一刻も早く、榮晋の手元から離すべきなのだ。

今なら、まだ手放せる。

香淑の微笑みもけなげさも、彼女本来の美徳なのだと、知ったばかりの今なら、まだ。

この胸の、痛みだけで。

榮晋の依頼に、道玄が深く吐息する。

「何の罪もないご婦人が妖に殺されそうになってるってのに、見捨てられるわけがねえだろ……。まあ、あの狐空がついているからには、媚茗とて、そうそう手出しはできねえだろうが」

「狐空殿は、それほどの力の持ち主なのか？」

狐空が放つ威圧感はただごとではなかったが、道士でない榮晋には、妖の力の強弱はぼんやりとしかわからない。

「お師匠にやられる前の狐空は、今よりもっとすごかったぜ。嘉家の妖を喰らった分、ある程度の力は取り戻しているようだが……。ま、安心しろ。媚茗にも狐空にも、手出しはさせねえよ」

頼もしい道玄の言葉に、ようやくほっと息をつく。

「ぼくだって！　ぼくだって香淑を守ってみせるよ！」

わふっ、と晴喜が両の拳を握りしめて宣言する。

「ああ、お前も頼む」

　榮晋が頭をひと撫(な)でするると、晴喜がくすぐったそうに尻尾を振った。

「ま、とりあえずは、こいつらの後始末からだな……」

　道玄は賊を押し込めている空き部屋の前で足を止めると、面倒そうに溜息をついた。

「あの、狐空様――、っ⁉」

　扉を閉めて榮晋達を見送り、隣の狐空を振り返った瞬間。

　長い指先で唇を押さえられ、香淑は目を丸くした。からかうような表情で香淑を見つめながら、狐空が告げる。

「狐空、だ。『様』なんていらない。狐空と呼ばなけりゃ、返事をしない」

「で、でも……。狐空様は、わたくしでは想像もつかぬ長い時を生きてこられた妖(あやかし)なのでございましょう？」

　狐空の指が離れた途端、首をかしげて問うたが、狐空はふいっと顔を背けてしまう。

「あの……」

「返事をしないと言っただろ？」

　横から見ても麗しい面輪を香淑に晒(さら)したまま、狐空がすげなく告げる。

　香淑はしばらく逡巡(しゅんじゅん)したが、根負けし。

「あの。狐空、さん……」

「さんもいらない」

「で、では……。こ、狐空」

「うん」

ぱっ、と振り返った狐空が、嬉しくてたまらないと言いたげな笑顔を向ける。とろけるような笑みに、思わず見惚れていると。

「それで」

吐息がふれそうなほど近くに、狐空の美貌が迫る。

「香淑は、俺のことが怖くないのか？」

濃い金の瞳が、妖しく光る。返答次第では、そのまま喉仏を喰い破ると言いたげに。

だが。

「いいえ。怖くなどありません」

自分でも、驚くほどきっぱりとした声が出る。金の瞳を真っ直ぐに見つめ返し、香淑は柔らかく微笑んだ。

「だって、つらい日の翌朝、いつも花を贈ってくれていたのは、あなたでしょう？」

「……ばれたか」

狐空が悪戯が見つかった子どものように、ぺろりと舌を出す。

「そんなあなたを、怖いなんて思うわけがありません」

「人が好すぎるな、香淑は」

狐空が香淑の目を覗き込む。今にも唇がふれそうなほどの近さで。

「俺は妖だぜ？　人の命だって、妖の命だって、数限りなく喰らってきた——。いっときの気まぐれで優しくしてやっただけで、俺を犬っころみたいな甘っちょろい妖と一緒にしないことだな」

「……では」

狐空が放つ威圧感に、身体の奥底から恐怖が湧き上がってくる。

恐ろしい人外の妖。けれど。

「ひとつ、教えていただけますか？」

香淑は震える手で、ぎゅっと己の左肩を摑む。衣の下に隠された、刀傷の跡を。

「あなたがわたくしに取り憑いたのが、この傷がついた時だったのなら……」

みっともないほどわななく唇で、なんとか問いを紡ぎ出す。

「わたくしの夫達を殺したのは、狐空、あなたなのですか？」

ゆらり、と蠟燭の炎が風もないのに揺れる。まるで、狐空の妖気に怯えるかのように。

狐空は答えない。ただ、濃い金の瞳が炎を映して妖しく揺らめく。

しばし、至近距離で見つめあい。

そ、と狐空が右手を上げた。香淑の頰を、大きくひやりとした手が包み込む。

「もし、そうだと言ったら」

金の目が、切なげに細くなる。

「香淑は、俺を恨むかい？」

「そんなことっ！」

言葉と同時に、自ら狐空の手のひらに頬をすり寄せる。

「あの地獄から解放してくれたあなたに、感謝こそすれ、恨むなど……っ！」

「恐ろしくは、ないのか？」

狐空の声が、苦みを帯びて低くなる。

「直接、手を下したわけじゃないが、あいつらが死ぬように仕向けたのは、間違いなく俺だ。お前に恐ろしいと、罪人だと嫌悪されるくらいなら──、っ⁉」

突然、胸元に飛び込んだ香淑に、狐空が息を呑む。かまわず香淑は狐空の身体に回した腕に力をこめた。

「罪人だというのなら、わたくしも同罪です」

狐空は口にはしないが、彼はきっと、香淑に取り憑いた時に、それ以前に香淑の身に起きていたことも知ったに違いない。

ひとり目の夫に、香淑がどんな仕打ちを受けていたのか。

「どうかこの地獄から解放されますようにと……。願っていたのは、わたくし自身なのですから」

狐空に抱きついたまま顔を上げ、香淑は儚く口元を歪める。

「あなたがわたくしのために夫を手にかけてくださったと自惚れてよいのなら、罪人は、あなたではなく、わたくしです。厭わしい願いを抱いた、わたくしこそが――」

「そんなわけがないだろう！」

　ぎゅっ、と香淑の背に狐空の腕が回る。

「あいつらは、妖の俺が見ても、反吐が出るくらいの下衆だった。お前が罪の意識に苦しむ必要なんかない！　あんまりぐだぐだ言ってると……」

　腕をゆるめた狐空が、香淑の顔を覗き込む。

「あの小僧みたいに、口をふさいじまうぞ？」

　瞬間、香淑は顔が沸騰したように熱くなったのを感じる。

「そんなこと……。あなたは、なさらないでしょう？」

　なぜだろう。その存在を知ったのはついさっきなのに。なぜか、狐空には身の危険を感じない。もし、頼れる兄がいたとしたら、こんな感じなのだろうかと思う。魂のどこかでつながっているからだろうか。

　狐空がつまらなそうに鼻を鳴らした。

「やれやれ。狐空様ともあろう者が、見くびられたもんだぜ。――それで」

　先ほどとは違う剣呑な光を金の瞳に宿して、狐空が真っ直ぐに香淑を見つめる。

「望み通り、榮晋を殺してやるのか？」

「っ⁉」

問われた瞬間、息を吞む。

心の奥底まで見通すような金のまなざしは、恐ろしいほどに優しい。

「お前さえ望むなら、榮晋を殺してやろう。俺なら、媚茗の呪われた加護を打ち破るのもたやすい。ああ、もちろん」

狐空が金の目を柔らかく細める。

「実家に帰る必要なんてない。二人で優雅に暮らせるだけの財貨をもらって、遠い町で面白おかしく暮らそう。気に入ったってんなら、あの犬っころも連れて行けばいい」

狐空が、宝物のように香淑をそっと抱き寄せる。

「たとえ媚茗が追いかけてきても、俺が返り討ちにしてやる。俺の存在を知っても怯えなかったからには、もう遠慮はしない。俺が、あらゆるものからお前を守ろう。俺の力の及ぶ限り、お前の願いを叶えてやる」

心を融かすような甘い声音。背中を撫でる大きな手は、このまま縋りつきたくなるほど頼もしい。

きっと狐空は、香淑さえ願えば、言った通りのことをしてくれるだろう。

「どうせ、お前からは離れられないんだ。それなら、人間の短い一生の間くらい、お人好しのお前の望みのままにつきあってやるよ」

思考を止めてしまいそうになるほど甘い、狐空の誘惑。

誰も香淑を『夫君殺しの女狐』と呼ばない遠い町。そこで、狐空や晴喜とともに心穏やかに暮らせたら、なんと幸せなことだろう。

香淑はそっと狐空の胸を押して身を離す。麗しい美貌を見上げると、狐空はとろけるように優しい笑みを浮かべていた。

まるで、すべてわかっていると言いたげに。

「香淑」

優しくやさしく、狐空が促す。

力づけるように狐空がひとつ頷き、香淑は誘われるように声を絞り出した。

「狐空……。あなたに、お願いがあります……」

第五章　あなたのすべてが

「呂萩、その……。香淑の様子はどうだ？」

昼過ぎ、昨日の今日ではさすがに身体がもたず、午前中は睡眠に費やした榮晋は、遅めの昼食を持ってきた呂萩におずおずと尋ねた。

雨が降り出しそうなのか、初夏とは思えぬほどじっとりと空気が重い。窓の外に見える空は、榮晋の心を表すかのように陽の光の見えぬ陰鬱な雲に覆われていた。

卓の上に料理の皿を並べながら、呂萩が淡々と答える。

「香淑様でございますか？　香淑様も、今朝はゆっくりと眠られていたようでございます。昨夜食べそこなった夕餉を食べるので、朝餉はいらぬとおっしゃっておりました」

「そう、か。その……」

一夜たって、冷静になって……。

今頃、怯えているのではないだろうか。泣いてはいないだろうか。

不安と心配が心の中で渦巻いている。

香淑が女狐ではないとわかった瞬間、こうも心配になるなんて、とんだ手のひら返しだと、自分で自分に呆れてしまう。

媚茗の呪いから解放してくれる存在を喉から手が出るほど望んでいたとはいえ、今まで、どんなに偏見に満ちた目で香淑を見ていたのかと……。

自分の愚かさに、反吐が出る。

だが、知ってしまった以上、香淑を気遣わずにいることなどできない。

お人好しで、優しい香淑。彼女の美徳が香淑自身のものだと知った時、どれほど大きな安堵が胸にあふれたか……。榮晋自身が驚いてしまうほどだった。

香淑が女狐でないのならば、もう気遣うことをためらう必要はない。だが、香淑自身は榮晋に気遣われても、迷惑なだけだろう。

呂萩は榮晋が聞きたいことを的確に把握したらしい。

「香淑様は、朝食も昼食もきちんと食べておられました。わたくしが昼食をお持ちした時は、いつもと同じことをしていたほうが落ち着くからと、熱心に刺繍をなさっておいでしたが……。今日は、いつもより晴れやかなお顔をなさっておいででした」

「晴れやか……？」

予想外の言葉が出てきて、虚をつかれる。が、すぐに納得した。

たったひと言、狐空が榮晋を殺めるのを認めれば、十分な財貨を得て丹家を出ていけるのだ。明るい気持ちにもなろう。

ともあれ、妖狐に取り憑かれていると、打ち沈んでいるのでなければよかった。

「お前がそう言うのなら、そうなのだろうな」

婚礼の夜、呂萩が香淑を『ごくふつうの、むしろ控えめな気質のように感じる』と評していたのを思い出す。呂萩のほうが、榮晋よりよほど人を見る目を持っていたらしい。

「榮晋様、どうなさったのですか？」

自嘲の笑みを浮かべる榮晋に呂萩が心配そうに問う。

「いや、お前はさすがの慧眼だと思ってな」

首をかしげる呂萩に、「後で説明する」と告げる。媚茗が何を聞いているかわからぬ本邸では、迂闊なことは言えない。

着替えた榮晋は呂萩が料理を並べてくれた卓についた。榮晋の好物ばかりが並べられている。ここ数日ろくに食べていない上に、媚茗に精気を吸われてばかりの榮晋を心配してくれたのだろう。呂萩の気遣いに心があたたかくなる。

榮晋が死ぬ時には、これまでよく仕えてくれた呂萩にも十分な報奨を渡さねばと考えながら、食事をとっていると、

「榮晋様。午後はどのように過ごされますか？　取引相手や荘園からの文は、いつものように書斎に運び入れておりますが」

と、呂萩が尋ねてきた。

榮晋の死後、大當に搾取されては気の毒だと、取引や荘園を信頼できる相手に譲り渡しているが、数が多いため、まだ整理しきれていない。

狐空の存在が明らかになった今、一刻も早く整理しなければならないが。

「いや、まずは離れへ行く」

それよりも先に、せねばならぬことがある。死ぬ前に、晴らせる憂いは晴らしておかねば。

……たとえ、榮晋の自己満足に過ぎなくとも。

榮晋の返事に、呂萩が驚いたように目を瞠る。

「よろしいのですか？　また媚茗様が……」

顔をしかめて主人を心配する呂萩に、薄く笑う。

「今回ばかりは、媚茗も嫉妬するまい。ついては呂萩、お前にひとつ頼みがある――」

「香淑。よいだろうか？」

香淑の私室の前の廊下で榮晋が声をかけると、「はい。少々お待ちください」と扉の向こうであわただしく動く気配がした。

軽い足音がしたかと思うと、扉を開けて香淑が顔を覗かせる。榮晋の来訪を予想もしていなかったのだろう。清楚な美貌が驚きに彩られていた。

「入ってもよいだろうか？」

尋ねて、気づく。香淑の私室にはすでに三度訪れているはずなのに、入室の可否を尋ねたのは、今回が初めてだ。

自分が今までどれほど傲慢で酷い態度をとっていたのか、あらためて思い知らされ、いたたまれない気持ちになる。

「もちろんですわ。来ていただいて嬉しゅうございます」

花のような微笑みを浮かべた香淑が榮晋を招き入れる。

「どうか、なさいましたか？」

「いや……」

なぜだろうか。暗鬱な灰色の雲が空を覆う今日は、昼とはいえ薄暗いほどなのに、妙に香淑をまぶしく感じ、榮晋は香淑から視線を逸らして部屋の中をうかがった。

「その、狐空殿は……？」

部屋の中には香淑の姿しかない。呂萩が報告した通り、刺繍をしていたのだろう。卓の上に、畳んだ布や針や糸が置かれている。榮晋が来たので、あわてて片づけたらしい。

榮晋の問いに、香淑が微笑んだまま右手で胸元を押さえた。

「わたくしの中で眠っております。何でも、妖狐の姿でいるだけでも、妖気が必要とのことで……。用がなければ、休んでいたいそうです」

優しげな笑みを浮かべて話す香淑は、まるで、姉が手のかかる弟について話しているようだ。声音に隠し切れない親愛の情を感じる。

榮晋の胸中に、もやりと湧き上がりかけた黒雲が形を成す前に。

「御用がおありでしたら、出てきてくれるように頼みましょうか？」

香淑が小首をかしげて尋ねる。

「いや、今はいい」

かぶりを振って、榮晋は正面に立つ香淑を見下ろした。

呂萩が言った通り、今日の香淑の表情はどこか晴れやかに見える。まるで、迷いが晴れたとでも言いたげに。

「一夜たって、心が決まったのか？」

問うと、香淑がこくりと小さく、しかしきっぱりと頷いた。

澄んだ瞳が、真っ直ぐに榮晋を見上げる。

「榮晋様、わたくし――」

「待ってくれ」

片手を上げて制す。

「決心を聞く前に、言っておきたいことがある」

榮晋の言葉に、香淑が素直に口をつぐむ。

これは、榮晋の自己満足だ。死ぬ前に心の憂いのひとつを取り除いておきたいだけ。

自覚しつつ、榮晋は両膝を床につく。

「あの……っ⁉」

突然のことにあわてふためく香淑の声を無視し。

「香淑。わたしの目が節穴だったばかりに、酷い仕打ちをして、本当にすまなかった」

胸の前で手を重ね、深くふかく、頭を下げる。

「謝った程度で許されることではないとわかっている。だが、せめて謝罪だけでもさせてくれ」

謝ったところで許されるとは、端から思っていない。

だが、己の言動が香淑を傷つけてきたのだと思うと、謝らずにうやむやにすることなど、絶対にできなかった。

でなければ、香淑の真摯なまなざしを受け止める資格すら、失くしてしまう気がして。

どんな罵声が降ってこようと、涙混じりの恨み言を言われようと、受け止めようと頭を垂れていると。

「あ、謝らないでくださいませっ！」

香淑の叫びが降ってきた。

謝罪されることすら嫌だったのかと、胸に錐が突き刺さった瞬間。

衣擦れの音がしたかと思うと、重ねた両手を強く握られた。

驚いて顔を上げた視界に飛び込んできたのは、榮晋にあわせて膝立ちになり、切羽詰まった表情で榮晋を見上げる香淑の面輪だ。

あまりの近さに反射的にのけぞった拍子に、体勢を崩す。

「きゃっ」

小さく悲鳴を上げて倒れ込んできた香淑をとっさに抱きしめると。

「も、申し訳ございません……っ」

尻もちをついた榮晋にのしかかるような形になった香淑が、顔を真っ赤に染めて謝る。

「謝らなければならぬのは、わたしのほうだろう？」

狼狽えながら身を起こそうとする香淑に告げると、香淑が千切れんばかりに首を横に振った。

「そんなことはございませんっ！　わたくしの中に狐空がいたのは事実なのですもの。榮晋様は、何としてもそれをお知りになりたかったのでしょう？　それで、あのような物言いを……。ですから、謝らないでくださいませ」

「だが……」

榮晋は起き上がろうとする香淑へ、思わず右手を伸ばす。手のひらで頬を包むと、香淑の肩がかすかに揺れた。絹のようになめらかな頬は、紅く染まり、ほんのりとあたたかい。

「わたしの心ない言葉で、傷つけてしまったのは、事実だろう？」

香淑が小さく微笑む。慈愛に満ちた、柔らかな微笑みで。

「たとえ、そうだとしても、榮晋様の今のお言葉で癒えましたわ」

「っ！」

もう片方の腕で思わず香淑を抱き寄せる。

くちづけは、かろうじて我慢した。

「なぜ……」

紡いだ声は、熱くかすれる。

「なぜ、あなたはそれほどわたしを惑わせるのです？」

腕の中のあたたかくまろやかな身体が、かけがえのない宝物のように思える。

香淑が媚茗に狙われるというだけで、恐怖で気が変になりそうだ。

彼女をこれ以上、榮晋の事情で傷つけたくない。だから。

「香淑。あなたには、丹家を出てもらいます」

告げた瞬間、榮晋の腕の中の香淑の身体が、びくりと大きく震えた。

「それ、は……」

かすれた声で呟きながら、香淑が身を起こす。伏せた表情は、前髪に隠れて見えない。

腕の中のあたたかさが離れていくことに寂しさを覚えながら、榮晋も身体を起こす。

ぺたん、と床に座り込んだ香淑が、うつむいたまま問いを紡いだ。

「わたくしを離縁されるということですか……？」

かすれ、震える声。離縁という言葉に痛みを覚えながら、榮晋はゆっくりと頷く。

「……離縁のほうが、あなたの評判に傷がつきにくいのなら、そうしましょう」

「わたくしの評判などっ！」

不意に、香淑の声がひび割れる。

勢いよく見上げた顔は、今にも泣き出しそうに歪んでいた。

「わたくしの評判など、どうでもよいのですっ！」

「し、しかし、わたしのせいで、これ以上あなたに『夫君殺しの女狐』の汚名を着せるわけには……っ！」

何を、間違えてしまったのだろう。香淑を泣かせたくなどないのに。

榮晋の言葉に、香淑が一瞬、呆気にとられた顔になる。かと思うと。

「狐空に榮晋様を殺させなどしませんっ！」

涙に濡れた瞳で、きっ、と睨まれる。

今度は、榮晋が呆気にとられる番だった。

「ですが、先ほど心が決まった、と……」

「ええ。ですが、どうしてそのことが、狐空が榮晋様を殺めることになりますの⁉」

わけがわからない。榮晋を殺す以外に、答えなどあるわけがないのに。

こらえきれなくなったのか、香淑の瞳から、つぅ、と涙が伝い落ちる。

榮晋は思わず手を伸ばして涙をぬぐっていた。

「その……」

香淑の涙をなんとか止めたくて、榮晋は思いつくままに言葉を紡ぐ。

「心が決まったというので……。てっきり、わたしを殺して丹家を出ていく決心がついたのかと……」

「違います！」

香淑が激しい口調で否定する。

「わたくしは、榮晋様を殺める気などございません！　死なせる気もありません。ですから」

面輪を上げ、真っ直ぐに榮晋を見つめ。

すがすがしいほどきっぱりと、香淑が宣言する。

「媚茗殿を、倒しましょう」

◆　◆　◆

「はあっ⁉　どういうことだよ、こりゃあ⁉」

慶川でも格式の高い宿の一室。部屋の中央の卓の一席についた道玄がすっとんきょうな声を上げるのを、榮晋は同情とともに眺めていた。

丹家の離れで香淑に同じことを告げられた時、榮晋はもっと苛烈に反応した。

『何を考えている⁉　そんなこと……！　不可能に決まっている！』

と。媚茗を倒す力が足りないからこそ、榮晋は自分が死ぬことで媚茗の呪いから逃れようとしたのだから。だが。

『道玄様にも、ちゃんとお話を聞いてみたいのです』

静かに、だが決然と告げる香淑は、一歩も譲らなかった。

最終的に榮晋が根負けし、もともと媚茗が力を及ぼしやすい丹家から香淑を出して道玄に守ってもらおうと呂萩に宿を取らせていたため、そちらへ移動することになった。

さらには香淑の部屋を出たところで、晴喜に見つかり、『ぼくもついていく！』と言い張る晴喜と、結局は三人で丹家を出たのだが。

宿の部屋の中央に置かれた大きな卓には、榮晋と香淑と狐空、向かいには道玄と呂萩と晴喜が座っている。

榮晋と香淑が一緒に宿に来たことに驚愕し、さらには香淑から狐空が現れた事態に、気を失わんばかりに仰天していた呂萩は、今もまだ硬い表情だ。そんな呂萩の隣には、まるで祖母に寄り添う孫のように、晴喜がぴったりとくっついている。

卓の上には宿の侍女が運んできた茶の器と菓子の皿が置かれているが、誰も手をつけないままだ。緊張を孕んだ空気を感じ取っているのか、甘いものに目がない晴喜ですら食べようとはしない。

「で、香淑殿。媚茗を倒すことができりゃあ、それが最善だが……。媚茗は強い。オレでも力が及ばねえほどにな。正直、昨日まで何も知らなかった香淑殿に言われて、はいそうですかと頷ける話じゃねえ。香淑殿は、何か考えがあって言ってるのかい？」

推し量ろうとするように、道玄が太い眉の下から、じろりと香淑を見やる。

が、香淑は面輪を下げることなく、真っ直ぐに道玄の視線を受け止めた。

「道玄様のおっしゃることは、もっともです。何も知らぬ素人がと、お怒りになられても仕方がありません。確かに、わたくしは媚茗の強さのほどもわかっておりません。ですが……」

ちらりと、榮晋とは逆隣に座る狐空を見やった香淑が、卓の向かいに座る道玄に視線を戻す。

「道玄様と狐空の力を合わせても、倒すのは不可能なのでしょうか？」

問われた瞬間、道玄の太い眉がぎゅっと寄る。

道玄が狐空に視線を向けるが、榮晋は見もしなかった。身体ごと隣の香淑を振り返る。

「何を言い出すかと思えば……っ！　狐空殿にご助力をいただけたとしても、あなた自身にも危険が及んでしまうのではっ⁉」

香淑の代わりに答えたのは狐空だ。金の目が細くなる。

「俺も止めたんだけどな？　香淑が頑として頷かないんだよ。俺は香淑から、長い距離を離れることはできない。もし、媚茗と戦うことになれば、香淑にもその場にいてもらうしかないな」

「そんな危険な場所に、香淑を連れてゆけるわけがない！」

榮晋は思わず身を乗り出して反論する。身体が卓にぶつかり、茶器がかしゃんと音を立てた。だが、その音すら榮晋の耳に入らない。

脳裏をよぎるのは、贄（にえ）になると決めた夜に一度だけ見た、媚茗の本性だ。

大人の身丈十人分の長さは優にあろうかという、巨大な白蛇。

　媚茗は、香淑に手加減などすまい。むしろ、嬉々として殺めようとするだろう。

　そう考えるだけで、全身の血が恐怖に凍る。

「何を考えている!?　媚茗に殺されるやもしれぬのだぞ!?　あなたをそんな危険に晒せるわけが……っ！」

「危険とおっしゃるのでしたら、狐空が榮晋様を手にかけた後のほうが、危険ではございませんか？」

　香淑が静かに反論する。

「お話をうかがうに、媚茗は榮晋様にひどく執着している様子。もし狐空が榮晋様を手にかけたとして、媚茗は下手人を放っておくような性格なのですか？」

「それ、は……」

　断言できる。媚茗は、必ずや榮晋を殺めた者を捜し出して、屠るだろう。

「だが、媚茗の領域は丹家の敷地。丹家を離れて、どれほどの力を保てるか……」

「ですが、試したことはないのでございましょう？」

　淡々とした問いに、言葉に詰まる。「それに」と香淑が穏やかに言を継いだ。

「榮晋様がお亡くなりになって丹家との盟約が解かれたら、媚茗も自由を得るのではありませんか？　昨夜、狐空に教えてもらいました。盟約は妖の力になると同時に、縛りつけるもの。丹家との盟約がなくなれば、媚茗は己の心の赴くままに振る舞うのでは？」

「っ！」

今度こそ反論を封じられ、榮晋は固く唇を噛みしめる。

媚茗が丹家と盟約を結んで数百年。そこから解き放たれた時、媚茗がどうなるかなど――榮晋を手にかけた者を捜し出して殺すだろう以外に確実なことは、何もわからない。

もしかしたら、新たな丹家の血を求めて、他州にいる姉のもとまで行く可能性もある。それでは、榮晋が死ぬ意味がない。

榮晋にとって、媚茗と丹家は結びついたものであり、丹家の血が途絶えた時に、媚茗もまた解き放たれるかもしれないなど、想像も及ばなかった。

やはり、自分は媚茗が飽きるまで贄で居続けなければならないのかと、榮晋は爪が皮膚に食い込むほど、拳を握りしめる。と。

そ、とあたたかなものが榮晋の手にふれる。驚いて顔を上げると、香淑の両手が、榮晋の拳に添えられていた。

榮晋を見る面輪は、申し訳なさで今にも泣き出しそうだ。窓の外の陰鬱な曇り空が、香淑までも翳らせたかのように。

「……まだ、わたくしの推測だけですし、当たっていたとしても、榮晋様をひどく傷つけてしまうのですが……」

香淑が囁くような小声で告げる。

「まだ、何かあるのか？」

問うと、香淑が申し訳なさそうな表情のまま、こくりと頷いた。

ひとつ大きく吐息して、榮晋は握りしめていた拳をほどく。

いかんともしがたい疲れに襲われ、どす、と背もたれに投げやりに身を預ける。

先ほどから、榮晋の計画は穴だらけだったと香淑に指摘されてばかりなのだ。媚茗の呪いが絡むと、どれほど近視眼的になっていたのかと、自分で自分に呆(あき)れてしまう。

「気づいたことがあるのなら、何でも言ってくれ。この際だ、すべて聞こう」

「ありがとうございます」

礼を述べつつも、香淑の顔に浮かんでいるのは変わらぬ憂いだ。

しばし、ためらうように視線を彷徨(さまよ)わせた後、つ、と香淑が面輪を上げる。

「これは、わたくしの推測にすぎませんが……。盟約が、実はすでに無効——いえ、そこまでいかずとも、弱まっているという可能性はございませんか？」

「っ⁉」

香淑の言葉に、全員が息を呑(の)む。

いったい、香淑は何を言い出すのか。問いただしたいのに、驚愕のあまり喉(のど)が詰まったように声が出ない。

代わりに口を開いたのは、道玄だった。

「香淑殿。いったい、なぜそう考える？」

道玄の厳しい声音に、香淑の細い首が萎(しお)れたようにうなだれる。

「わたくしは、婚家から実家に戻って以来、さほど両親と会っていたわけではありませんが……」

哀しげに前置きしてから、香淑が説明する。

「わたくしの両親は、華やかな生活を好んで遊び暮らしておりました……。嘉家が困窮するようになっても、さほど変わらず……。昨夜、狐空の話を聞いて、やっと腑に落ちました。両親があのようだったにもかかわらず、嘉家が富み栄えていたのは、嘉家に取り憑いていた妖のおかげだったのだと」

香淑が榮晋に視線を向ける。

「先日、少し手伝わせていただきましたが……。丹家では、あのように日々、真面目に家業に取り組まれているのでしょう？　先代のご当主様達も、そうだったのですか？」

「はい……。榮晋様は少々、打ち込み過ぎてらっしゃるきらいがありますが、わたくしが知る限り、先代も、先々代のご当主様も、事業に熱心でいらっしゃいました」

とっさに声の出ぬ榮晋の代わりに、呂萩がいぶかしがりながらも淡々と答える。

きゅ、と泣き出しそうに眉を寄せたまま、香淑が榮晋に視線を戻した。

「妖の力だけに頼り、自分達では何の努力もしてこなかった嘉家が、妖がいなくなった途端、没落したのは当然です。ですが、丹家は……。日々どれほどひたむきに事業に取り組まれているか、たった一日ですが榮晋様のお手伝いをさせていただき、わずかなりとも知りました。盟約を交わした当時のことはわかりませんが、今、丹家が富み栄えているのは、媚茗の盟約のおかげではなく、代々のご当主様の努力の賜物ではありませんか？」

静かな香淑の声。だが、榮晋は大槌で殴られたような衝撃を味わっていた。

姉が嫁ぎ、両親が死に、榮晋ひとりきりとなり。

丹家の当主となった榮晋は、この三年間、ただがむしゃらに事業に打ち込んできた。

大當のような親戚に、やはり若くて頼りない当主よと、余計な口出しをさせぬためでもある。加えて、慶川の町から出られぬ榮晋には、他に打ち込みたいと思えるものもなかったからだ。

だが、いつも、心の中では疑いが渦巻いていた。

榮晋が摑んだ成功は、すべて媚茗の盟約あってのことで、榮晋が努力しようとしまいと、結果は変わらぬのではないかと。

自分の身で、富を購っているだけではないのか、と。

「もし、丹家の富に、媚茗との盟約が関係ないのなら……」

洩れ出た声は、ひどくかすれていた。

「今まで、何代にも亘って捧げられてきた贄に、何の意味があったのだ？　何年もの間、わたしが贄を務めていた意味は……っ⁉」

虚無感に、気が遠くなりそうだ。

本当は、ずっと昔に、媚茗との盟約が意味をなさなくなっていたのだとしたら。

かっ、と頭を灼いた激情のままに卓に拳を打ちつけようとして、香淑の表情に気づく。

今にも泣き出すのをこらえているかのような、己を責めているかのような香淑の面輪。きっと香淑は、榮晋が衝撃を受けると知っていて、このことを話すのをためらっていたのだろう。

香淑の自責の表情を見ては、激情を露わにすることもできず、榮晋はぎゅっと拳を握りしめる。

太い眉を寄せたのは道玄だ。

「……盟約は実は、とうに反故にされているかもしれねえだと……？　旦那、こりゃあ、ひょっとすると、一気にひっくり返るかもしれねえぜ」

「どういうことだ？」

うわずった道玄の声に、眉をひそめて問う。

「盟約は妖を縛るものであると同時に、妖の力となるもんだ。陰の気が凝り固まった存在である妖は、人間以上に盟約に強く縛られるんだよ。丹家の領域内で、媚茗があれだけ強い力をふるえるのは、盟約の力が働いているからだ。だが、それが有名無実と化してるってんなら……」

道玄がひげの下の唇を吊り上げる。

「もしかしたら、媚茗の力を削ぐことができるかもしれねえ」

「本当かっ⁉」

思わず身を乗り出すと、すかさず道玄にいさめられた。

「香淑殿の推測が当たってたらの話だがな。おそらく、最初に盟約を交わした時の証のようなものがあるハズだ。盟約が生きているなら、証に手を出しても、壊せやしねえだろうが、もし本当に盟約が反故にされてるってんなら……。証を壊せば、娟茗の力を弱められる可能性が高い」

「盟約の、証……」

榮晋は記憶をまさぐる。

丹家の敷地の奥にある娟茗の棲み処の堂には、何度か入ったことがある。

娟茗の気配が濃すぎて、榮晋が嫌いな場所のひとつだが、確か、堂の奥の祭壇に――。

「道玄。わたしは証を見たことがあるやもしれん」

「ほんとかっ!?」

勢いよく食いついた道玄に頷く。

「ああ。娟茗の堂の奥の祭壇に……。古い木札のようなものがあるのを見た記憶がある。ずいぶん古めかしい上に朽ちかけていたので、何かと聞いたのだが……。大事なものだと言われただけで、くわしいことは教えられなかった」

「おそらくそれだな。朽ちかけてたってことは、香淑殿の言う通り、盟約が有名無実になっている可能性が高い。その札を壊すことができりゃあ……」

「娟茗が弱くなるかもってこと？」

晴喜がこてん、と首をかしげる。

「ああ。証を壊せば、盟約を強制的に破棄できる。媚茗の力がどの程度まで弱くなるかは、やってみなけりゃあ、わからねえがな」

「待て！　待ってくれっ！」

すっかり乗り気で、媚茗を倒す方向で話を進めている道玄に、榮晋はあわてて声を張り上げる。

「だが、媚茗を倒すということは、香淑を危険に晒すということだろう⁉　香淑をそんな目には遭わせられん！　そもそも――」

榮晋は、香淑の隣でずっと黙ったままの狐空を見やる。

「狐空殿は、いったいどのように考えておられるのです？　媚茗を相手取るということは、狐空殿の――ひいては、香淑の命にさえ関わることです。それでも、狐空殿はご助力くださると？」

媚茗の呪いから逃れる。

それは、榮晋の悲願だ。

だが、自分が呪いから逃れるために、香淑を犠牲にするなど、できるわけがない。

香淑に取り憑いている狐空とて、決して認めぬだろう。

「確かに、榮晋の旦那の言う通りだな。味方と言っておいて、不利になった途端、手のひらを返されちゃあたまらねえ。そもそも、狐空にすりゃあ、旦那を見捨てて、香淑殿を連れて、とっとと逃げりゃあいい話だ」

道玄が太い眉の下から、じろりと狐空を睨む。

「狐空。てめえ、いったい何を考えてやがる？」

道玄に問われた狐空が、無言のままゆっくりと目を瞬く。

どこか、からかうような薄い笑みを浮かべて、榮晋と香淑を交互に見やり。

「確かに、香淑を危険に晒すのは、俺の本意じゃないね。が……」

狐空の唇が、弧を描く。

「人間ってのは、ただ生きてるだけじゃ幸せになれない、面倒な生きものなんだろ？」

「っ⁉」

まさか、妖である狐空の口から飛び出すとは予想だにしなかった言葉に、榮晋だけでなく、全員が思わず息を呑む。周りの反応にかまわず、狐空は大仰に吐息した。

「好きなことだけやってきた俺にはわからないが、人間はそうなんだろ？　少なくとも香淑は、俺が取り憑く前も取り憑いてからも、今までずっと、幸せそうじゃなかった」

狐空の言葉に、香淑がびくりと肩を震わせてうつむく。柔らかそうな唇が、何かをこらえるように固く噛みしめられた。

狐空がごく自然な手つきで、慰めるように香淑の頭を撫でる。香淑を見やる金の瞳は、まるで父か兄のように、慈しみに満ちていた。

「人間ってのは、ほんっと面倒なもんだよな。俺だって、取り憑いている以上、香淑を危ない目になんざ、遭わせたくない。が……」

狐空が柔らかに香淑に微笑みかける。

「その香淑に頼まれちゃあ、引き受けないわけにいかねえだろ？」

「だからそれが……っ！　なぜ、香淑がわたしのために危険を冒す必要がある!?」

叩きつけるように怒鳴ると、狐空が、はんっ、と鼻を鳴らした。

「それは俺が答える領分じゃねえな。香淑の決心を変えたけりゃあ、お前がやれ。俺は、香淑の望みを叶えるだけだ。香淑がお前を殺してくれというのなら、俺がきっちり息の根を止めてやるよ」

昂然と告げた狐空が、不意に立ち上がる。

「おい、道玄。ちょっと面貸せ」

「……呂萩と晴喜もだろ？」

応じながら、道玄も立ち上がる。

榮晋と香淑に不安そうな視線を投げかけながら、道玄に促されて、呂萩と晴喜も部屋を出ていく。榮晋が止める間もなかった。

香淑と二人きりで残された部屋に、重い沈黙が落ちる。

気がつくと、今にも泣き出しそうだった曇り空から雨が降り出していた。雨音が屋根や窓を叩くひそやかな音だけが、話す者のいない部屋を満たす。

榮晋がそっと様子をうかがうと、香淑は思いつめた表情で、両膝の上で拳を握りしめてうつむいていた。

「香淑？」

そっと呼ぼうと、弾かれたように香淑が伏せていた視線を上げる。今にも泣き出しそうに張りつめた表情を目にしただけで、錐で貫かれたように胸が痛む。

香淑に、こんな表情をさせたいわけではない。

これまでさんざん傷つけてきた香淑を、もうこれ以上傷つけたくなどないのに……。いったい何をどうすれば香淑が笑顔を取り戻してくれるのか、榮晋にはまったくわからない。

仕方なく、榮晋はとつとつと思いつくままに心情を吐露する。

「あなたがわたしを案じてくれる気持ちは、この上なく嬉しい。だが……。どうか、わたしなどのために、あなたの身を危険に晒すような真似はやめてくれ。盟約について、気づいていなかったことを教えてもらっただけでも、十分にありがたいのだから……」

話す言葉は、自分でも呆れるほどにたどたどしい。どうか、これ以上香淑を傷つける羽目に陥らぬようにと願いながら、榮晋は伝えるべき言葉を探す。

「あなたはわたしのせいで巻き込まれただけだ。どんな選択肢を取ろうとも、あなたには何の咎もない。責任を負わせるつもりもない」

優しい香淑。彼女はたとえ、自分が傷つくと知っていても、困っている者に手を差し伸べるのだろう。今こうして、榮晋を見捨てぬように。

そんな香淑だからこそ、これ以上は、榮晋の呪いにつきあわせられぬ。

「もう、よいのです。あなたを危険な目に遭わせるくらいなら——。わたしは、媚茗の贄のままでよい」

それほど、大切なのだと。

言って初めて、榮晋は己の心に気づく。

いつの間に、香淑はこれほど深く、榮晋の心に棲みついていたのだろう。

わからない。けれども、榮晋に向けられる柔らかな微笑みが、気遣いにあふれた優しい声音が、芯の強さをうかがわせる真っ直ぐなまなざしが、心をとらえて離さない。

彼女に、笑顔でいてほしい。

たとえ、その隣にいるのが自分でなくとも。狐空でもよいから。

「……わたくしは、嫌です」

うつむいたまま、香淑がふるふるとかぶりを振る。まるで、幼子がわがままを通そうとするように、いとけなく。

「だって……」

香淑が潤んだ瞳で榮晋を見上げる。

「榮晋様は、夜が明けねばいいと、願ったことがおありでしょう……？」

誰にも告げたことのない想いを言い当てられ、思わず言葉に詰まる。

「どう足掻こうとも、この地獄から逃れることができぬのならば、このまま夜の中に儚く消えてしまいたいと。夜が明けず、明日が来なければよいと……」

なぜ。なぜ、香淑は的確に言い当てるのだろう。媚茗に精気を吸い取られ、鉛のような身体で眠りにつくたび、心の中で祈っていた虚しい願いを。

榮晋の心を読んだかのように、香淑が泣き笑いの表情を浮かべる。

「わかりますわ。だって――。わたくしも、かつては同じでしたもの」

◆　◇　◆

「おめえ……。ほんとに狐空かよ？」

狐空の前に座った道玄が、行儀悪く片足を組んで酒杯を呷る。

香淑の部屋を出てから約四半刻。

『……どうせ、時間がかかるんだろ？　結論がどう転ぶかはわからんが、二人ともかなり頑固者っぽいもんなぁ……』

と、宿の侍女を呼んで別の部屋をとった道玄は、

『へっ！　大人しく待ってられっか！　酒だ！　美味い料理だ！　どうせ金を出すのは旦那だしな！』

さっさと四人分の酒と料理を頼んでしまった。

今は、四人で運ばれてきた料理に舌鼓を打っている。

が、堅苦しい表情の老侍女も、不満そうな顔の犬っころも、もくもくと箸を動かすば

かりで、話そうとはしない。

狐空自身、友好を深める気などないので無言だ。必然的に、口を開くのは道玄だけになる。

料理が運ばれてきたばかりの頃は、道玄も食べるほうに重きを置いていたのだが、腹がくちくなり、酒まで入って、舌がなめらかになってきたらしい。

すくい上げるような視線でこちらを見つめる道玄に、狐空は小さく笑みをこぼした。

道玄が言いたくなる気持ちも、わからなくはない。道玄が知る十六年前の己との隔たりは、自分自身が一番、感じているのだから。別人になったと言われても仕方がないほどに。

だが、変わったことに不快感はない。

腹が減ったら喰う。気に入らない奴は殺す。他の者の存在など、歯牙にもかけない。欲望の赴くまま自由に生きてきた昔よりも、あれこれと制約まみれの今のほうが、満ち足りた日々なのだから。

自分でもいまだに信じられないが、それもこれも、すべて香淑の影響だ。

「人間だって、死ぬような目に遭って人が変わる奴がいるだろう？　俺だって同じだよ」

もし、十六年前のあの時、瀕死の目に陥らなければ。そして、出逢ったのが香淑でなければ。

狐空は、今の狐空にはなっていなかった。以前の、無慈悲で傲慢な狐空のままだったろう。

初めて、自身のものとして感じた死の恐怖。今まで、何の感慨(かんがい)もなく他者に与えてきたそれは、己の身に降りかかってみれば、身体を強張(こわば)らせ、思考を真っ白に染め上げるのに十分で。

からくも逃げ出した先で、同じく瀕死の香淑に取り憑(つ)いたのは、ただただ、ひとりで死ぬのが怖かったからだ。胸に刻みつけられた死への恐怖を、ほんのわずかなりとも、ごまかしたかったからだ。

あの時――恐怖に震えながらも、香淑は確かに、死ぬことに救いを見出(みいだ)していたのだから。

その香淑を、狐空が生き長らえさせた。

代わりに、彼女の夫を自害させて、その精気を残らず奪い取ってやった。

道玄とその師匠の追跡を逃れるため、また、深手を負った傷を癒(いや)すために、香淑の中で気配を消してまどろみ。

狐空は初めて、人間というものを知った。

汚らわしい欲望を。体面ばかり気にする薄汚さを、己より弱い者を虐げる下劣さを。

そして、それらに翻弄(ほんろう)されながらも、己を見失わずに立とうとする香淑のけなげさを。

取り憑いた当初は、少し回復したら、すぐに出て行ってやろうと思っていた。

しかし、お互いに魂が身体から離れかけていた瀕死の時に取り憑いたせいだろうか。

香淑のあたたかく優しい性格の心地よさにまどろむうちに、気がつけば、狐空は出ようとしても香淑から離れられない状態になっていた。

香淑を殺せば、おそらく出て行けるだろう。

だが、狐空がある程度回復した時には、すでに香淑を傷つける気は失せていた。

爪も牙もないくせに。耐えることしかできない身なのに、それでも香淑は真っ直ぐで、優しくて。

妖である狐空は、何百年もの時を生きられる。

ならば、香淑が死ぬまでの間くらい、彼女を守って生きようと。ごく自然にそう決意するほど、狐空にとって、香淑は守るべき大切な存在になっていた。

結婚したにもかかわらず、なお清らかなままの香淑に手を出そうとした嘉家の妖は、狐空から不意打ちを仕掛けて喰ってやった。

妖を喰ったおかげで、かなりの妖気を得た狐空なら、居心地の悪い実家から香淑を攫うこともたやすかっただろう。

だが、嘉家を出て、どこへ行けば香淑が幸せになれるのか。

狐空が力をふるえば、たいていのことは叶うだろう。しかし、妖気が尽きれば、力も振るえぬ。

香淑からは、絶対に精気を奪いたくなかった。狐空が取り憑いていることすら知らぬ香淑に、真実を知られたくはない。だが、通りすがりの人間から精気を奪ったり、妖を喰らったりするにも限度がある。狐空が大っぴらに力をふるえば、すぐに他の妖にも感づかれてしまう。香淑が心の奥底に大切に抱く望みは、狐空からすると、笑ってしまうほどささやかで――。

だからこそ、香淑を人の世から遠ざけるわけにはいかなかった。

それはそのまま、香淑の望みをさらに引き離すことに他ならなかったから。

屋敷の奥に軟禁されるように押し込められ、それでも気心の知れた侍女達に囲まれ、大切な弟の栄達を願いながら、穏やかに過ごす香淑の生活をかき乱したくなくて。

狐空は、香淑の中でただただ静かに眠り続けた。

できることはただ、香淑の心を慰めるために花を贈ることだけ。

香淑の弟が官位を得て力をつけたら、きっとろくでなしの両親から、大切な姉を解放するに違いないと。そのために助力をしようとしていた矢先に。

――今回の、四度目の嫁入りが決まったのだ。

丹家についた瞬間から、蛇の嫌な妖気はぷんぷんと臭ってきた。

狐空の気配を察されて、香淑に危険が及ぶ事態になってはいけないと、ひたすら香淑の中で気配を消し、いったい今度の夫は何を企んでいやがるのかと、ろくでもない奴なら、すぐさま殺してやろうと、牙を研いでいたのだが。

「……なんだよ、にやにや笑いやがって」

狐空を見た道玄が、手酌で杯に酒をそそぎながらいぶかしげに問いかける。

「いや。何百年と生きてきてもまだ、予想もつかないことが起こるなんて、つくづく面白いもんだと思ってな」

狐空は杯を傾け、口元を隠す。

香淑に正体を明かしたことに、後悔はない。強大な力を持つ媚茗に狙われているのなら、いつまでも狐空の正体を隠したまま、守ることは不可能だ。遅かれ早かれ正体を明かしていただろう。

香淑が狐空を嫌がらずに受け入れてくれた。狐空にとっては、それだけで十分だ。

だが、香淑が昨夜、狐空に願ったことは——。

それを喜ぶべきなのか、苛立たしいのか、自分でもまだ、心が定まらない。

だが、狐空の願いは、たったひとつだけだ。

見守ってやろうと想い定めた彼女が——どうか、望みを叶えられますように、と。

◇　◇　◇

「わたくしの左肩には……。胸まで走る、醜い傷跡がございます」

突然、衣の合わせをくつろげた香淑に、榮晋はぎょっと目を剝いた。

白い肌に走る引きつれ気味の紅い線。

榮晋が、まるで見てはならぬものを目にしたかのように、ばっ、と顔を背ける。

「お目汚しをしまして申し訳ございません……。これは、ひとり目の夫に、剣で斬りつけられた時の傷ですわ……」

衣を元通りに戻しながら告げた言葉に、榮晋が驚きの表情で振り向く。

「ひとり目の夫は、自刃したと……？」

「ええ。わたくしを斬りつけて、同じ刃で自分自身を貫いて……」

『香淑！　お前は俺だけのものだっ！　弟にも誰にも、やったりするものか……っ！　お前を傷つけ、苦しめてもいいのは俺だけだっ！　誰かに奪われるくらいなら、俺がお前を全部壊してやる……っ！』

己の血の海の中で聞いた妄執の叫びが、耳の奥で甦る。

ぎゅっと固く目をつむり、全身を侵す恐怖に耐える。絞り出した声は、自分でもみっともないほど、震え、かすれていた。

「まだ十代半ばで、ぜひにと望まれ、嫁いだひとり目の夫は……。男性としての役割を、果たせぬ身体の方でした……」

ひと目見て香淑に魅せられたのだと、求婚者達の誰よりも熱烈に香淑を求めた金満家の名家の長男に、両親は香淑を嫁がせた。

その陰にどれほどの金銭のやりとりが、どんな裏の約束が交わされたのか、何も知らぬまま、まだ年若い娘だった香淑は、誰もが羨むような盛大な式で花嫁として嫁ぎ。

異変は、初夜の床で始まった。

お前でも、駄目なのかと。これほど求めているのに、なぜ、うまくゆかぬのかと。責められ、なじられ――。

だが、夫の身に何が起こっているのか、閨の知識など必要最低限しか与えられていなかった香淑に、わかるはずがなく。

『お前も、俺を嘲っているんだろうっ⁉　夫に値せぬ情けない男だと、その綺麗な顔の裏側で――っ！』

理不尽な罵声を浴びせられ頰を張られた時も、香淑は己の身に何が起こったのか、まだわかっていなかった。

ただただ、求婚の時には誰よりも優しかった夫が、悪鬼と化したのが恐ろしくて。

じんじんと痛む頰を押さえ、涙を流して怯えながら夫を見上げることしかできなくて。

――香淑の泣き顔を見た途端、夫の顔が喜悦に歪んだのが、何より恐ろしくて。

『ああ、香淑。可愛い香淑。お前だけはわかってくれるだろう？　俺は出来そこないなんかじゃない！　俺はこの家の跡取りだ！　未来の主人だ！　この家の者は皆、俺に屈服して当然なんだっ！』

濁った目に妄執を宿し、十歳以上も年の離れた新妻をかき抱く夫の腕の中で、香淑はただただ、震えることしかできなかった。

「年若く愚かなわたくしは、何も知らなかったのです。婚家の人々が、夫を持て余していたこと。叶うならば、出来の良い次男に家を継がせたいと思っていたこと。ですが、兄を差し置いて弟が嫁を取るなど、世間体が悪いもの。夫も、許しはしなかったでしょう。わたくしは、そんな夫をなだめるための……。彼の癇癪を受け止め、鎮めるために選ばれた、贄だったのです」

夫は、他のものをすべてなげうつかのように香淑に溺れた。新妻をなじり、罵倒し、暴力を振るって怯えさせることを、溺れると表現してよいのなら。

何も知らない香淑は、己を責めた。

絹の衣と宝石で着飾らせた香淑を連れて、貴族達の集まりに出かける時の夫は、家でのふるまいが夢かと思うほどに優しくて。

けれど、家に戻るなり、いつも香淑を罵ったから。

きっと、妻として至らぬところがあるのだ。だから、だんな様はいつも、あれほどお怒りになられるのだろうと……。

けれども、香淑が貴族の妻としての教養を身につけようと、夫を気遣おうと、叱責されるばかりで。何かすれば余計なことをと責められ、何もしなければ夫を敬う気持ちがないのかとなじられ。

いっそのこと怯えなければよいのかと耐えれば、人形のような顔が気に食わんと、いつもより苛烈に責められ……。

家人も侍女も決して来ぬ、奥まった一室に連れてゆかれ押し込まれる時が、何より怖かった。

そこでは、香淑がどれほど泣こうと、夫が罵倒の叫びを上げようと、誰にも声が届かなかったから。今なら、届いたところで誰も助けてくれぬとわかっているが、当時の香淑は、悪鬼と化した夫と狭い小部屋に二人きりになるのが、何より恐ろしかった。

実家に窮状を訴えることも許されず、義理の両親からは、お前がいたらぬ嫁だから息子もあなのだ、せめてよく仕えろと一方的に言い捨てられた。

片時も香淑を離さぬ夫は、むろん、香淑が自死することも許してくれず、香淑に同情した侍女のひとりが、実家へ香淑の惨状を伝えようとしてばれ、酷い折檻を受けて解雇されるに及んで、香淑は諦めた。

自分には、この地獄から抜け出すすべはないのだと。

だが、心の中で何度願っただろう。

いっそのこと、このまま死なせてほしいと。叶わぬならば、もう二度と夜が明けなければいいと。

事態が変わったのは、修養のために他家に身を寄せていた次男が、新妻をともなって帰ってきたことがきっかけだった。

もともと不仲だった兄弟は、弟が帰ってきても仲が改善されるわけがなかった。むしろ、両親の弟への期待を目にした夫は荒れる一方で、そんな夫の仕打ちに耐える香淑は、ある日、人目を忍んで義弟に告げられたのだ。

『本当は、わたしがあなたを花嫁にと望んでいたのです。それを下劣なあの兄が……っ！

今からでも遅くはありません！　兄など捨てて、わたしと一緒になりましょう！』

と。夫を捨て、あろうことか義弟に走るなど、人として、できるわけがない。しかも、彼とて愛らしい新妻を連れ帰ったばかりなのだ。

『ご冗談はおやめくださいませ』

　こんなところを夫に見られたら、どれほど苛烈な折檻を受けるだろう。香淑は怯えて逃げようとしたが、義弟は許してくれなかった。

『冗談などではありません！　あなただって、あの男にはほとほと手を焼いているのでしょう⁉　何をためらうことがあるのです⁉　どうせ、三年たっても夫婦の契りすら交わせていないのでしょう⁉』

　力ずくで壁に押しつけられ告げられた言葉に、なぜそれを知っているのかと、香淑は凍りつく。動きを止めた香淑に、義弟は嘲るように鼻を鳴らした。

『うちの者なら、誰だって知っています。あんな奴が一足早く生まれただけで、わたしはいつまでも……っ！』

　ぎり、と奥歯を噛みしめた顔に浮かんでいるのは、義理の姉への恋慕の情ではない。実の兄への抑えきれぬ深い憎悪だ。

『溺愛している妻を弟に寝取られたら、どんな顔で泣き喚くんだろうな？』

　本心を露わにした義弟が、香淑の口を手のひらでふさぎ、引きずるようにそばの空き部屋に連れていく。香淑は必死で抗ったが、娘の力で成人男性に敵うわけがない。

のしかかってきた重い身体の下で、無我夢中で抵抗して。

義弟の口から、濁った絶叫がほとばしったのは、乱暴に帯を解かれた時だった。

背中から兄に斬りつけられた義弟が、蒼白な顔で兄を振り返り、血濡れた刃に悲鳴を上げる。

『ちがっ、これは……っ！　この女から誘ってきたんだ！　女の悦びを教えてくれって！　だから……っ！』

背中から血を滴らせながら逃げる弟を、兄は見もしなかった。

妄執でぎらつく目で香淑を見下ろし、剣を振りかぶり――。

自分の血の海の中で、どんどん重く冷たくなる身体を感じながら、香淑の胸によぎったのは、ようやくこの地獄から抜け出せるのだという安堵と、泣きたくなるくらいの悔しさだった。

このまま、こうやって死ぬだけなのかと。自分の人生は、夫の玩具のまま、ここで終わってしまうのかと。

もし、あの時、狐空が取り憑いていなければ、香淑はあのまま死んでいただろう。

香淑にとって、狐空は命の恩人に等しい。

「夫はわたくしを斬りつけた後、自らを剣で貫いて自害しました。義弟も、夫に斬られた傷がもとで一か月後に亡くなり……。わたくしがいたせいで、こんなことになったのだと、傷が癒えぬままに婚家を追い出され、実家に戻らされました」

が、二度目の結婚は、夫の喪が明けるやいなや、すぐにやってきた。

「二人目の方は、還暦を過ぎて、ずいぶんお年を召した方でした。わたくしよりもずっと年上の、成人された息子様や娘様がおられて……。残された人生を、亡き妻に似た新妻と、心穏やかに過ごしたいのだと」

　本当はもう、嫁ぎたくなどなかった。

　けれど、両親よりも年上の風格のある老人に、残りの人生を彩る花になってくれぬかと、頭を下げて望まれて。

　身体に傷があるのだと告げても、相手は引かなかった。それでも、香淑がよいのだと。両親の強い希望もあり、また、すでに跡取りもいる相手なら、閨の務めもほとんどなかろうと、両親に説得されて嫁いだのだが。

「婚礼の夜……。二人目の夫は、わたくしを前に、心から愉快そうに笑って告げました。ひとり目の夫がわたくしを連れ歩いていた時から、目をつけていたのだと」

『ようやくわしのものに……。さあ、見せてみろ。あの男にどんな躾をしてもらった？　どんな泣き顔で許しを乞うていた？　今度は、わしのために悲鳴を聞かせてくれ――』

　情欲ではない。もっとおぞましい欲望でしわだらけの顔を歪ませていた二人目の夫の醜悪な笑みを、香淑は決して忘れられぬだろう。

　ようやく逃れられたと安堵していた地獄に、ふたたび連れ戻された絶望とともに。

　ただ、香淑にとって幸いだったのは、高齢だった夫の体調がかんばしくなかったことだ。

『あなた様の妻となったわたくしは、ここ以外にどこへも行けぬのですから……。まずはゆっくりと休まれて、体調をお戻しください』

逃げられるものなら逃げ出したい。けれど、どこへ行く当てがあるというのか。

心の中の絶望を押し隠し、香淑は妻としてかいがいしく世話をした。

そして、そろそろ快癒するかという日の朝に。

「夫は、自ら首を吊っておりました……」

榮晋に告げる声が震える。

遺族達は、香淑を疑った。我が家の財産を奪おうとしている女狐の仕業に違いないと。

しかし、官憲がいくら調べても、自殺であると結果は覆らず。

たった一か月、妻ではなく侍女の真似事をしていたお前などに継がせる遺産はないと、香淑は遺族達に邪険に実家に追い返された。

あの女は『夫君殺しの女狐』だ、という噂とともに。

二度も夫と死に別れ、不名誉なあだ名を持ち帰った娘に、両親は冷ややかだった。

お前など、嘉家の面汚しだと。なじられ、ほんの数人の侍女とともに離れに押し込まれ、それでも香淑は、心のどこかで安堵していた。

『夫君殺しの女狐』という噂が立った自分に、求婚してくる者など、もう現れまい。

どんな夫に嫁がされるのかと怯え暮らすくらいなら、両親から疎まれようと、実家の離れで気心の知れた侍女達と穏やかに過ごすほうが、よほどよいと。

だが。二人目の夫と死に別れて数年後に、新たな求婚がもち上がった。

「三人目の夫は、地方の成金でした。家格を得るために、嘉家との婚姻を望み……。没落し始め、困窮していた両親は、多額の婚資と引き換えに、わたくしの結婚を認めました。不名誉な噂を立てられた娘でもまだ、売れる価値があったと喜んで……」

香淑は苦く呟いて、うつむきがちだった顔をさらに伏せる。

話し出してから、一度も榮晋の顔を見ていない。

視線を上げる勇気がない。今、榮晋の侮蔑のまなざしを目にしたら、心が挫けて言葉が出なくなるだろう。

三度目の結婚に、不安を抱きつつも、同時にかすかな希望を抱いたのは確かだ。三人目の夫となる青年は、成金ゆえの粗野な部分が両親の顰蹙を買っていたが、香淑にはそれが逆に好ましく思えた。

『女人への贈り物など、これまで妓女相手にしかしたことがないので、喜んでもらえるかわかりませんが……。あっ、いえっ！　もちろん結婚したら、妓楼になど行きませんので！』

そう告げる青年は、女性をいたぶって喜ぶような性格にはとても見えなくて。

今度こそ、ようやくふつうの夫婦になれるのだと。

気位の高い嫁だと嫌われぬように、よく仕えよう。たとえ、苦労することがあっても、夫婦で乗り越えてゆこう。そう、思っていたのに。

「夫は強盗団とつながっておりました。婚家の富は、違法な手段で作られたもので……。名家とつながりを持てば、正体がばれそうになっても、官憲の目を欺けるかもしれないと……。ですが、それは夫の仲間達には裏切りに思えたのでしょう。婚礼の夜に、賊達が襲ってきたのです」

怒号と悲鳴、断末魔の叫びが交錯する婚礼の場で。

「夫は、わたくしを賊に差し出して命乞いをしました。嘉家の血を引く子どもさえ生まれれば、父親なんてどうでもよいのだと言い放って」

命乞いは実らず、夫は香淑の目の前で刺し殺された。

香淑には、そこからの記憶がない。

気がついた時には、婚礼が行われていた堂の階の前で、ひとり倒れ伏し、異変を聞きつけ駆けつけてきた大勢の官憲達に取り囲まれていた。

堂の中では、賊達と婚家の人々が折り重なるように死体となっており、官憲達は首をかしげていたが、おそらく、婚家の人々を殺戮した後、仲間割れを起こして殺し合ったのだろうと、結論づけられた。

当時は、なぜ香淑だけが無傷で助かったのかわからなかったが、今ならわかる。狐空が助けてくれたに違いない。

だが、惨劇の場でひとりだけ生き残ったという事実は、否が応でも『夫君殺しの女狐』の悪名を高めた。

激怒した両親に軟禁するように離れに押し込められ、香淑は、このまま生ける屍のように朽ちてゆくだけだと、人生を諦めていた。

――榮晋との結婚が降ってわくまでは。

香淑が話し終えると、重い沈黙が部屋を満たした。

勢いを増した雨脚が、漣のような音を伝えてくる。香淑にはそれが、自分の代わりに空が泣いているように思えた。

うつむいたまま、香淑は萎えそうになる意志を奮い立たせ、かすれる声を絞り出す。

「……これで、おわかりでしょう？　わたくしなど、死んでいるも同然の存在なのです。忌まれ、蔑まれ……。ですが」

榮晋と視線を合わせぬまま、椅子から下りると、香淑は床に両膝をついて、深く頭を垂れる。

「このようなわたくしでも、榮晋様のお役に立つことはできます。どうか、わたくしと狐空に、榮晋様の呪いを解くお手伝いをさせてくださいませ」

深くうつむいたまま、香淑は榮晋の言葉を待つ。

たとえ、嫌悪されようと、引く気はない。

人と妖の差こそあれ、自分と同じような苦しみを背負った榮晋を、放っておけるはずがない。

たとえ思惑ずくとはいえ、榮晋は香淑を娶り、ひとときの夢を見せてくれた。大當からも庇ってくれ——さらには、香淑を傷つけたと、膝までついて詫びてくれた。

今まで誰ひとりとして、香淑の心を思いやってくれた夫はいなかったというのに。

「なぜ……？」

榮晋が呆然と、かすれた声で問う。声音に宿るのは、信じたくないことを無理やり聞かされたと言いたげな忌避の響きだ。

榮晋からすれば、なぜ香淑が手を貸すのか、わけがわからぬのかもしれない。

香淑は自嘲を口元にのせて、薄く笑む。

「……今でも、夫達に受けた仕打ちが、ときおり心に甦るのです。全身を苛むほどの恐怖とともに……」

固く両手を握りしめ、香淑は甦りそうになった恐怖を胸の奥に押し込める。

「きっとそれは、わたくしが、自分では何もしなかったからですわ。ただただ流されるままに、恐怖に抗いもしなかった罰なのでしょう。ですが」

香淑は、真摯な祈りを込めて榮晋を見上げる。

「榮晋様は、わたくしとは違います。道玄様も晴喜も、狐空もおります。榮晋様さえお心を決められたら、きっと媢茗を倒せましょう」

祈るのは、大切な人の幸せ、ただひとつ。

「どうか、榮晋様はわたくしと同じ轍は踏まないでくださいませ。榮晋様は、まだお若いのですもの。過去は覆せませんが、未来は望むままに変えられますわ」

榮晋を安心させるべく、香淑は柔らかに微笑む。

「ご安心くださいませ。娟茗を倒した後まで、榮晋様の重荷になるようなことはいたしません。狐空とともに、どこか遠い町へまいりますから、どうか、お気になさらず離縁なさ——、っ⁉」

突然、榮晋の椅子ががたりと大きな音を響かせたかと思うと、思いきり腕を引かれる。

次の瞬間、香淑は膝をついた榮晋に力いっぱい抱きしめられていた。

「なぜ、そのように笑っていられるのです⁉」

榮晋がひび割れた声で問う。

「わたしでは想像も及ばぬほど、つらい目に遭われたというのに、どうして他人を想って優しく笑えるのです⁉」

「え……？」

思いがけないことを問われ、きょとんと呆ける。

「年端もいかぬ花嫁をいたぶって喜ぶなど……っ！」

背中に回された榮晋の腕に、ぎゅっと力がこもる。

「そんな者がいるなど、同じ男の風上にもおけぬ！　それどころか……っ！」

榮晋が、この上もなく苦い声を絞り出す。

「そのような夫達に傷つけられてきたあなたをさらに傷つけたなど……っ！　わたしも

そいつらと変わらぬ下衆だっ！　自分で自分に反吐が出る！」

ゆっくりと身を離した榮晋が、そっと右手で香淑の頰にふれる。

「わたしは、あなたにどう償えばいいのです……っ？　わたしがあなたに行った酷い仕打ちを、どうやって償えば……っ」

「ですが、それは榮晋様の本意ではなかったのでしょう？」

香淑は頰にふれる榮晋の手の甲に、左手を重ねる。

「榮晋様は前の夫達とは違うと、存じておりました。わたくしにきつい言葉をおっしゃるたび、榮晋様のほうが、傷ついた目をなさってらっしゃいましたもの……」

榮晋の大きな手が頰にふれているだけで、嬉しさと安堵に、泣きたいような気持ちになる。かつての夫達に与えられた恐怖が、少しずつ融かされていくようだ。

大嘗に罵声を浴びせられた日、縋りたいと願った手が、思いやりにあふれて香淑の頰にふれてくれているなんて。

嬉しさのあまり、くらりと酩酊するような感覚を覚えながら、香淑は言葉を紡ぐ。

「叶うことなら、知りたいと願っておりました……。榮晋様が、ときおり縋るようなまなざしをなさる理由を。昨夜、知ったことは、衝撃的なことばかりですけれど……」

真っ直ぐに榮晋を見つめ、香淑は心にあふれる想いのままに微笑む。

「ようやく、榮晋様のお心にふれられたようで、嬉しゅうございました」

告げた瞬間、頰を包んでいた榮晋の手が、頭の後ろに回った。

ぐいっと強く引き寄せられ、驚く間もなく唇をふさがれる。

言葉にならぬ想いを伝えようとするかのような、深いくちづけ。

結い上げた髪の間に差し入れられた榮晋の指先が優しく髪を梳（す）くのとは裏腹に、背に回された腕は、逃さぬと言わんばかりに力強い。

何が起こったのかわからず、榮晋に与えられる甘い熱に戸惑っていると。

「……必ず、媚茗を倒します」

名残惜しそうに唇を離した榮晋が、決意に満ちた声で告げる。

「わたしには、道玄のような力もありません。武芸に秀でているわけでもない。けれど、あなたと狐空殿のお力も借りて、必ずや媚茗を倒してみせます。あなたを危険には晒（さら）しません。わたしの身を懸（か）けて、あなたを守ります」

だから、と、榮晋が祈るような声で問う。

「すべてが終わったら、もう一度、あなたに求婚してもよいですか……？」

「え……？」

きょと、と瞬（まばた）きした香淑を、榮晋が切望を宿した瞳（ひとみ）で覗（のぞ）き込む。

「もし、あなたさえ許してくださるのなら――。媚茗から解放された後の人生を、わたしとともに歩んでくださいませんか？」

言われた内容を理解した瞬間、頭が真っ白になる。

「何をおっしゃるのです!?　わたくしなど……っ。『夫君殺しの女狐』を本当の妻にしては、丹家の名に傷が──」

「丹家の名など」

言い募ろうとした香淑を、榮晋の力強い声が遮る。

「そんなもの、どうでもよいのです。わたしが、あなたを欲しているのです。──あなた以外の妻など、考えられません」

身を離した榮晋が、気持ちを抑えきれぬとばかりに姿勢を正して跪き、かけがえのない宝物のように、両手で香淑の手を握る。

「わたしは、真実を見抜く目も持たぬ酷い男です。どれほど償おうが、わたしがあなたに犯した罪は消えぬでしょう。それでも──。もし、一縷の望みがあるのなら、わたしにあなたに求婚する機会を与えていただけませんか？」

祈りに満ちた真摯な声。

緊張に震え、冷たくなっている指先を、香淑は優しく握り返して首を横に振った。

「求婚など、いりません」

「っ！」

榮晋の白皙の美貌が絶望に歪む。香淑はあわてて言を継いだ。

「だって──。わたくしはもうすでに、榮晋様の妻でございましょう？」

香淑、と呼ぶと同時に、榮晋が抱き寄せる。

続く声は吐息にまぎれて言葉にならない。

心と唇が、初めて一緒に重なり合う。

もどかしげに香淑の唇をなぞる舌を、熱い吐息とともに受け入れる。お互いの呼気と舌が絡まり合い、甘い熱に酔いしれる。

歓喜に思考が酩酊し、心が求めるままに唇を重ね合い。

「──このまま」

香淑をかき抱いたまま、絡みあう吐息の合間に榮晋が問う。

「このまま、あなたを本当の『妻』にしてもよいですか？」

熱情を宿してかすれる声。

香淑は、ただでさえ熱い頬が、燃えるように染まるのを感じる。

甘い熱に浮かされるまま、こくんと小さく頷いた途端、榮晋が香淑を横抱きに抱え上げる。歩を進めた先は、部屋の奥、衝立の向こうに備えられた寝台だ。

壊れものを扱うかのように、そっと大切に横たえられ。

「あ、あの……っ」

雨が降っているとはいえ薄明るい部屋に、香淑は思わず狼狽えた声を上げた。

「さ、先ほど、ご覧になられたでしょう？　わたくしには醜い傷が……っ。目に入れば、榮晋様がご不快に……っ」

先ほど傷を榮晋に見せた時は、香淑の過去を知れば、蔑まれ、疎まれるものと信じて疑わなかったから、見せられたのだ。

榮晋に求められたのは、舞い上がるほどに嬉しい。

だが、喜びの分だけ、先ほど目を逸らされたように榮晋に嫌悪されたらと思うと、不安で、いてもたってもいられなくなる。

押しとどめようとする香淑に、寝台に上がろうとしていた榮晋が動きを止める。と。ぎ、と寝台を軋ませて香淑に覆いかぶさった榮晋が、右手で香淑の衣をくつろげ、覗いた傷跡にくちづける。

「不快になど、思うわけがありません。この傷をも含めて、あなたなのですから」

榮晋の唇と熱い吐息が肌を撫で、香淑は身を震わせる。

「あなたが言った通り、過去は覆せません。ですが、その過去があってこその今のあなたならば」

榮晋の唇が傷跡を辿る。

「あなたのすべてが、愛おしいのです」

吐息がふれるだけで甘い漣が身体を満たし、声を洩らしそうになる。

「そして、これからは」

榮晋が身を起こし、とろけるような笑みを見せる。

「過去の傷など霞むほど、わたしがあなたを幸せにしてみせます」

言葉にならぬ喜びが全身を満たす。

心におさまりきらぬ感情が、涙となってあふれ出て頬を伝う。

「今でさえ、もう十分に――」

幸せで満たされておりますのに。

そう紡ごうとした唇は、榮晋にふさがれた。

「いいえ。わたしは足りません。あなたの熱を、もっと深くまで味わいたい」

熱い吐息をこぼして離れた榮晋の唇が、まなじりの涙を優しく吸いとる。

同時に、榮晋の指先が素肌にふれ、香淑は全身をさざめかせる感覚に身を震わせた。

「あ……」

反射的に身じろぎ、榮晋を押し返そうとした手を、長い指先に搦めとられる。

「あなたに無理強いはしたくない。ですが……。わたしはもう、待てません」

熱情に潤む艶やかな声。

その声と熱のこもった視線だけで、全身が炙られたように熱くなる。

搦めとった手を持ち上げた榮晋が、ちゅ、と指先にくちづける。

「嫌だと言うのなら、今が最後の機会です。今すぐこの手を振り払ってください。でなければ――」

香淑を見つめる闇色の瞳が、ふと悪戯っぽい光を宿して笑む。

「抗いの言葉を言えぬよう、愛らしい口をふさいでしまいますよ？」

かつて、余計な口を叩くなと告げた人物と、同じと思えぬほどの甘い声。

こくり、と香淑は榮晋とまなざしを合わせたまま、小さく、けれどもはっきりと頷く。

艶やかな声が、こらえきれぬとばかりに香淑の名を紡ぎ。

下りてきた唇を、香淑は愛しさのままに受け止めた。

◆　◆　◆

腕の中のあたたかな重みが身じろぎした拍子に、榮晋は目を覚ました。

うたた寝している間に雨が上がったらしい。あれほど陰鬱(いんうつ)だった暗雲は、いつの間にか、夕刻の穏やかな茜色(あかねいろ)に染まっていた。雲の切れ間から柔らかな陽射しが優しく降りそそいでいる。

己の腕の中で眠る香淑を見た途端、榮晋はあふれ出す愛しさのままに、たおやかな身体を抱き寄せた。

感情まで凍らせるような媚茗の冷たさとは対極の、幸福そのもののあたたかさ。

抱き寄せた拍子に、香淑が閉じていたまぶたを震わせ、ゆっくりと目を開ける。

「榮晋、さま……？」

ぼんやりとした声が、現状を把握した途端、小さく息を呑(の)む。離れようとする身体を、榮晋は逆に抱き寄せた。

絹のようになめらかな素肌に、鎮(しず)まったはずの情動がふたたび芽吹きだす。

愛しくて、片時も離したくない。

「その……。無理をさせませんでしたか……？」

榮晋の腕の中で恥ずかしそうに身を縮めている香淑に不安を隠せないままに問うと、こくん、と小さな頷きが返ってきた。

「だ、大丈夫です。その……」

すもものように熟れた顔が、さらに紅(あか)く染まる。

「嬉(うれ)しゅう、ございました……」

榮晋の胸に額を寄せ、香淑が消え入りそうな声で囁(ささや)く。

新妻の初々しさに、榮晋は香淑を抱く腕に思わず力をこめた。

「夢を見ているのではないかと不安になるほど……。まるで生まれ変わったような、信じられぬ心地なのです」

乱してしまった髪を梳(す)きながら、榮晋は囁くようにこぼす。

「今朝までは、死にたくて死にたくて仕方がなかったというのに……。今は、石にかじりついてでも生きたいと願っているのです。あなたと一緒に」

腕の中の香淑が面輪を上げる。榮晋は視線を合わせると、気恥ずかしさに微笑んだ。

「現金な奴だと、呆(あき)れますか？」

「いいえ」

香淑がふるりと首を横に振る。

「信じられぬのは、わたくしも同じですもの……。もう、とうに諦(あきら)めておりました。

『夫君殺しの女狐』と呼ばれるわたくしを、妻として慈しんでくださる方など、現れまいと。ですのに……」

香淑の頬に朱が散り、恥ずかしげに長いまつげが伏せられる。

とても年上とは思えぬ愛らしさに、榮晋は思わず香淑の顎に手をかけて上を向かせると、唇を重ねた。

おずおずと、けれども受け入れて返してくれる反応に、愛しさで頭の芯がしびれそうになる。

香淑のあたたかさが心まで満たしてゆく。

もう一度この熱を味わいたい衝動を、理性を振り絞って自重する。別室へ移動した道玄達は、いつまでたっても出てこぬ榮晋と香淑を、どう考えているだろう。

ずっと香淑を抱きしめていたい気持ちをこらえ、ゆっくりと身を離す。

「香淑……。名残惜しいですが、ひとまず道玄達のところへ行きます。あなたは身体がおつらいでしょうから、そのままで……。必要なら、呂萩を遣わせるが……？」

告げた瞬間、香淑が呆けた顔をした。かと思うと、心の底から狼狽えた様子で、視線を左右に揺らす。

「そ、そうですわ。道玄様達が、別室でお待ちに……」

語尾が恥ずかしそうに消えてゆく。伏せられた顔は、耳の先まで真っ赤に染まっていた。

榮晋とて、つい先ほどまで道玄達の存在が頭から抜け落ちていたのは同様だ。というか。

「……香淑に手を出したと、狐空殿に殺められてしまうだろうか……？」

せっかく、生きようと決意したというのに。

ぽつりと不安を洩らすと、香淑が千切れんばかりに首を横に振った。

「そんなこと、させませんわ！　万が一、そんなことを狐空が言い出したら、わたくしが説得いたします！」

頼もしいほどきっぱりと断言した香淑が、「だって……」と小声で続ける。

「狐空は、知っておりますもの。わたくしが何よりも望んでいることは何か……。だからこそ、媚茗を倒すのを手伝ってほしいという願いを、聞いてくれたのですから……。その狐空が榮晋様を手にかけるなど、ありえませんわ」

「一番の、望み……？」

これまでさんざん香淑のことを見誤ってきた自覚があるだけに、思わず不安に駆られて問う。

もし、香淑に無理をさせたのだとしたら、罪悪感でどうにかなってしまいそうだ。

「その……」

と、香淑がためらうように視線を伏せた。

「榮晋様からすれば、他愛のない戯言でしょうけれども……。今度こそ、だんな様と添い遂げられたらと……。子を産んで育み、共に白髪になるまで寄り添えたらと……。本当は、ずっと願っていたのです」

ろくでもない夫にばかり嫁がされてきた香淑の、望みと言えぬほどにささやかな願いに、気がつくと榮晋はふたたび香淑を抱きしめていた。

「願うというのなら、わたしのほうです！　どうか、あなたと添い遂げさせてくださいと……っ！　あなたを娶ることができた幸運を、何に感謝すればよいのか」

香淑の望みを叶えるためなら、なんであろうとできる気がする。

媚茗の呪いを、解くことさえ。

「何があろうと、媚茗の呪いを解いてみせます。わたし自身は無力ですが、道玄も狐空殿も、晴喜もいる。何より、あなたがいれば、怖いものなどありません」

この腕の中にいる大切で愛しい人を、必ず幸せにしよう。

胸にあふれる愛しさのままに、榮晋は香淑を抱き寄せる腕に力を込めた。

「男ぶりが上がったんじゃねえのか？　まるで、生まれ変わったような顔をしてるぜ」

香淑を別室に残したまま、榮晋が道玄達が待つ部屋に入ると、扉をくぐるなり、道玄のからかい交じりの声が飛んできた。榮晋は笑ってゆったりと首肯する。

「ああ。自分でも、生まれ変わった心地だ」

気恥ずかしさはあるが、それよりも言い知れぬ喜びが勝っている。道玄も口調こそからかい交じりだが、まなざしには出来の悪い弟を見守るような優しさが宿っていた。

一方、狐空は榮晋が部屋に入ってきた時から、端整な美貌をしかめ、唇をひん曲げて榮晋を睨みつけている。

部屋の中には道玄と狐空しかいなかった。榮晋の視線を読み取った道玄が口を開く。

「呂萩のばあさんは、あまり長い間、屋敷を空けていては心配だと、ひと足先に晴喜と丹家に戻ったぜ。心配していたから、帰ったら声をかけてやるといい」

「わかった」

頷いた榮晋は、道玄と狐空の前に歩み寄ると、床に両膝をついた。

深々と頭を垂れる。

「道玄。狐空殿。あらためて、お願いします。わたしはなんとしても媚茗を倒し、呪いから解放されたいのです。どうか、卑賤のこの身にご助力を願います」

道玄と狐空が、榮晋の突然の行動に押し黙る。

ややあって。

「オレは最初からそのつもりだって、前に言っただろ？」

道玄が明朗な声で告げる。顔を上げた榮晋の視線が、快活な笑みにぶつかった。

「妖の呪いを解くには、まず取り憑かれている奴が解きたいと強く願わねぇことには、どうにもならねぇ。お前が媚茗を倒すと心に決めたのなら、オレは全力で応えてやるよ」

「道玄……。ありがとう。お前には、いくら感謝してもし足りないな」

しみじみと礼を述べると、「だからなぁ！」と呆れたように鼻を鳴らされた。

「今度は新妻に浮かれてやがるな!? 礼なんざ、全部が終わってからでいいんだよ！ それよりも、しっかりと覚悟を決めておけ！ 何があろうと媚茗を倒す、絶対に香淑殿を守るってな！ まっ、香淑殿は狐空が意地でも守るだろうが」

道玄の返事に、榮晋は先ほどからずっと不機嫌極まりない顔でこちらを睨みつけている狐空に視線を移す。

「狐空殿――」

榮晋が言い終わるより先に。

「俺は、お前が気に食わない」

金の目をすがめ、狐空がきっぱりと言い放つ。

榮晋は顎を引いて狐空の言葉を受け止めた。香淑にした行いを考えれば、狐空にどれほど罵倒されても仕方がない。榮晋を睨みつける金の瞳は、刃のように鋭く、刺々しい。

「傲慢で、無情で、己のことしか見えていない硝子玉の目の愚か者で、おまけに蛇の妖に取り憑かれているときている。度し難いな」

侮蔑を隠そうともしない狐空の言葉が、矢のように突き刺さる。

が、優しい香淑が榮晋を責めなかった分、狐空に責められたほうが、逆に気が楽だ。

榮晋が黙して狐空の次の言葉を待っていると、狐空が、はんっ、と苛立たしげに鼻を鳴らした。

「俺からすれば、なぜ香淑がお前を選んだのか理解できんな。まったくもって、気に食わん」

金の瞳が、それだけで人を殺められそうなほど剣呑な光をたたえる。

が、榮晋は反論するどころか、まったくその通りだと首肯した。

「狐空殿のおっしゃる通りです。香淑が、なぜわたしでよいと言ってくれたのか……。わたし自身、まだ信じられぬほどです」

「違う」

告げた途端、狐空が荒々しく即座に否定する。

「香淑が人生の伴侶をこいつ『で』いい、なんて選ぶものか。香淑は、お前『が』いいと選んだんだよ」

「っ！」

まさか、そんな言葉が狐空から飛び出すとは思わず、絶句する。

とっさに言葉が出てこない榮晋を、狐空がちらりと見やり。

「俺は、心底、お前が気に食わない。──が。香淑のために、助けてやる」

放たれた言葉の落差に、榮晋はぽかんと呆ける。榮晋を睨みつけながら狐空が言を継いだ。

「勘違いするなよ？　俺はお前なんざ、心底どうだっていいんだ。だが、香淑がお前を助けてほしいと願うから、助けてやる」

「はははっ、おい狐空、素直じゃねえなぁ。榮晋なら香淑殿を任せられるから助けてやるって、正直に言えよ」

道玄が大笑いしながらまぜっ返す。狐空が不愉快そうに鼻の頭にしわを寄せた。

「笑えない冗談はやめろ！　心にもないことを言うか！　俺がこいつを助けてやるのは、あくまで香淑のためだ。それ以外には、指の一本、尻尾のひと振りだって、動かしてやる気はない！」

「ありがとうございます！　それだけで十分でございます！」

呆然と狐空と道玄のやりとりを聞いていた榮晋は、我に返るとあわててふたたび頭を下げた。

「香淑を幸せにするためならば、わたしはどんなことでもいたします！　そのために、どうか……。媚茗の呪いを解くために、ご助力ください！」

唇を引き結び、じっと狐空の言葉を待っていると。

「……対価は、一生だ」

低い声で、狐空が告げる。

榮晋は無言で顔を上げる。金の瞳が、強い光を宿して榮晋を見つめていた。

「一生をかけて、香淑を幸せにしろ。もし今度、香淑を傷つけて泣かせてみろ。俺が即座にお前を叩きのめしてやるからな」

挑むように告げる狐空に、榮晋も視線を逸らさず深く頷く。

「肝に銘じます。ですが、香淑を泣かす気はありません。わたしの生涯を懸けて、香淑を守り、幸せにいたします。狐空殿を舅として敬いましょう。わたしに至らぬところがあれば、どうか遠慮なくご指導ください」

「わっはっは！　妖狐が舅か！　こいつは聞いたこともねぇ話だな！」

こらえきれないとばかりに道玄が吹き出す。対する狐空は、泥団子を口に突っ込まれたような渋面だ。

「舅殿なんて呼んでみろ！　口を縫いつけてやるぞ！　だが……。本当にいいんだな？　俺は香淑から出ていく気なんざないぜ。ま、そもそも出ていく方法もないんだが」

「もちろんでございます」

迷いもなく、即答する。

「香淑を今まで守ってこられたのは、狐空殿です。であるならば、わたしは香淑のすべてを慈しむだけでございます」

「お前に慈しまれるなんて、考えるだけで鳥肌が立つ！」

狐空が心底嫌そうに吐き捨てる。道玄がおかしくてたまらないとばかりに大笑いした。

「わっはっは！　意外と相性がよさそうじゃねぇか。榮晋の旦那が、ようやく呪いを解くと覚悟を決めたんだ。オレも、力を尽くさなけりゃあな」

笑いを収めた道玄が、懐から古びた意匠の小刀を取り出す。

「旦那。こいつを渡しておこう。この間、手に入れた蛇の妖に効くっていう触れ込みの小刀だ。なんでも、さる寺院に納められていたらしいが……。御託はともあれ、こいつなら媚茗を傷つけることも可能だろう。旦那を丸腰にするわけにゃあいかねえしな。それに、ひょっとしたら、旦那なら媚茗の隙を突けるかもしれねえ」

「……ああ」

木製の鞘に納められた小刀を、榮晋は両手で握りしめた。内に秘められた刃の重さをずしりと手に感じる。

媚茗を倒す。そう考えるだけで、今まで媚茗に刻みつけられた恐怖が、全身を侵そうとする。だが。

「必ず、媚茗を倒す。そして――香淑と、添い遂げてみせます」

香淑を想うだけで、身体の奥底から恐怖を打ち払う力が湧いてくる。

「そのために……。どうぞ、お力をお貸しください」

小刀を強く握りしめ、真っ直ぐ顔を上げた榮晋に、狐空と道玄の力強い頷きが返ってきた。

◆　◆　◆

榮晋は、媚茗の棲み処である古びた堂の扉に手をかけると、ゆっくりと押し開けた。

闇に閉ざされた堂の中から流れ出たひやりと重く甘い空気が、からりと晴れた初夏の朝のさわやかな空気を、不穏なものへと塗り替えてゆく。

榮晋が扉を大きく開けるのと合わせるかのように、隣に立つ香淑の身体が震え出す。

立っているのもやっとという様子で、両腕を己の身体に巻いて震える香淑の背を、榮晋は無慈悲に突き飛ばした。

小さな悲鳴を上げて数歩よろめいたかと思うと、香淑が糸が切れた人形のように、ぺたりと床に座り込む。

赤い地に金の刺繡(ししゅう)をほどこした花嫁衣装を纏(まと)った媚茗の足元に。

「あら、これは？」

蔑(さげす)みを隠さぬ視線で香淑を一瞥(いちべつ)した媚茗が、榮晋に問う。榮晋は肩をすくめた。

「お前が言ったのだろう？　気に食わぬこいつを、片づけたいと」

「え、榮晋様……？」

床にくずおれたままの香淑が、呆然とした声を出す。榮晋は、香淑を見もせず媚茗に告げた。

「お前のことだ。その手で始末したいだろうと思ってな」

「し、始末……？　いったい、何をおっしゃっているのです……？」

香淑が蒼白(そうはく)な顔で榮晋と媚茗を交互に見やる。床についた両手だけでなく、全身ががかたかたと震え、立とうにも立てぬらしい。

媚茗が楽しげに紅(あか)い唇を吊(つ)り上げた。

「ふふっ、なんて素敵な贈り物なのかしら。愛(いと)しい人からのせっかくの贈り物だもの。……せいぜい、いい声で鳴いてちょうだいね」

言うなり、媚茗の顔が、にゅ、と香淑の血の気の失(う)せた面輪に近づく。屈(かが)んだのではない。上半身は美しい女人のままの媚茗の花嫁衣装の裾(すそ)から、白蛇に変じた巨大な尾が伸びていた。

「ひ……っ」

声にならぬ悲鳴を上げた香淑の細い腰に、しゅるりと蛇身に変じた媚茗の胴が巻きつく。途端、清楚(せいそ)な美貌(びぼう)が苦しげに歪(ゆが)んだ。

「大丈夫よ。簡単に殺してなんてやらないから」

くすくすと愉悦の笑みをこぼしながら、媚茗の二叉(また)の紅い舌が、恐怖に強張(こわば)る香淑の頬を這(は)う。

「いたぶって、苦しめて……。思う存分、可愛がってあげる。己が犯した罪を、海よりも深く悔やみながら、苦しみ抜いて死になさい」

紅い瞳(ひとみ)が喜悦にきらめいた瞬間。

「……なるほど。こうも性根が歪んでちゃ、榮晋だって逃げたくなるってもんだな」

恐怖に怯(おび)えていたはずの香淑が、不意に不敵な笑みをこぼす。

香淑とは似ても似つかぬ、低い男の声で。

同時に、『香淑』の口から犬歯が伸びる。そのまま、媚茗の喉元(のどもと)に噛(か)みつこうとしたが。

「お前……っ!?」

媚茗が身を反らしたために、牙（きば）は花嫁衣装を着た肩に突き立つ。

肩の肉を齧（かじ）り取った金の瞳の『香淑』が、ぺっ、と肉片を床に吐き捨てる。

それを見る暇もなく、榮晋は懐から取り出した小刀を引き抜くと媚茗に駆け寄り、花嫁衣装から覗（のぞ）く太い尾に勢いよく突き立てた。

刃（やいば）を突き立てた傷口から吹き出したのは、血ではなく、身が凍えるほどの冷気だ。

「榮晋っ!?」

媚茗が信じられぬという表情で、大きく身をよじる。本当は刀で床に縫いとめたかったのだが、のたうつ尾の勢いに刃が抜け、榮晋は後ろにたたらを踏む。

その時には、媚茗のとぐろに巻きつかれた『香淑』は、本来の妖狐の姿に変じていた。金の毛並みが暗い堂の中で、にじむようにきらめく。

「残念だったな。苦しむのはお前のようだぜ？」

身を戒められながら、狐空が獰猛（どうもう）に嗤（わら）う。

鋭い牙が、ふたたび媚茗に突き立てられるより早く、媚茗の蛇体が狐空を締め上げる。

「お前ねっ!?　お前が私の榮晋を惑わしたのねっ!?」

媚茗の紅い瞳に燃えるような殺意が躍る。

「榮晋は私だけのものよ！　惑わす輩（やから）は、すべて殺し尽くしてやるっ！」

妄執をにじませた声とともに、花嫁衣装の下の蛇身が蠢（うごめ）く。

息ができないほどの冷気が、堂を満たす。これが媚茗の妖気なのだろう。小刀を握りしめていなければ気を失ってしまいそうなほどの威圧感。本能の奥底からせりあがってくる恐怖を榮晋は唇を噛みしめてこらえる。

狐空に肩を、榮晋に尾を傷つけられたというのに、媚茗は何ら痛痒を感じていないようだ。

「化けなければ私に近づくこともできぬ妖狐風情がっ！　肉の一片たりとも、遺してやるものかっ！」

狐空に巻きついた蛇身が締まる。金の目が苦しげにすがめられた。と。

矢のように飛んできた符が、媚茗の身体に突き刺さる。

堂の入口に姿を現した道玄が放ったものだ。道玄の後ろには、守られるように立つ香淑と晴喜の姿も見える。

「道士ごときが小癪なっ！　その女をお寄こしっ！」

香淑の姿を見た途端、媚茗が蛇身をくねらせた。

鮮血の色をした瞳が、香淑の血を求めてぎらつく。

が、香淑に飛びかかろうとする媚茗を、巻きつかれた狐空が阻む。噛みつかれ、爪を立てられた媚茗が、煩わしそうに身をよじる。

狐空が媚茗に囚われたのは故意だ。媚茗が長大な蛇身を思うままに振るえぬよう、狐空はあえて香淑に化けて媚茗の怨嗟を受けることで、動きを封じたのだ。

「おどきっ！　忌々しい狐が！」

媚茗は狐空に巻きつけた身をほどこうとするが、牙を突き立て、爪を鱗に沈ませた狐空が許さない。蛇身が傷つくたび、そこから冷気がこぼれだすが、媚茗が弱まっている気配は微塵もない。

「くそっ、やはり今のままじゃ、狐空の牙もオレの符も、ろくに効かねぇか……っ！　晴喜っ！」

「うんっ！」

道玄の声に、人身から本来の犬の姿に戻った晴喜が、堂の中へ駆け入る。

媚茗の尾が届かぬ壁際を走り、晴喜が目指すのは、堂の奥の祭壇だ。

「取るに足らぬ小妖がっ！」

媚茗が尾を振るおうとする。

させじと、榮晋は祭壇と媚茗の間に割り込んだ。上半身はなおも人間の姿を保つ媚茗の面輪が驚愕に歪む。

「榮晋っ⁉　なぜ邪魔をするの⁉　あそこには、私とあなたの絆の証が……っ！」

「絆⁉　ふざけるなっ！　呪いの間違いだろうっ⁉」

こんな時でさえ、榮晋への執着を傲慢に押しつける媚茗に、反射的に言い返す。

媚茗が二叉の舌を震わせ、金切り声を張り上げた。

「許さないっ！　許さないっ‼　私の榮晋を惑わせるなんて……っ！」

怒りとともに、媚茗の妖気が膨れ上がる。

　息もできぬ重圧に、榮晋がくずおれそうになった瞬間。

「きゃん！」

　祭壇から木札をくわえ道玄のもとに戻ろうとしていた晴喜が、媚茗の不可視の妖気の波動に、壁に打ちつけられる。

　悲鳴を上げた晴喜の口から、くわえていた木札がぽろりと落ちる。

　晴喜は立ち上がろうとしたが、叶(かな)わずよろめいて床に突っ伏した。

「晴喜っ！」

　からん、と数百年の盟約の証とは思えぬほど、軽く乾いた音を立てて床に落ちた木札に駆け寄ろうとして。

「ぐっ！」

　媚茗の尾の先に巻きつかれた榮晋の左のくるぶしが、みしりと軋(きし)む。

「榮晋。あなたは惑わされているだけよ。あなたを惑わす悪い虫は、私が全部、綺麗(きれい)に片づけてあげる。そうしたら……。また、愛しあいましょう？」

　骨まで折れてもかまわぬとばかりに、榮晋に巻きついた尾に力がこもる。

「放せっ！」

　ふれるだけで全身の熱を奪うかのような氷の尾に、小刀を突き立てようとした榮晋は、驚愕に目を見開く。

「やめろっ！」

視線の先では、道玄の後ろから飛び出した香淑が晴喜へと向かっていた。

「香淑殿！」

媚茗へと符を放った道玄が香淑を止めようとしたが、間に合わない。

二叉の媚茗の舌が、獲物を見定めてしゅるりと鳴った。狐空と榮晋を巻きとったまま、媚茗が香淑へ身を躍らせる。

「やめろっ！」

無我夢中で、媚茗の尾に刃を突き立てる。

自分の足など、折れようがもげようが、どうだっていい。

狐空も身をよじり、爪で媚茗の鱗を引き裂きながら抜け出そうとする。だが。

「汚らわしい盗っ人がっ！」

媚茗が妖気を振るう。

木札に飛びつくように手を伸ばした香淑が、見えない手に振り払われたかのように、だんっ！　と容赦なく壁に叩きつけられる。悲痛な声を上げた香淑の身体が床に崩れ落ちた。それを見た途端。

「放せっ！」

榮晋は自分の中にこれほどの力が残っていたのかと疑うほどの凶暴さで、媚茗の尾の先端を斬り落とす。

媢茗から堂を震わせるほどの悲鳴が上がる。

だが、そんなものは榮晋の耳には入っていなかった。痛みのあまり、感覚のなくなった左足を引きずるようにして香淑に駆け寄る。

「香淑っ！」

何も考えられない。自分の命より大切な者を喪うかもしれない恐怖に、思考が真っ白に凍りつく。

床に倒れ伏す香淑を抱き上げようとすると、力なく制された。

「え……しん、さま……」

震える手を、香淑が差し出す。

壁に叩きつけられてなお、香淑が手放さなかったもの。

香淑が差し出す古びた木札に、榮晋は小刀を突き立てる。その瞬間。

――ぴしり。

薄氷を踏みしだいたように、空気が軋んだ。

呆気ないほど簡単に二つに割れた木札が、そのまま、ぼろぼろと塵となって消えてゆく。同時に。

「いやあぁぁ――っ！」

媢茗の絶叫が堂を震わせ、肌を刺すようだった妖気が薄まってゆく。

真冬の冷気が、春の陽射しの中でほどけてゆくように。

媚茗の戒めから逃れた狐空の鋭い爪が媚茗の蛇体を切り裂き、突き立った牙が、鱗をものともせずに噛み砕く。

道玄が放った符が媚茗の身体に張りつくたび、どんどん妖気が薄まってゆき。

「榮晋……っ！　いやっ、榮晋……っ！」

ずるりずるり、と媚茗が蛇身を引きずりながら、榮晋を求めて這い寄ってくる。

赤い花嫁衣装はもはや、元の形もわからぬほどだ。

それでも、上半身は美しい女の姿を保って。

「どうして……っ⁉　あれほど、私と愛しあっていたでしょう……っ⁉」

媚茗の両手が、榮晋の衣を摑んで縋りつこうとする。

左手で香淑を抱き寄せた榮晋は、小刀を握る右手で媚茗の手を払いのけた。

「違う」

意識するより先に、拒絶の言葉が口をついて出る。

「愛情とは、お互いを想いあって育むものだ。一方的に奪い、支配するお前の妄執は、絶対に愛ではない」

絶望に凍りつく媚茗に、榮晋は小刀を振り上げる。

「わたしは、お前を愛しいと思ったことなど、一度もない」

とす、と。

榮晋は小刀を媚茗の胸に突き立てる。

まるで、吸い込まれるように刃が媚茗の胸を貫き。

「お前ではない。わたしは、香淑と添い遂げる」

きっぱりと告げた決別の言葉を聞きたくないと言いたげに、さらさらと媚茗の姿がほどけ、塵となって消えてゆく。

ぼろぼろに風化して消え去った盟約の木札と同じように。

それを見送ることもせず、榮晋は誰よりも大切な妻をかき抱いた。

「香淑っ！　しっかりしろ！　どこが痛む!?　狐空殿っ、香淑を――っ！」

「だいじょうぶ、ですわ……」

榮晋の腕の中で、香淑が身を起こそうとする。

「わたくしは、大丈夫です。道玄様の符と……。狐空が妖気を込めてくれた刺繍が守ってくれましたから……」

香淑が懐から取り出したのは、刺繍が施された小さな布と、それに包まれた一枚の符だ。布には、道玄の符と同じ、複雑な文様が刺繍されている。榮晋の事情を聞いた夜から、香淑が刺繍し、狐空が妖気を込めたものだ。榮晋の懐にも同じものが入っている。

これが媚茗の妖気を軽減したらしい。

「だが、無理はするな！」

榮晋は香淑を両腕で抱きしめる。

「お前が駆け出したのを見た時、心臓が止まるかと思ったぞ！　頼むから、無茶はしてくれるな！」

香淑が無事だった安堵に、今さらながら身体が震え出す。

腕の中のあたたかさが喪われなくて、本当によかった。

媚茗の呪いが解けたからだろう。締め上げられていた左足がすぐに治る気配がない。

だが、その痛みが逆に、呪いが解けたことを実感させる。

「榮晋様、呪いは……？」

自分のことより先に榮晋を気遣う香淑に、「大丈夫だ」と力強く頷く。

「媚茗の呪いは解けた」

「よかった……」

心から安堵の息をつき、身を起こそうとした香淑が小さく呻く。

「どうした!?」

「大丈夫です。打ったところが少し痛むだけですから……」

香淑が右手で左肩を押さえるが、ここで衣をはだけるわけにもいかない。

「香淑！　大丈夫？」

晴喜も犬の姿のまま、よろよろと香淑のもとへやってくる。

「ごめんね。ぼくがよけられなかったばっかりに……」

泣きそうな様子で、しゅんと耳と尻尾を垂れさせて謝る晴喜に、香淑が優しく声をかける。

「気にしないで。わたくしが勝手に飛び出したのだもの。晴喜も精いっぱい頑張ってくれたでしょう？　木札を壊せたのは晴喜のおかげだわ」

「そうだぞ。この中で一番素早く動いて媚茗の隙を突いたのはお前だからな。どっか痛いところはねぇか？」

道玄も榮晋達のそばまで来ると、屈(かが)み込んでわしわしと晴喜の頭を撫(な)でる。

「うん！　もう大丈夫だよ！　それより榮晋っ、おめでとうっ！　本当に媚茗をやっつけられたんだねっ！」

晴喜の弾んだ声に、深く頷く。

「ああ。力を貸してくれた皆のおかげだ。本当にありがとう。どれほど感謝しても足りぬ」

晴喜に、道玄に、そして人の姿になってこちらへ歩いてくる狐空に、順に深々と頭を下げ、礼を述べる。

「狐空殿。一番危険な役目を引き受けてくださり、何とお礼を申し上げればよいか……。あなたが媚茗を一手に引き受けてくださったおかげで、誰ひとり欠けることなく、呪いを打ち破ることができました。本当にありがとうございます」

媚茗に悟られず堂まで近づけたのも、注意を引けたのも、すべて狐空の功績だ。

香淑も榮晋の腕の中で身を起こし、狐空に深々と頭を下げる。

「狐空。本当にありがとうございました。お怪我は……？」

人の姿に変じた狐空は、ぱっと見たところ大きな怪我はないように見える。が、妖(あやかし)を人と同じように考えてよいのかわからない。

　香淑の問いに、狐空が苦笑する。

「多少はやられたが、お前が心配するほどじゃない。しばらく眠れば回復するさ。自分のことより先に俺を心配するなんて、やっぱりお前は人が好(よ)すぎる」

　香淑の前に片膝(かたひざ)をついて屈んだ狐空が、いたわりをこめて香淑に微笑む。

「まさか、本当に呪いを解いちまうとはな」

「あなたが助言をくださり、わたくしの願いを聞き入れてくださったおかげです。本当に、何とお礼を申せばよいか……」

「礼なんざ、いらないさ」

　かぶりを振った狐空が、そっと香淑の頭を愛おしげに撫で、あっさりと告げる。

「じゃあ、これでおさらばだな」

「え……っ？」

　予想だにしない言葉に、香淑がかすれた声を上げる。榮晋も驚いて狐空を見上げた。

「狐空殿⁉　あなたは香淑と離れられぬはずでは……っ⁉」

　だからこそ、媚茗との危険な決戦の場に、香淑を連れてきたのだ。

　榮晋の声に狐空が頷く。

「ああ、確かにそうだった。だが、さっき嫌というほど媚茗の妖気を喰(く)らったんでな。

この妖気を使えば、今なら香淑から離れられる。こんな機会は一度きりだ。だったら、離れて自由を得るのを選ぶに決まってるだろ？」

「狐空っ、わたくしは……っ」

まさか、これほど急に別れを告げられるとは思っていなかったのだろう。榮晋の腕の中で香淑が戸惑った声を上げる。

その様子は、まるで暗い夜道にひとり置いていかれる幼子のようで、榮晋はたまらずぎゅっと香淑を抱きしめる。

不安に怯えずとも香淑のそばには自分がいるのだと、少しでも伝えたくて。

狐空が困ったように美貌をしかめ、もう一度香淑の頭を撫でた。

「そんな顔をするなよ。俺がいなくなっても、お前のそばには誰よりも添い遂げたいそいつがいるだろう？」

狐空の指摘に、香淑がはっとしたように抱きしめている榮晋を見つめる。少しでも不安を晴らそうと、榮晋は視線を合わせて力強く頷いた。

「香淑。心配はいらぬ。これからは、狐空殿に代わってわたしがお前を守ろう。もう決して、お前をつらい目になど遭わせせん」

◇　◇　◇

榮晋の力強い言葉を、香淑は夢のような心地で聞く。包み込むように香淑を抱きしめる腕は、言葉を裏づけるかのように頼もしい。

ずっとずっと、願っていた。大切な人と想い想われ、添い遂げたいと。

香淑はもう、ひとりではない。これからの人生は、榮晋とともに歩んでいくのだ。

ならば……。狐空をもう、自由にしてあげなくては。

榮晋の手を借り、ゆっくりと立ち上がる。壁に打ちつけられた身体はふしぶしが痛いが、動けないほどではない。

立ち上がっても、榮晋の腕は香淑を包み込んだまま離れなかった。榮晋に支えられながら、香淑は続いて立ち上がった狐空を見上げる。

「媚茗を倒す手助けをしていただき、本当にありがとうございます」

深々と礼を述べて顔を上げると、狐空の金の瞳(ひとみ)が香淑を見下ろしていた。香淑のすべてを愛(いと)しむかのような、優しい金のまなざし。

「……まさか、お前が生きているうちに別れる日が来るなんてな。ほんと、人間は予想がつかなくて面白い」

悪戯(いたずら)っぽく笑った狐空が不意に香淑に手を伸ばしたかと思うと、榮晋の腕をほどく。

次の瞬間、香淑はぎゅっと強く狐空に抱きしめられていた。

「こ、狐空……？」

苦しくはない。

だが、香淑を強く抱きしめる腕に、万感の想いがこもっている気がして。

ごく自然に、香淑は狐空の背に手を回す。

一瞬、狐空が驚いたように肩を震わせる。が、口に出しては何も言わない。ただ、抱擁が強くなる。

「狐空……。あなたには、なんとお礼を言えばいいのでしょう。本当は、十六年前に死ぬはずだったわたくしを助けてくれたばかりか、今までずっと守ってくださって……」

尽きぬ感謝の気持ちが、心の奥からあふれ出る。

香淑はそっと、狐空の胸元に頬を寄せた。

心が浮き立ち、身体中が熱を持つような榮晋の腕の中とは異なる、狐空の抱擁。

狐空の腕の中は、あらゆる悪いものから遠ざけられているような安心感に満ちている。

このぬくもりが離れてしまうことが、純粋に哀しく、寂しい。

「……あなたがわたくしから出ていったら……。このまま、お別れなのですか……？」

今まで香淑の中で窮屈な思いを強いられてきた狐空が、ようやく自由を得られるのだ。

喜ぶべきだとわかっているのに、口をついて出たのは、別れたくないというわがままだ。

金の瞳を見上げると、狐空が不思議そうに瞬いた。

「何を言う？　そこは、俺と離れられて喜ぶところだろう？」

「わたくしは……」

うまく気持ちを言葉にできない。言いよどみ、それでも何とか伝えられないかと狐空を見上げると、ふたたび、ぎゅっと抱きしめられた。

「妖狐を惑わすなんて、もしかして、本当に女狐なんじゃないか？」

狐空がくすくすと楽しげに喉を鳴らす。

腕をゆるめた狐空の右手が、香淑の顎にかかる。

くい、と上を向かされたかと思うと、狐空の美貌が間近に迫り――、

「狐空殿！」

榮晋が狼狽えた声を出す。同時に、横を向かされた頰に狐空の唇が押しつけられた。

優しいやさしい、親愛のこもったくちづけ。

ゆっくりと、狐空が名残惜しげに面輪を離す。と、振り返った香淑を金の瞳が覗き込んだ。

「お前が望むなら、遠くになんか行かないさ。……まっ、新婚夫婦の邪魔なんざする気はないがな。だが、あれほど深く結ばれていたんだ。お前の中から出たとしても、縁は続く。お前が呼んでくれさえすれば、いつだってすぐに飛んでくるさ」

狐空の右手が、そっと香淑の頭を撫でる。

その途端、自分の身体の中から大切なものが抜けていく感覚に襲われる。

「あ……」

急に力が抜けてふらついた身体を、狐空の力強い腕に支えられる。

心のどこかが欠けたような、喪失感。

言いようのない寂しさに、無意識のうちにあふれ出た涙が、つう、と頰を伝い落ちる。

金の瞳を切なげに細めた狐空が、困ったような笑みを浮かべた。ゆっくりと、名残惜しげに香淑を抱き寄せていた腕をほどく。

思わず縋りつきそうになるのをこらえていると、狐空が金の瞳を榮晋に向けた。

「榮晋。香淑を任せる」

香淑から一歩退いた狐空が榮晋に告げる。

「誓いを、覚えているだろう？」

「もちろんです」

榮晋の声がすぐ後ろで聞こえる。かと思うと、香淑は榮晋に腕を引かれて抱き寄せられた。榮晋の指先がそっと香淑の涙をぬぐう。

「一生をかけて、香淑を幸せにいたします。もし香淑が傷ついたのなら、わたしがその傷を癒し、それ以上の喜びを二人で紡いでゆきましょう」

榮晋が迷いのない口調で力強く告げる。狐空が満足そうに唇を吊り上げた。

「上出来だ。が、手を抜いたら、すぐに香淑を攫いに来てやるからな」

金の瞳をきらめかせ、狐空が不敵な笑みをこぼす。

「俺は湿っぽいのは嫌いなんだ。じゃあな。しばらく休ませてもらうぜ」

香淑が止める間もない。

堂の中に一陣の風が巻き起こったかと思うと、次の瞬間、狐空の姿は消えていた。

春のさわやかな風が、咲き乱れる花々の香りを四阿に運んでくる。

庭の四阿で榮晋や呂萩と一緒に茶菓を楽しんでいた香淑の耳に、のどかな雰囲気を打ち壊すような道玄の大笑いが届いた。

「ぶぁはははっ！　まさか、こんな面白れぇモンが見られるとは……っ！」

「馬鹿道玄！　大声を出すな！　せっかく寝かけた香鈴が……っ！」

狐空の珍しくあわてた声に、香淑は騒ぎの元を振り向いた。

庭木の向こうから、歩いてくる道玄の姿と、太い尻尾の毛を逆立てて道玄を睨みつける狐空、その近くで狐空にじゃれついている晴喜の姿が見える。

「ああほらっ！　お前のせいで香鈴が……っ！」

嘆く狐空の腕には、去年の末に生まれ、まもなく四か月になろうという娘・香鈴が、おくるみにくるまれて抱かれている。

香鈴は狐空にあやされて眠りかけていたが、道玄の大声のせいで起きてしまったらしい。

「そうは言っても、ついこの間まで、さわるのも怖いって怯えてたお前が香鈴をあやしているのを見たら、驚きの声のひとつも出るってもんだろうが」

道玄のからかいに、狐空が唇をひん曲げた。

「数百年生きてても、生まれたての赤子をあやしたことなんかなかったんだから、仕方がないだろう！　首が据わってない赤子を抱く怖さといったら……っ！」

香鈴が起きてしまったので、狐空も遠慮なく道玄に言い返している。

媚茗の呪いを解いてから、もう二年が経とうとしている。

最初の数か月、まったく姿を現さなかった狐空は、香淑が身ごもったのがわかった日の夜に、ひょっこり姿を現した。

『香淑の子どもなら、ある意味、俺の甥か姪みたいなものだろう』

と言って。もちろん、香淑も榮晋も大歓迎で狐空を迎え、以来、狐空は月に数度は顔を覗かせている。

四か月前の真冬の朝、香鈴が生まれた日には、榮晋と狐空と晴喜の三人で、手を取り合って涙を流さんばかりに喜んでいたほどだ。

金の目を細めて香鈴をあやす様子は、狐の耳と尻尾がなければ、子煩悩な伯父にしか見えない。

香鈴が生まれた直後は、

『こんな小さな赤ん坊、壊しそうでふれるのも怖い』

と言っていた狐空だが、四か月を過ぎて肉づきが良くなり首も据わった今は、むしろ呂萩の仕事を奪うほどの熱心さで積極的に香鈴をあやしている。

「しっかし、ひと月見ない間に、大きくなったもんだな」

感心したように呟(つぶや)いた道玄が、無精ひげをしごきながら、狐空の腕の中の香鈴をひょいと覗き込む。途端。

「ふぇっ、ふぇ――んっ！」

見開いた大きな目に玉のような涙を浮かべ、香鈴が大声で泣き出した。

「道玄！　てめえ、汚いひげ面を香鈴に見せるな！」

「あーっ！　道玄が香鈴を泣かした――っ！」

「ええっ⁉　オレのせいかよっ⁉」

晴喜にまでなじられ、道玄が狼狽(うろた)える。

「びえぇぇんっ！」

ますます大きくなる香鈴の泣き声は、すぐには止(や)みそうにない。

にぎやかな四人のやりとりを見守っていた香淑が、愛娘(まなむすめ)を抱きにいこうと腰を浮かしかけると、「わたくしが参ります」と、さっと呂萩が立ち上がった。

「少なくとも、狐空様より、わたくしのほうが手慣れておりますから。奥方様は、だんな様とゆっくりおくつろぎくださいませ。久々にのんびりとお過ごしになれる日なのですから」

淡々とした口調の中に気遣いをにじませて、呂萩が四阿を出ていく。

残された香淑と榮晋は、顔を見合わせるとどちらともなく微笑みあった。

「せっかくだ。呂萩の言葉に甘えよう。香鈴が戻ってくれば、狐空達もついてきて嫌でもにぎやかになるだろうからな」

香淑の隣に座っていた榮晋が苦笑する。二年の間に男ぶりがさらに上がった榮晋に微笑まれると、もう何百回と見ているというのに、今でも胸が高鳴ってしまう。

媚茗を倒した後、榮晋は事業を手放すのをやめ、新たに召使いを雇い直した。

中には、新しい主人のもとを辞してわざわざ丹家へ戻ってくれた者もいる。

人に譲り渡した事業はそのままだが、それを差し引いても、丹家は媚茗がいなくなった今も、十分に富み栄えている。

補佐をしてくれる召使い達が戻ってきてくれたため、榮晋の負担もかなり軽減された。

媚茗が棲み処としていた堂は取り壊され、今は、新しく社が建てられている。

祀られているのは狐と犬だが……。当の本人達はむしろ、本邸に入りびたりだ。

春のそよ風が、咲き誇る花々の馥郁たる香りを運んでくる。

香淑は四阿から見える景色を見回した。

離れに近いこの四阿は、初めて晴喜に出会った日に連れてきてもらった場所だ。

二年前、涙をこらえていた場所で、今これほど幸せな気持ちでいられるなんて――自分でも、信じられない心地がする。

「どうかしたのか？」

遠いまなざしをしている香淑に、榮晋が首をかしげる。

香淑はふるりとかぶりを振ると、愛しい夫に微笑みかけた。

「何でもないのです。ただ……。可愛い香鈴に恵まれて、狐空や晴喜や呂萩、それに道玄様と、こんな心穏やかな時間を過ごせるなんて……。まるで夢のように思えて……」

はにかみながら答えると、榮晋の白皙の美貌がなぜか不機嫌そうにしかめられた。

香淑が問うより早く。

くい、と顎に手がかかったかと思うと、香淑のほうへ身を乗り出した榮晋が唇を重ねる。

「っ⁉」

数え切れないほどのくちづけを交わしているというのに、一瞬で頰が熱くなる。

「わたしは？」

艶やかな声が、すねたように囁く。

「わたしは、数のうちに入れてもらえぬのか？」

年下の夫の甘えるような声に、香淑は思わず口元をほころばせた。

「何をおっしゃいます。榮晋様は特別な方ですもの。たとえ、いつか香鈴が嫁ぎ、狐空達の訪れがなくなっても……。何があろうと、榮晋様はずっと一緒に添い遂げてくださるのでしょう？」

「もちろんだ」

榮晋がとろけるような笑みをこぼし、力強く即答する。

「狐空殿との約束があるからではない。——わたしが、あなたと一生、添い遂げたいのだ」

甘い声で囁いた榮晋が、ふたたび香淑の顎を持ち上げようとする。

香淑はあわてて押しとどめた。

「いけませんわ。他の方もいらっしゃいますのに……」

「皆、香鈴に夢中で、わたし達のことなど気にしていまい」

くすりと微笑んだ榮晋が、視線を遮るように袖をかざす。

「香淑」

愛しげに名を紡いだ榮晋の面輪が下りてくる。

「榮晋様」

胸におさまりきらぬほどの幸せを感じながら、香淑は何があろうと一生添い遂げる愛しい夫とくちづけた。

本書は二〇二二年から二〇二三年にカクヨムで実施された第8回カクヨムWeb小説コンテスト特別賞を受賞した「夫君殺しの女狐は今度こそ平穏無事に添い遂げたい　～再婚処女と取り憑かれ青年のあやかし婚姻譚～」を改稿し、改題の上、文庫化したものです。

この物語はフィクションであり、実在の人物・地名・団体等とは一切関係ありません。

夫君殺しの女狐は幸せを祈る

綾束 乙

令和6年 4月25日 初版発行

発行者●山下直久

発行●株式会社KADOKAWA
〒102-8177 東京都千代田区富士見2-13-3
電話 0570-002-301(ナビダイヤル)

角川文庫 24143

印刷所●株式会社暁印刷
製本所●本間製本株式会社

表紙画●和田三造

◎本書の無断複製(コピー、スキャン、デジタル化等)並びに無断複製物の譲渡および配信は、著作権法上での例外を除き禁じられています。また、本書を代行業者等の第三者に依頼して複製する行為は、たとえ個人や家庭内での利用であっても一切認められておりません。
◎定価はカバーに表示してあります。

●お問い合わせ
https://www.kadokawa.co.jp/ (「お問い合わせ」へお進みください)
※内容によっては、お答えできない場合があります。
※サポートは日本国内のみとさせていただきます。
※Japanese text only

©Kinoto Ayatsuka 2024 Printed in Japan
ISBN 978-4-04-114836-5 C0193

◇◇◇

角川文庫発刊に際して

角川源義

第二次世界大戦の敗北は、軍事力の敗北であった以上に、私たちの若い文化力の敗退であった。私たちの文化が戦争に対して如何に無力であり、単なるあだ花に過ぎなかったかを、私たちは身を以て体験し痛感した。西洋近代文化の摂取にとって、明治以後八十年の歳月は決して短かすぎたとは言えない。にもかかわらず、近代文化の伝統を確立し、自由な批判と柔軟な良識に富む文化層として自らを形成することに私たちは失敗して来た。そしてこれは、各層への文化の普及滲透を任務とする出版人の責任でもあった。

一九四五年以来、私たちは再び振出しに戻り、第一歩から踏み出すことを余儀なくされた。これは大きな不幸ではあるが、反面、これまでの混沌・未熟・歪曲の中にあった我が国の文化に秩序と確たる基礎を齎らすためには絶好の機会でもある。角川書店は、このような祖国の文化的危機にあたり、微力をも顧みず再建の礎石たるべき抱負と決意とをもって出発したが、ここに創立以来の念願を果すべく角川文庫を発刊する。これまで刊行されたあらゆる全集叢書文庫類の長所と短所とを検討し、古今東西の不朽の典籍を、良心的編集のもとに、廉価に、そして書架にふさわしい美本として、多くのひとびとに提供しようとする。しかし私たちは徒らに百科全書的な知識のジレッタントを作ることを目的とせず、あくまで祖国の文化に秩序と再建への道を示し、この文庫を角川書店の栄ある事業として、今後永久に継続発展せしめ、学芸と教養との殿堂として大成せんことを期したい。多くの読書子の愛情ある忠言と支持とによって、この希望と抱負とを完遂せしめられんことを願う。

一九四九年五月三日

物語を愛するすべての人たちへ

KADOKAWA運営のWeb小説サイト

イラスト：Hiten

カクヨム

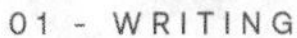

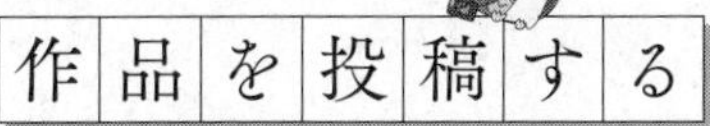

誰でも思いのまま小説が書けます。

投稿フォームはシンプル。作者がストレスを感じることなく執筆・公開ができます。書籍化を目指すコンテストも多く開催されています。作家デビューへの近道はここ！

作品投稿で広告収入を得ることができます。

作品を投稿してプログラムに参加するだけで、広告で得た収益がユーザーに分配されます。貯まったリワードは現金振込で受け取れます。人気作品になれば高収入も実現可能！

02 - READING

アニメ化・ドラマ化された人気タイトルをはじめ、あなたにピッタリの作品が見つかります！

様々なジャンルの投稿作品から、自分の好みにあった小説を探すことができます。スマホでもPCでも、いつでも好きな時間・場所で小説が読めます。

KADOKAWAの新作タイトル・人気作品も多数掲載！

有名作家の連載や新刊の試し読み、人気作品の期間限定無料公開などが盛りだくさん！角川文庫やライトノベルなど、KADOKAWAがおくる人気コンテンツを楽しめます。

最新情報は
𝕏@kaku_yomu
をフォロー！

または「カクヨム」で検索

カクヨム

この時代を切り開く、面白い物語と、
魅力的なキャラクター。両方を兼ねそなえた、
新たなキャラクター・エンタテインメント小説を募集します。

賞/賞金

大賞:100万円
優秀賞:30万円
奨励賞:20万円　読者賞:10万円　等

大賞受賞作は角川文庫から刊行の予定です。

魅力的なキャラクターが活躍する、エンタテインメント小説。ジャンル、年齢、プロアマ不問。ただし、日本語で書かれた商業的に未発表のオリジナル作品に限ります。

詳しくは https://awards.kadobun.jp/character-novels/ まで。

主催/株式会社KADOKAWA